CB072944

eu, ela e ele

Eu, ela e ele

Copyright © 2023 by Diego Nascimento

Copyright © 2023 by Novo Século Editora Ltda.

EDITOR: Luiz Vasconcelos
GERENTE EDITORIAL: Letícia Teófilo
ASSISTENTE EDITORIAL: Gabrielly Saraiva
PREPARAÇÃO: Paola Sabbag Caputo
DIAGRAMAÇÃO: Marília Garcia
REVISÃO: Angélica Mendonça e Thiago Fraga
CAPA: Luísa Fantinel

Texto de acordo com as normas do Novo Acordo Ortográfico da Língua Portuguesa (1990), em vigor desde 1º de janeiro de 2009.

Dados Internacionais de Catalogação na Publicação (CIP)
Angélica Ilacqua CRB-8/7057

Nascimento, Diego
  Eu, ela e ele / Diego Nascimento. -- Barueri, SP : Novo Século Editora, 2022
  368 p.

  ISBN 978-65-5561-382-7
  1. Literatura juvenil I. Título

22-6884   CDD 808.899283

Índice para catálogo sistemático:
1. Literatura juvenil

GRUPO NOVO SÉCULO
Alameda Araguaia, 2190 – Bloco A – 11º andar – Conjunto 1111
CEP 06455-000 – Alphaville Industrial, Barueri – SP – Brasil
Tel.: (11) 3699-7107 | E-mail: atendimento@gruponovoseculo.com.br
www.gruponovoseculo.com.br

DIEGO NASCIMENTO

eu, ela e ele

ns

São Paulo, 2023

Diego está tendo um começo maravilhoso. Estou animado para vê-lo continuar no caminho da escrita com temas LGBTQIA+.

Angelo Surmelis, autor internacional do livro finalista do Lambda Literary Award "A perigosa arte de ser invisível" (Hoo Editora).

Não é uma história de amor, muito menos um triângulo amoroso, é uma história de descobrimento LGBTQIA+ e de saúde mental. Com uma seleção maravilhosa de músicas, você consegue entender perfeitamente o sentimento de cada personagem pelas letras das canções escolhidas por capítulo.

Renato Costa, Digital Influencer e criador do quadro "Ei tu eh".

Dedico este livro a todos que consideram justa toda forma de amor, em especial à minha amiga, irmã, alma gêmea e maior incentivadora para que esta história fosse compartilhada:

Joesa

I took my love, I took it down
I climbed a mountain and I turned around
And I saw my reflection in the snow-covered hills
Till the landslide brought me down

Oh, mirror in the sky, what is love?[1]

("Landslide" — Fleetwood Mac)

....
[1] Eu levei meu amor e o destruí / Escalei uma montanha e voltei / E eu vi meu reflexo no gelo que cobre as colinas / Até que uma avalanche me derrubou / Oh, espelho no céu, o que é amor? ♪

Vítor

PRÓLOGO

I'll wrap you in my arms and you'll know you've been saved[2]

("Let me Sign" – Robert Pattinson)

    Parafraseando um dos livros que já li inúmeras vezes, Isabella Swan, no prólogo de *Crepúsculo*, da autora Stephenie Meyer, diz o seguinte: "Nunca pensei muito em como eu morreria, mas morrer no lugar de alguém que amo parece ser uma boa maneira de partir". Em meu caso, posso afirmar: nunca pensei muito em como eu viveria, mas viver por alguém que eu amo parece ser uma boa maneira de viver.

---

[2] Eu te envolverei em meus braços e você saberá que foi salvo(a) ♪

Emma

PRÓLOGO

All the shine of a thousand spotlights
All the stars we steal from the night sky
Will never be enough
Never be enough[3]

("Never Enough" – The Greatest Showman)

Diante de tudo isso, eu só consigo pensar que nenhum outro momento da minha vida será comparado aos que vivi ao lado dele. Nada será suficiente. Estou tentando controlar minha respiração, tentando pegar no sono, mas não consigo, porque não posso deixar estes momentos acabarem. Ele despertou um sonho em mim que me levou ao céu. Qualquer pessoa do mundo poderia escutar o meu sonho ecoando. Como queria que ele pegasse minha mão e decidisse compartilhar a vida comigo. Eu sabia que sem ele nada seria suficiente. Todo o brilho de mil holofotes. Todas as estrelas que roubamos do céu noturno nunca serão suficientes. Estas mãos poderiam segurar o mundo, mas, ainda assim, nunca seria o suficiente.

---

[3] Todo o brilho de mil holofotes / Todas as estrelas que roubamos do céu noturno / Nunca serão suficientes / Nunca serão o suficiente ♪

Adam

PRÓLOGO

As empires fall to pieces
Our ashes twisting in the air
It makes me smile to know that
I'm better without you[4]

("Better Without You" – Evanescence)

Eu sei que ele me adora e me acha foda. Mas isso não seria uma grande paranoia? Talvez eu deva fazer um favor a ele e não expressar o que realmente sinto. Sua linda cabecinha de pesquisador não precisa se preocupar com o futuro; ficará tudo bem. Não importa se ele está errado ou certo. Não importa, sinto que ele não está pronto para a luta. Não é fácil ser gay. Quando o assunto for abordado, vou manter minha cabeça baixa e dizer que não. Eu não sinto o mesmo que ele. Será mais fácil assim.

---

[4] Enquanto os impérios desmoronam em pedaços / Nossas cinzas giram no ar / Me faz sorrir saber que / Eu estou melhor sem você ♪

VÍTOR

CAPÍTULO 1

I've been believing
In something so distant
As if I was human
And I've been denying
This feeling of hopelessness
In me, in me[5]

("Lost in Paradise" – Evanescence)

[5] Estou acreditando / Em algo tão distante / Como se eu fosse humano / E estou negando / Esse sentimento de desesperança / Dentro de mim, dentro de mim ♪

Esta não é uma história de amor. Nem mesmo de um triângulo amoroso. Também não é uma história sobre almas gêmeas. Ou talvez seja, dependendo do que você considera alma gêmea.

Durante muitos anos, entendi que o conceito de alma gêmea era a união de duas pessoas predestinadas a se encontrarem em algum momento da vida e se conectarem de forma inexplicável, e que os defeitos, a raiva e o ódio eram muito menores do que o amor que um sentia pelo outro.

O encontro de almas gêmeas significava para mim algo que envolvia amor, paixão, casamento, construção de uma família e por aí vai. Mas, conversando recentemente com uma amiga sobre esse tema, ela compartilhou comigo o conceito de um autor de que ela gosta muito. Para ele, há diferença entre alma gêmea e chama gêmea.

Ele afirma que uma pessoa pode ter várias almas gêmeas, porém apenas uma chama gêmea. Mas qual é a diferença? Alma gêmea é o termo usado nos casos em que há conexão amorosa, carinho, preocupação, quando queremos ter sempre por perto alguém que amamos, mas não envolve paixão, atração, filhos e um final feliz imposto pela sociedade e pelos contos de fadas. Esse é o conceito de chama gêmea.

Então, cada pessoa tem uma única chama gêmea predestinada durante toda a vida. É compreensível que exista apenas uma pessoa assim, afinal, namoros e casamentos estão cada dia mais raros e durando menos tempo. Esperar encontrar uma pessoa que aceite como você é que esteja disposta a enfrentar todos os obstáculos e as barreiras – impostas por vida, familiares, amigos, colegas, inimigos, rotinas e trabalho – que aparecem é quase como um conto de fadas, como em *A bela e a fera*. Ou seja, encontrar essa pessoa é menos provável que uma camponesa se apaixonar por uma besta, numa casa com a mobília encantada, e eles terem um jantar incrivelmente feliz ao som de "Be our guest".

Amo o fato de a ficção e a vida real às vezes se aproximarem tanto. Elas fazem meus pensamentos mergulharem em profunda filosofia. Minha mente não para, como se meu sistema nervoso central fosse diferente do das outras pessoas. Envolvo-me em várias atividades desde pequeno e, ao longo dos meus 25 anos, já fiz de tudo. Quando criança, vendia latinhas de cerveja para ter meu próprio dinheiro. Fiz teatro, escolinha de futebol, natação. Sempre fui o líder da turma durante todo o ensino fundamental e médio e tirava excelentes notas. Terminei o ensino médio e fiz duas graduações ao mesmo tempo, enquanto trabalhava em uma loja de shopping center. E ainda tive tempo, sorte e coragem para publicar um livro, aos 22 anos, denominado *Atroz*, que narra a história de um protagonista melancólico e vingativo.

Fiz enfermagem e psicologia e, em ambas as graduações, fui presidente dos centros acadêmicos. Logo que me formei, comecei o mestrado em Ciências da Saúde e era o representante discente da turma, apesar de trabalhar em dois locais, como enfermeiro e psicólogo, e de estudar mais duas especializações. Desde cedo me envolvi com pesquisa científica. Tenho mais de sessenta artigos científicos publicados e já palestrei em mais de cinquenta congressos internacionais e nacionais.

Se você prestou atenção em todas essas atividades, percebeu que eu tenho 25 anos e achou isso tudo muito louvável. Deve ter pensado: *Cara, que baita exemplo!* Mas engana-se quem acha que esse é o caminho da felicidade ou do sucesso. Óbvio que não sou um expert para dizer a você qual caminho seguir para ter sucesso ou até encontrar a felicidade plena, porém uma coisa eu aconselho: não siga meus passos. Eu sei que minha trajetória me fez ter um currículo exemplar, uma vida profissional bem-sucedida e precoce, mas, em contrapartida, uma infância perturbada por autocobrança e muito bullying, além de não ter tido a oportunidade de curtir minha adolescência.

Como eu já disse, esta não é uma história de amor. Mas quem sabe no final seja uma boa história para você que, assim como eu, pensava que existia apenas uma alma gêmea, ou que o seu currículo faria de você a pessoa mais feliz do mundo, ou que ainda questiona se existe uma chama gêmea na vida. Aliás, será que isso existe mesmo ou é lorota? Será que existe somente uma?

Enfim, esta é uma história de descobertas e incertezas.

EMMA

CAPÍTULO 2

When she was just a girl
She expected the world
But it flew away from her reach
So she ran away in her sleep[6]

("Paradise" – Coldplay)

[6] Quando ela era apenas uma garota / Ela esperava conquistar o mundo / Mas isso voou para longe de seu alcance / Então ela fugiu em seu sono ♪

O amor é suficiente? Será que Vítor ainda me vê da mesma forma? Sempre pensava em nós dois de maneira única, inseparáveis, como uma coisa só, mas agora tudo está desabando diante de mim e não tenho controle, não posso prendê-lo, nem o segurar. Estou perdendo-o. Algo que eu jamais imaginei. São oito anos de relacionamento, e não oito meses. Eu me questiono se o problema não é comigo, afinal, perdi minha família. Não no sentido literal. Mas não posso mais contar com meu pai temperamental, não tenho irmãos e minha adorável mãe cometeu suicídio quando eu tinha 9 anos – mas sei que ela me guia de onde estiver.

Vítor sempre me pergunta se o fato de eu estar morando com a família dele não me faz sentir falta do meu pai, se não quero tentar uma reaproximação e ter uma conversa com ele. Bem, acredito que não tem como sentir falta daquilo que nunca tivemos. Não que meu pai não me amasse, eu sentia e sabia que sim. Mas cada um expressa o amor de uma forma, e cada um o recebe de maneira diferente. Vítor não entende isso, porque a família dele é "perfeita". Apesar dos inúmeros conflitos surreais, eles têm um laço firme e seguro que os solidifica. Eu nem sei uma palavra para definir isso, a não ser amor.

Será que eu afasto as pessoas? Será que afastei meu pai? Será que, de alguma maneira, fui responsável pela decisão de minha mãe? Será que estou afastando Vítor? Não tenho muitos amigos. Minhas amizades são as nossas amizades. No ambiente de trabalho, sou muito profissional, não crio laços sociais facilmente, apesar de ter um bom relacionamento com todos na Unidade Básica de Saúde em que atuo. Prefiro ficar no meu canto, cuidar da saúde bucal dos pacientes, conhecer a vida deles e vê-los felizes com um novo sorriso me gera uma satisfação inexplicável.

Vítor sempre diz que eu posso ser mais do que "apenas uma dentista" – e detesto o jeito que ele fala isso. Ele não entende que amo o que faço e sei que sou capaz de outras coisas, por exemplo, lecionar em universidades – que é o que ele tanto almeja –, e que por isso fizemos juntos o mestrado em Ciências da Saúde. Só que ele tem o tempo dele, e eu tenho o meu.

Sinceramente, amo a vida com ele, mas sinto falta de quando eu não fazia ideia do que estava por vir, daquela Emma mais livre e leve. Não me refiro ao fato de estar solteira, mas de ser mais uma pessoa conformada com a vida, sem grandes ambições.

Onde está a Emma do ensino médio? Qual é o meu problema? Em que momento me perdi? A Emma do ensino médio ia para baladas, tinha "amigas" – que, na verdade, hoje sei que não passavam de colegas –, tudo era tão superficial e bom. As gargalhadas, o meu namorinho de escola com o Rafael, o piercing no nariz e o corte de cabelo com franjinha, no maior estilo *emo*.

De tudo isso, acredito que continuo sendo uma pessoa conformada com as situações que a vida prega. Tento ser resiliente, paciente, mas ultimamente essa resiliência é apenas externa, pois internamente eu sofro. Sofro por amor, porque estou perdendo-o e não posso fazer nada. Pelo contrário: por amá-lo, devo deixá-lo viver. Encontrar seu paraíso. Eu tenho certeza de que ele é meu paraíso, sempre foi; mas talvez eu não seja o paraíso dele. E isso dói como se minha alma se dilacerasse em pedaços.

Nem sempre pensei assim. Quando conheci o Vítor, nós tínhamos 17 anos, e ele estava apaixonado e obcecado por mim. Mas só o via como um amigo, realmente um grande amigo. Eu ainda tinha sentimentos bobos (mas achava que eram os mais puros e verdadeiros) pelo Rafael, e Vítor foi me conquistando aos poucos, com palavras cruzadas, pacotes de Doritos, ingressos para cinema, ursinhos de pelúcia, cartinhas com declarações e poemas de Caio Fernando Abreu. Nós brincamos até hoje que foi uma farsa, pois ele não gosta nada de palavras cruzadas nem de poemas, mas fez de tudo para me conquistar. O que ele não sabe é que não foram essas mentirinhas ou as coisas supérfluas que me conquistaram, e sim o carinho, a ternura e a preocupação que ele demonstrava no dia a dia por mim.

Com o Vítor eu me sinto protegida.

E, agora, estou perdendo isso.

A culpa não é dele. Também não acredito ser de outra pessoa.

Talvez a culpa seja minha. Eu e minha sina de afastar todo mundo.

Porém, tenho certeza de que depois de todo esse sofrimento, e do que estiver para acontecer, eu tirarei forças de onde precisar e me reerguerei. Na verdade, não vou apenas sobreviver, eu irei triunfar.

Esta é minha história, e ninguém pode escrevê-la por mim, nem mesmo o Vítor, apesar de ele ser minha base, meu alicerce. Eu não vou mais me conformar.

Não importa o quanto me desestabilize. Eu vou lutar, vou lutar contra isso. Eu estou chorando, lágrimas sufocantes e desesperadas, mas irei me transformar.

Se ele soubesse o quanto eu o amo...

Esta é uma história de amor. Só não sei como ela vai terminar.

ADAM

CAPÍTULO 3

Why'd you have to go and make things so complicated?
I see the way you're actin' like you're somebody else
Gets me frustrated
Life's like this[7]

("Complicated" – Avril Lavigne)

[7] Por que você tem que ir e tornar as coisas tão complicadas? / Eu vejo o jeito que você está / Agindo como se fosse outra pessoa / Isso me deixa frustrado(a) / A vida é assim ♪

Disfarço o bocejo enquanto a coordenadora de farmácia, Esther, começa a elucidar as metas de farmácia clínica. Ela não entende nada do assunto. Assumiu a coordenação na época em que o hospital contratava por indicações políticas. Eu sei disso porque passei por quase todos os setores desse hospital até chegar ao cargo de farmacêutico; e conheço muito bem a reputação da Esther.

Durante a graduação em Farmácia, comecei a trabalhar no hospital como recepcionista. Na época, tinha 18 anos. Hoje tenho 25, sou recém-formado e consegui a vaga facilmente, porque acabei recebendo o reconhecimento dos gerentes do hospital. Da recepção fui para o setor de RH e fiz várias amizades bem "vida louca": as melhores baladas eram com as meninas do RH. Depois passei em um processo seletivo para atuar no setor financeiro do hospital, no qual fiquei por pouco tempo, mas também fiz algumas amizades. Na metade da graduação, fui para o setor de suprimentos, que era um saco porque eu estava acostumado a usar roupas impecáveis e a trabalhos "leves": lidar com papeladas, sistemas e com pessoas é de boa para mim. Agora, carregar caixas e mais caixas em um local em que o ar-condicionado mal funcionava, usar um uniforme que o cheiro da pintura do tecido não saía, apesar de colocar na máquina de lavar um milhão de vezes, acabou comigo. Minha sorte foi que, no último semestre da graduação, passei a ser atendente de farmácia e daí já sabia que, se levasse a Esther no papo, eu me daria bem ali dentro. Dito e feito. Hoje sou presidente da Comissão de Farmácia e Terapêutica do hospital, membro interino do Serviço de Controle de Infecção Hospitalar e presidente do Núcleo de Segurança do Paciente.

Com isso, fui conhecendo todos os setores do hospital e criando cada vez mais a imagem do Adam renomado e respeitado, sem dar pistas de quem eu sou.

Pessoas como eu não conquistam cargos nem são respeitados como homens e mulheres heterossexuais.

Eu não gosto de ser gay. Preferia mil vezes ser cem por cento hétero, mas nunca gostei de mulheres. Cheguei a transar com várias, mas não gostei, não tem jeito. Seria muito menos complicado não ser gay, principalmente no meio corporativo, em que sou obrigado a usar roupas sociais engomadinhas e a corresponder a alguns flertes de colegas mulheres porque eu não sou um cara de se jogar fora. Resumindo, em quase dez anos na mesma empresa, há rumores: "Adam é gay, né?" e "Nunca o vi com nenhuma garota".

É muito complexo e constrangedor.

Cheguei a inventar namoros de mentira por meses, com algumas desculpas: a garota era de outro município, de outro estado ou até mesmo de outro país. Nesses namoros *fakes*, cheguei a namorar uma chilena. Por isso, "infelizmente" todos os meus relacionamentos não deram certo.

É muito triste viver mentindo sobre quem você é. Sequer minha família sabe quem sou, como poderia sair do armário na empresa em que trabalho? Logo, sou extremamente discreto com minhas roupas, redes sociais, minha postura, meu modo de falar... Não posso cometer um deslize, nada, ou coloco tudo a perder; e pretendo construir uma bela carreira no meio corporativo hospitalar.

Pareço ingrato com a vida, mas não sou. Eu até que vivo muito bem, mas às escondidas. Já deixei todo o meu salário em baladas LGBTQIAPN+ em outras cidades já levaram todo o meu salário. Divido apartamento com um amigo hétero que está noivo e tudo. Não guardo um real de meu rico dinheirinho; o motivo: nada me espera. Afinal, o que a vida poderia guardar para um gay dentro do armário?

Esther continua falando sobre a relação da farmácia clínica com a farmacovigilância, e eu devaneio em minhas dúvidas, que pouco me importam. Minhas melhores amigas e o amigo com quem divido o apartamento, Augusto, dizem para eu me assumir, pois conhecem várias pessoas que fizeram isso e que estão extremamente felizes. Eu concordo com eles para não criar confusão, mas sei que a verdade é que é complicado viver neste "mundo", nesta "comunidade". Somos julgados diariamente por qualquer ato, fala ou desejo. Posso contar nos dedos de uma só mão quantos casais homossexuais namoraram, tiveram um relacionamento sério e, na mesma mão, perco as contas.

É difícil encontrar alguém que esteja disposto a aceitar os defeitos do outro. Independentemente da sexualidade, somos seres humanos e temos defeitos como qualquer outra pessoa. Mas quando você é gay também tem que estar preparado e disposto a enfrentar as barreiras e o preconceito que triunfarão até o dia em que o planeta acabe em gelo ou fogo.

Não há amor que supere tantas dificuldades.

Por isso, esta não é uma história de amor, porque, para mim, ele nunca vai existir. Como eu posso amar alguém se não me amo o suficiente para poder ser quem realmente sou?

Aham, minha vida é assim mesmo.

Complicada.

Vivo tenso, não relaxo, mas tento fazer da vida algo legal; fútil, porém legal.

Eu pareço um idiota. Uma fraude, agindo como se fosse outra pessoa, e isso me deixa muito frustrado.

A reunião encerra e eu sorrio para Esther, concordando com as atribuições a que fui submetido. Entendi que vou trabalhar com o Vítor, o pesquisador recém-contratado. Já nos esbarramos algumas vezes.

Esta é uma história de possibilidades e de aparências.

Vítor

CAPÍTULO IV

> Now let me feel high when I'm sober
> Let me feel young when I'm older
> Let me feel proud when it's over
> I finally realized, all of this time
> It was in me
> All along, it was in me[8]
>
> ("It Was in Me" – Avril Lavigne)

Emma está deitada na cama, seus olhos estão vermelhos, indicando que estava chorando antes de eu chegar. É difícil para ela. É extremamente doloroso para ela. Eu vejo e sinto isso, mas não consigo evitar o que meu coração está sentindo neste momento. Eu me aproximo e nos abraçamos. Envolvo seu corpo frágil e miudinho em meu colo, afasto os cabelos pretos de seu belo rosto e analiso as suaves sardas. Ela tem as bochechas mais lindas de todo este mundo. Eu a amo tanto, sempre a amei.

---

[8] Agora, deixe-me ficar alterado(a) quando estiver sóbrio(a) / Deixe-me sentir jovem quando estiver mais velho(a) / Deixe-me sentir orgulho quando isso estiver acabado / Eu finalmente percebi, durante todo esse tempo / Estava em mim / Todo esse tempo, estava em mim ♪

Desde o primeiro dia em que a encontrei, eu sabia, por cada batida de meu coração, que eu seria dela para sempre. Que ela era minha alma gêmea. Mas, depois de oito anos, algo mudou, apesar de eu ainda ter certeza de que a amarei até o último dia da minha vida.

Enquanto estamos em silêncio, com Emma ainda em meu colo, percebo que ela adormece aos poucos, mas minha mente está muito longe de conseguir descansar. Evito pensar na minha atual situação, no sorriso e no olhar de Adam. Afugento Adam de minha mente com toda a força que posso e foco nos meus trabalhos acadêmicos pendentes, na sequência do livro *Atroz*. Porém, volto a pensar em Adam sem perceber, em sua voz, em como ele faz meu coração bater de um jeito diferente. Emma solta um suspiro profundo, e sei que ela caiu no sono de vez. Gentilmente, cubro seu corpo com o lençol e volto a fitar seu rosto adormecido, iluminado pela luminária com a nossa foto.

Emma é linda. Ela é pura, bondosa, dona de um coração sem igual. Um ser humano evoluído que não se preocupa com os pensamentos alheios, e a maioria de suas decisões é baseada na razão, não na emoção. Sou o oposto: sou a emoção, jogo-me no abismo sem ter medo do que está por vir ou do que pode acontecer comigo. Um verdadeiro perigo. É assim que estou me jogando abruptamente em direção ao Adam.

Porém, foi ainda mais intenso quando me apaixonei por Emma. Nós tínhamos 17 anos e entramos em uma escola renomada, na tentativa de passar no vestibular. Ela queria Odontologia, muito determinada, e eu queria Medicina, mas sabia que era muito difícil, tanto no quesito ser aprovado no vestibular quanto pagar a mensalidade. A turma era toda de alunos recém-matriculados naquela escola, portanto não havia "panelinhas". Era como o jardim de infância novamente: estávamos todos no mesmo parquinho, mas agora a brincadeira era diferente, e a maioria era adversário um do outro.

Naquela idade, eu sequer cogitava namorar, e minha família nem sonhava com essa hipótese. Minhas amigas já namoravam, meu melhor amigo também, e apenas minha melhor amiga, Joanne, e eu éramos solteiros, focados em nossos estudos e objetivos, como entrar em uma universidade, fazer especializações e ter uma carreira de sucesso. Jo e eu achávamos aqueles namoricos uma verdadeira perda de tempo; agora, eu vejo que não era bem assim. Meus amigos estavam aproveitando um sentimento que só podia ser vivido naquela época. Todos eles terminaram logo após o ensino médio, mas isso não significa que os relacionamentos não valeram a pena. Eles viveram descobertas adolescentes juntos, e o amor adolescente é um dos sentimentos mais mágicos da vida. Muitos pais, como os meus, ensinaram que namorar na adolescência era o pior erro que se poderia cometer, pois afastaria os filhos dos estudos ou de qualquer carreira. Bem, todos os meus amigos que tiveram seus namoros, considerados banais, hoje estão formados, trabalham em boas empresas ou no que gostam, e alguns até já formaram famílias. Se eles são felizes, não sei, pois a felicidade é algo muito íntimo e particular para opinar. O que quero dizer é que namorar ou não no ensino médio não mudou em nada quem eles são hoje.

Quando mudei de escola no ensino médio, achei que perderia o contato com meus amigos, o que nos primeiros anos não aconteceu, porém hoje só mantenho contato com a Jo. Ela é incrível e, apesar de sermos extremamente parecidos em vários aspectos, temos personalidades bem diferentes. Na nova escola, onde completei o ensino médio e conheci Emma, eu me apaixonei tanto por ela que mal me lembro dos nomes dos professores que lecionaram naquele ano; e olha que sei citar os nomes de todos os professores que tive durante toda a vida escolar.

No ano em que conheci Emma, meu mundo capotou. Meus pensamentos ficavam nela vinte e quatro horas por dia. Como eu, um nerd, poderia me aproximar, conquistar e dar meu primeiro beijo naquela menina incrível, a mais linda e popular da escola? Emma sempre foi linda e, ao longo desses oito anos, sua beleza só se acentuou. Além de seus valores éticos e morais, que ficaram ainda mais admiráveis. Noivamos após seis anos de namoro – foi um pedido de noivado incrível, modéstia à parte, e foi a nossa cara – em frente ao castelo de Hogwarts, nos parques da Universal, em Orlando.

Harry Potter foi o primeiro assunto que Emma e eu conversamos, depois de eu enfrentar toda a minha timidez e conseguir proferir as primeiras palavras. Eu sou fanático pelos livros e filmes, li toda a série mais de sete vezes e perdi a conta de quantas vezes assisti aos filmes. Emma também é apaixonada por todo esse universo criado por J. K. Rowling e, quando começamos a conversar, eu tive certeza:

Merda! Eu vou namorar e casar com essa garota!

Não pensei o "merda" por causa de Emma, mas porque já tinha planejado toda a minha vida: graduação, especialização, trabalho e casa, para depois, quem sabe, começar a namorar e planejar uma família.

Bem, Emma mudou toda a minha forma de encarar o mundo e a minha vida passou a ser baseada na dela. Somos partes um do outro e não consigo imaginar minha vida sem ela. Entretanto, oito anos depois, surge Adam e mexe com as minhas certezas e relembra o bullying que sofri na escola durante o ensino fundamental:

"*Bichinha!*"
"*Boneca!*"
"*Menininha!*"
"*Viadinho!*"
"*Gayzinho!*"

Será que meu futuro não é ao lado de Emma? Será que Adam ao menos supõe que eu despertei sentimentos por ele, os quais eu não sei sequer explicar? Será que me enganei todos esses anos e sou gay? Sou bi? Que confusão é esta em que estou me metendo? Pior, colocando Emma no meio, a pessoa que mais amo nesta vida. Como posso nutrir sentimentos por um cara se eu sei que o que quero para a minha vida é estar com Emma?

Maldita hora em que fui assumir o cargo de pesquisador no hospital e encontrei um farmacêutico para fazer parte de um projeto de pesquisa de farmácia clínica.

Acho que Adam nem desconfia de tudo que está passando pela minha cabeça. Eu não conversei com ele sobre isso, até porque não sei se Adam é gay. Antes de conversar com ele, precisei conversar comigo mesmo, o que significa que Emma estava nessa conversa e, é claro, ficou surpresa, chorou, desesperou-se e nós dois compartilhamos lágrimas incansáveis. No final, tive o apoio de Emma:

– Conversa com ele, expressa os seus sentimentos – disse olhando fixamente em meus olhos. E continuou: – Eu estarei do seu lado, independentemente do que acontecer. Acredito que você me ama, nunca duvidei disso e não vou começar a duvidar agora. Confio que não vai me machucar e confio em Deus que irá acontecer o que for melhor para nós dois.

– Você não está com medo de me perder? – questionei.

– Claro que estou. Mas eu te amo e o que mais quero é ver você feliz. Depois de tudo que desabafou para mim, sobre sua infância, incertezas, bullying e adolescência, eu não posso te impedir de viver, e você não está feliz. Isso está dentro de você, sempre esteve. Você precisa resolver.

– Você me faz feliz, Emma.

– Eu sei – ela afirmou, tentando não chorar. – Quem me dera se isso fosse o suficiente. Eu te amo tanto!

– Eu também te amo muito!

Droga, Emma, isso não é uma história de amor, foi uma quando nos conhecemos, agora está sendo a minha história de autoconhecimento, por mais que eu esteja ferrando toda nossa história de amor.

Eu abraço Emma e começo a cochilar.

Essa conversa aconteceu há alguns dias e até agora continuou na mesma. Eu preciso fazer alguma coisa. Bem lá no fundo, sei o que tenho que fazer; é a única forma de não machucar ninguém.

Basta eu desaparecer.

Não posso me deixar ficar alterado enquanto estiver sóbrio.

Não há como eu me sentir jovem quando estiver mais velho.

Não me orgulho do que estou fazendo da minha vida, e muito menos de quando tiver acabado com ela.

Eu finalmente percebi.

Eu jamais serei feliz assim.

Emma

CAPÍTULO V

You said: Move on – where do I go?
I guess second best is all I will know[9]

("Thinking Of You" – Katy Perry)

A chuva despenca sobre a cidade de forma devastadora. Vítor me deixa na Unidade Básica de Saúde e, mesmo com tudo que está acontecendo, nos despedimos com um beijo. Ele parte para o hospital e meu coração dói em pensar que, depois de me beijar, ele estará conversando – mesmo que profissionalmente – com Adam. Apesar de deixar claro para mim que está tendo sentimentos por um homem, nossa relação não mudara; o carinho, a demonstração de interesse e o amor permanecem o mesmo. Eu não sei se isso acontece no modo automático, ou se é uma forma de ele dizer que ainda me ama ou de eu implorar para ele dizer que está louco e que tudo não passa de uma crise de identidade.

Cumprimento a recepcionista e a técnica de higiene bucal, que estão comentando sobre um programa de televisão ao qual eu não assisto, e rapidamente caminho em direção ao consultório, onde sei que ficarei a manhã inteira sozinha. Dias chuvosos são famosos

---

[9] Você disse: Siga em frente – para onde vou? / Eu acho que o segundo lugar é o melhor que conseguirei ♪

pela desmarcação em massa de pacientes. Ligo o notebook com a intenção de continuar escrevendo um artigo sobre a importância do odontólogo na identificação de sífilis por meio de sinais clínicos bucais. Porém, na área de trabalho, tem uma foto minha e do Vítor abraçados; ele com um sorriso torto, rosto magro e cheio de espinhas, cabelo na régua, vestindo uma camisa polo preta, que eu o presenteara no primeiro aniversário dele que passamos juntos. Ele estava me abraçando por trás e eu estava com um sorriso largo, provavelmente rindo de alguma idiotice que ele falou em meus ouvidos antes de sermos fotografados. Essa foto é antiquíssima. Foi tirada no aniversário de uma amiga nossa e, apesar de ser uma foto simples, tem significado para mim, pois é a última foto que tiramos na época em que tivemos de namorar às escondidas.

O começo do nosso namoro não foi dos melhores por causa da família dele. Assim como Vítor, sua mãe tem uma personalidade extremamente forte e ela fez de tudo para que terminássemos em menos de quatro meses de namoro. Nós passamos por um verdadeiro inferno para estarmos juntos, ele muito mais que eu, pois precisou de muita determinação e coragem para enfrentar pais, psicólogos e até psiquiatra e provar que o que a mãe estava fazendo com ele era muito mais do que atitudes de uma mãe temperamental e ciumenta. Não foi nada fácil.

A situação foi e é muito séria, mas, hoje, ela está melhor e isso é o que importa. Vítor conseguiu convencê-la a procurar ajuda psicológica e psiquiátrica, e foi diagnosticada com transtorno depressivo bipolar. O diagnóstico nunca foi muito explícito para ninguém da família, mas, pelos sinais clínicos e medicamentos prescritos, Vítor e eu entendemos do que se tratava.

Na época, a mãe dele, Martina, tinha crises nada comuns pelo fato de nós dois estarmos namorando. Ela afirmava que Vítor não seria ninguém (isto é, não iria estudar e teria que trabalhar, porque provavelmente eu apareceria grávida a qualquer momento) e que eu seria a infelicidade dele, pois ele tinha tudo para ser um excelente médico. Quando Vítor não conseguiu ficar entre os candidatos classificados para Medicina em uma renomada universidade federal, foi o estopim para ela jogar a culpa em mim, "aquela vaquinha", como costumava me chamar.

No meu aniversário de 18 anos, uma quinta-feira à noite, eu esperava Vítor para darmos uma volta e comemorar – para mim, bastava estar com ele comendo um cachorro-quente em qualquer barraquinha para eu ficar feliz; o importante era estar com ele. Vítor não era de se atrasar, mas naquela noite estava uns quarenta minutos atrasado. Ele sempre ia de bicicleta ou táxi, porque seus pais não o levavam para "perder tempo com uma simples namoradinha"; então, ele dava seus pulos. É como sempre digo: quem quer dá um jeito. E eu não duvidava de que um dia ele surgiria magicamente na minha frente usando a Rede de Flu – um modo de transporte mágico do mundo de Harry Potter.

Meu pai estava de pijama assistindo ao jornal de uma emissora sensacionalista e perguntou se eu não ia sair com Vítor. Ele sabia que sim; afinal, eu estava pronta, bem-vestida, de jeans skinny, blusinha vermelha (minha cor favorita) e saltos altos da mesma cor. Era típico de meu pai, Daniel, ignorar meu aniversário e fazer perguntas às quais já sabia a resposta.

Meu celular tocou e, quando atendi, havia uma gritaria no fundo da ligação, mas consegui ouvir a voz desesperada de Vítor:

– Emma, eu sinto muito, mas não vou poder ir aí hoje, nem sair com você.

– Como assim? – perguntei preocupada, mas já tendo ideia do que se tratava. – Vítor, calma, o que aconteceu?

– Minha mãe surtou, picotou todo o urso que eu comprei, o urso tinha o seu tamanho...

– Urso? – eu o interrompi. – Vítor, calma! Não estou entendendo nada.

Resumindo, o urso ao qual ele se referia era uma pelúcia que ele comprara de presente para mim com o dinheiro que ganhava vendendo latinhas. Estava tudo certo para ele pegar um táxi e irmos a um lugar surpresa. Entretanto, enquanto tomava banho para se arrumar e sair, Martina pegou uma tesoura, picotou o urso e esbravejou:

– Não quero mais aquela vaquinha aqui em casa. Esse namoro está proibido. Sair em plena quinta-feira?! É por isso que não teve capacidade de passar no vestibular de Medicina!

A situação era surreal. Para ela, seu filho sair em uma quinta-feira à noite para comemorar o aniversário da namorada era o fim do mundo. Sem ter muito o que argumentar, o pai de Vítor, Carlos, ficou do lado da esposa, porque sabia que não adiantava contrariá-la. E este foi meu presente de aniversário de 18 anos: Vítor disse que, na manhã seguinte, Carlos o levaria até minha casa para terminar comigo. Eu não consegui responder nada, a ligação foi encerrada abruptamente, mas, antes, pude escutar mais alguns xingamentos de Martina.

No dia seguinte, esperei Vítor na varanda de casa, com os olhos inchados de tanto chorar e de passar a noite em claro. Vítor desceu do carro do pai e nos abraçamos em frente ao portão de minha casa.

Em meus ouvidos, ele sussurrou tudo de uma vez:

– Meu pai me trouxe aqui para terminar com você, mas eu não estou terminando. Não desiste de mim, darei um jeito. Eles tiraram celular, notebook, dinheiro; enfim, todos os meios para impedir a nossa comunicação. Então, me espere. Como você sempre diz: quem quer dá um jeito, e nós daremos. Eu te amo!

Vítor saiu de meus braços e eu fiquei aos prantos na varanda.

Ele cumpriu a promessa: nós continuamos namorando, escondidos, é claro. Ele conseguiu um celular rosa usado com uma amiga de sua antiga escola. Seu irmão, Lucas, comprou um chip pré-pago. Conversávamos todos os dias de madrugada, depois que seus pais iam dormir. Marcávamos encontros de dez minutos na casa de outra amiga nossa do colégio, uma vez por semana, quando Vítor fazia curso de inglês. Isso durou dois meses, até que fomos descobertos e mais uma bomba estourou na casa dele.

A porta do consultório se abre e Sônia, a técnica de higiene bucal, entra. Sua presença me traz de volta ao presente.

– Está tudo bem, doutora Emma?

– Sim, está. – Esboço um sorriso. – Nenhum paciente?

– Não. É engraçado como eles não sentem dor de dente quando há uma chuvinha. – Ela ri e me analisa mais um pouco. – Está tudo bem mesmo, doutora?

– Sim, sim... Tudo ótimo – minto descaradamente.

– Certo. – Ela não parece satisfeita com minha resposta. – Se precisar de algo, estou na recepção.

– Obrigada!

Volto a fitar a área de trabalho do notebook e, sem olhar para a nossa foto, abro o artigo e tento escrever, mas só consigo pensar que Vítor pode estar ao lado de Adam neste exato momento, nutrindo mais sentimentos por ele.

Há oito anos que só penso em Vítor. O que será de mim se eu o perder?

Parece simples seguir em frente, mas para onde vou? Vítor diz que não me abandonará, mas na verdade ele o fará, e talvez eu me contente com o segundo lugar, pois é o que conseguirei. As mulheres são conhecidas cientificamente por compararem seus relacionamentos amorosos e afetivos. Realmente, eu comparo Vítor a qualquer outro homem e não consigo imaginar melhor parceiro do que ele para mim.

Adam

CAPÍTULO VI

Just don't give up, I'm workin' it out
Please don't give in, I won't let you down
It messed me up, need a second to breathe
Just keep coming around
Hey, whataya want from me?[10]

("Whataya Want from Me" – Adam Lambert)

    Nas semanas seguintes, toda a equipe de farmacêuticos e mais uma equipe de vários outros profissionais trabalhou com afinco num projeto que era uma das metas impostas pelas comissões hospitalares e, principalmente, pela direção técnica do hospital.
    Percebi que havia um líder nato: Vítor. Apesar de recém-contratado, o pesquisador tinha muito conhecimento a respeito de implantação de projetos e seu entusiasmo com o nosso projeto motivava a todos nós. Ele e eu nos tornamos bons parceiros. Pela primeira vez, em tantos anos trabalhando no hospital, tive certeza de que o projeto sairia do papel.

---

[10] Apenas não desista, eu estou me esforçando / Por favor, não ceda, eu não vou te decepcionar / Isso me enlouquece, preciso de um segundo para respirar / Só continue se aproximando / O que você quer de mim? ♪

Vítor é bonito, tem mais ou menos a minha idade, olhos e cabelos castanhos, magro, porém sem estilo nenhum. Ele nem parece um pesquisador universitário, mas, sim, um homem desleixado. Os homens héteros tendem a ser assim: alguns, impecáveis; outros continuam usando tênis rasgados, calças largas e camisetas estampadas. Vítor, infelizmente, encaixava-se no segundo tipo. Eu sabia que ele era hétero, pois sempre mencionava sua noiva, Emma, uma dentista de que nunca ouvi falar, e, além disso, no dedo anelar de sua mão direita havia uma aliança reluzindo o compromisso.

Apesar da ausência de estilo, o dia em que o conheci me marcou. Foi na sala de educação continuada. Ele foi o último a chegar à reunião e, quando a porta se abriu, nossos olhos se cruzaram de uma maneira diferente.

Notei que seus olhos castanhos encontraram os meus no mesmo segundo, e ele, sem jeito, pedindo desculpa a todos pelo atraso, não desviou o olhar de mim, e eu não parei de reparar nele. Havia algo em Vítor que me atraiu naquele instante, havia algo de diferente nele, só não sabia o que era.

A única cadeira vaga estava ao meu lado e Vítor se sentou rapidamente. Discutimos algumas ideias sobre como executar o projeto e eu sentia a tensão que aquele rapaz ao meu lado provocava. O que estava acontecendo? Eu sabia ser discreto e ele nem fazia meu tipo! Foquei em Renata, que sugeriu ter uma enfermeira dedicada exclusivamente para trabalhar comigo nesse projeto, mas precisava ser uma com conhecimento em farmacologia clínica.

– Eu tenho uma amiga – começou Vítor – que fez mestrado em farmacologia clínica. O nome ela é Joanne e já foi a conexão entre a farmácia e o corpo clínico médico. Acho que seria uma boa indicação se o RH pudesse contratá-la. Ela seria fantástica.

– Acho que é possível – comenta Renata. – Afinal, é uma das metas da direção do hospital. Ela é boa mesmo?

– Ela foi uma das enfermeiras que trabalhou com farmacêuticos clínicos no Hospital Albert Einstein.

Quando Vítor disse essas palavras, minha mão tocou sua perna, que estava a centímetros da minha, e foi estranho, quase como se saíssem faíscas. Foi como se eu pudesse em segundos sentir os músculos da coxa dele. O movimento foi involuntário, mas, cara, Albert Einstein! Eu perdi o foco! Meu sonho era trabalhar lá. Minha empolgação foi tanta que eu ataquei o rapaz e, na hora, senti que todos observaram meu movimento. Vítor olhou para mim e sorriu retribuindo minha empolgação; para disfarçar, eu dei uns tapinhas nas costas dele e perguntei:

– E o que ela está fazendo? Mora aqui, certo? Para você sugeri-la... Por que ela abandonou o melhor hospital do Brasil?

– Família – respondeu Vítor. – A família dela é daqui da região. Sei que ela está trabalhando em um município próximo, eu posso falar com ela.

– Toda a minha família também é desta região – eu disse um pouco deprimido, pensando que não conhecia muito do mundo.

– Bom, acabei de enviar uma mensagem para o RH, já deram sinal positivo para a contratação de um enfermeiro ou uma enfermeira – Renata interrompeu, retornando ao assunto. – Pode agendar uma entrevista com Joanne?

– Claro, podem contar comigo.

– Fechou! – concluí. – Vai dar certo com essa sua amiga. Albert Einstein! Não podemos perder essa oportunidade. Boa ideia, Vítor.

Ele ficou um pouco encabulado, mas percebi que gostou de ser elogiado. Talvez ainda mais por ter sido por mim. Vi como me olhava durante toda a reunião, não podia estar tão doido. Ou será que era apenas meu entusiasmo em trabalhar com Joanne?

Vítor e eu saímos juntos da reunião, e quis apresentar minha sala para ele, que, segundo o projeto, seria a sala de farmácia clínica.

– Você acha que o tamanho da sala é bom? – perguntei. – Cabem uns seis farmacêuticos, eu acho.

– Adam, seis? – ele questionou, rindo. – No máximo dois! Temos que pensar na mobília, nos computadores, livros... Geometria não é o seu forte, não é mesmo?

– Não – eu admiti. – Deus me livre! Talvez possam conseguir uma sala maior. Eu soube que a sua é bem grandinha.

– Sim, porém é a minha sala, pode tirar os olhos dela.

Nós dois rimos e, pelo olhar de Vítor, percebi que eu não estava louco. Mas, que merda, o cara não era hétero? Não estava noivo?

O que Vítor queria de mim?

Joanne realmente era ótima e foi contratada. Ela foi alocada no setor de gestão de qualidade para dar suporte. Depois de um mês, comecei a executar meu trabalho em alguns setores de enfermagem, enquanto Vítor analisava estatisticamente as atividades que eu realizava e Joanne fornecia subsídios para a minha comunicação ser mais respeitada entre as equipes médicas e de enfermagem.

Naquele mês, percebi que ela era ótima profissional, mas tinha a impressão de que não gostava muito de mim. Talvez fosse impressão minha, mas geralmente não erro nessas coisas. Ao mesmo tempo, Vítor e eu ficamos muito próximos. Trocávamos inúmeras mensagens e áudios pelo WhatsApp, falando sobre filmes, signos, trabalho, músicas e qualquer outra bobagem, apenas para manter contato. Vítor era assíduo em suas mensagens, mas às vezes eu demorava para responder, porque, ao olhar a foto de perfil do WhatsApp dele, lembrava que ele estava noivo e eu não estava a fim de ser o responsável pelo término do relacionamento de alguém, nem de tirar alguém do armário. Muitas vezes, relia nossas conversas e percebia que se tratavam de flertes; embora inocentes, eram flertes.

Certo dia, enquanto estávamos sozinhos na sala de farmácia clínica, que costumava ser seu paradeiro, Vítor me convidou para uma sessão de autógrafos que faria mais tarde naquele dia em um museu da cidade.

– Como assim, você é escritor? – perguntei, surpreso. – Cara, eu admiro muito quem tem esses dons artísticos.

— Você nem sabe se o livro é bom — ele respondeu tímido.

— Cara, mas você publicou um livro! É claro que eu vou! Qual é o nome do livro?

— *Atroz*.

— *Atroz*... Nome legal... E um pouco assustador — digo e sorrio. — Ele trata do quê?

— Isso você fica sabendo se comprar o livro — ele debochou. — Conto com você hoje à noite, então. A Joanne também vai. Ela já tem um exemplar e leu o livro, comprou na época do lançamento, mas vai para fazer volume.

Joanne...

Revirei os olhos.

— Essa sua implicância com a minha melhor amiga não irá favorecer a nossa amizade.

— Ela que não gosta de mim. Eu sei, Vítor, pode desembuchar.

— Cala a boca, ela nunca mencionou o seu nome para mim.

Eu sabia que Vítor estava mentindo. Mas não insisti.

— Nós somos amigos, não somos? — perguntou Vítor.

— Cara, com certeza. Eu gosto de estar com pessoas que venham para somar. E você me parece ser esse tipo de pessoa. Mas por que a pergunta?

— Então, trate de parar de implicar com Joanne!

Revirei os olhos novamente, tentando fazer Vítor cair em mais algum diálogo melodramático, mas ele fingiu não perceber e mudou de assunto:

— Você também vai conhecer Emma — disse Vítor. — Vai ser massa!

Assinto e sorrio.

Com certeza, Vítor, você está a fim de mim e vai me apresentar à sua noiva. Será que Vítor não sabia que era gay? Será que ele vivia no armário com essa Emma e era feliz dessa forma?

— Estarei lá — confirmei, e Vítor saiu da sala.

Definitivamente, eu não perderia por nada esse evento. Será que meu *gaydar* tinha falhado? Ou Vítor estava brincando com meus sentimentos? Eu gostava da atenção que ele estava me dando naquele mês; era feio pensar nisso, mas, de certa forma, era bom para meu ego. Se eu começasse a pensar muito em como essa história poderia terminar, não seria fácil para mim. O hospital todo saberia e seria minha ruína. Talvez houvesse um tempo em que eu me entregaria por inteiro quando eu tinha o quê? Meus 17 anos? Época em que eu não dava a mínima para nada. E continuo a não dar a mínima, porque sei que nesse quesito não há futuro para mim. Nada de amor, apenas sacanagem mesmo. Com Vítor, talvez, se ele fosse aberto e fosse outro contexto, eu me esforçaria mais, pediria para ele ceder e enfrentar tudo comigo, que eu não o decepcionaria.

Para com isso, Adam! Você sabe que não seria capaz de tamanha proeza. Você é uma fraude, e está no armário durante a vida toda, digo a mim mesmo.

Estava enlouquecendo com esse assunto e precisava de um segundo para respirar. Além de retornar à terapia urgentemente. Vítor não está a fim de mim. Não pode estar, e muito menos eu a fim dele. Que loucura! Que perda de tempo pensar nisso.

Foda-se!

Lembro-me de abrir o aplicativo Grindr e dar uma olhadinha nos boys da cidade. Não perderia meu tempo pensando nesse cara, afinal, eu não estava totalmente sozinho. Tinha Christopher, que já conhecia há anos, e estava louco para namorar comigo. Mas eu não sabia se estava interessado, apesar de ele ser um fofo. No aplicativo, me deparei com os mesmos carinhas de sempre, até que vi um perfil diferente.

Opa!

Vitor

CAPÍTULO VII

> What do you want? 'Cause you've been keeping me awake
> Are you here to distract me so I make a big mistake?
> Or are you someone out there who's a little bit like me?
> Who knows deep down I'm not where I'm meant to be?
> Every day's a little harder as I feel your power grow
> Don't you know there's part of me that longs to go"
>
> ("Into the Unknown" – Panic! at the Disco)

Uma verdadeira montanha-russa.

Meus dias parecem uma novela dramática com muito sofrimento, paixão, ansiedade... É uma mistura de sentimentos que não consigo explicar.

Adam e eu estamos muito próximos, e toda vez que o toco "sem querer", seja em seu joelho ou em sua mão, é como se estivesse encostando em algo proibido. Seus toques fazem minha pele formigar e, ao mesmo tempo, meu coração acelera ainda mais do

---

[11] O que você quer? Porque você tem me mantido acordado(a) / Está aqui para me distrair para que eu cometa um grande erro? / Ou você é alguém por aí que é um pouco como eu? / Que sabe que no fundo eu não estou onde deveria estar? / Todos os dias são um pouco mais difíceis enquanto sinto seu poder crescer / Você não sabe que há parte de mim que anseia por ir ♪

que já está pelo simples fato de estar em sua presença. É como um sinal de que ele me quer. Que também sente o mesmo que eu.

Estou em um jogo desconhecido. Rumo ao desconhecido. Eu consigo ouvir minha mente, que minhas atitudes estão erradas, mas não irei me importar. Realmente estou procurando por problemas, enquanto Emma sofre e finge ser forte ao meu lado. Há milhares de razões para que eu simplesmente continue minha vida, há vários motivos para eu seguir com o meu dia de trabalho sem colocar os pés na sala de farmácia clínica e sem enviar qualquer mensagem para Adam. Mas não consigo ignorar os sussurros de meus desejos.

Isso tudo pode acabar muito mal. Eu nem tenho certeza de ele é gay ou bissexual. Nem sei por que me sinto atraído por ele. Mas, cada vez que o escuto e me deparo com seus olhos, encontro a felicidade. Eu esqueço tudo. Esqueço quem eu sou: não existe mais o Vítor professor e pesquisador universitário, com uma infância cheia de bullying e uma adolescência inexistente. Não existe o Vítor reprimido, sufocado, noivo, enfermeiro, psicólogo. Existe apenas o Vítor.

Quando Adam e eu conversamos, sinto-me jovem, com uma vida cheia de coisas para experimentar e viver. Adam é lindo, e não apenas fisicamente, apesar de sua pele morena perfeita, seus cabelos pretos arrepiados e raspadinhos nas laterais, seu corpo esguio e forte ao mesmo tempo serem características que chamam minha atenção como nenhum cara fez antes.

Será que Adam está aqui para me distrair? Para que eu cometa um grande erro? Com certeza a resposta é sim. Mas como ignorar os sinais? Como me afastar de algo que quero? Como faço para afugentar algo de minha mente, que me puxa como um ímã? E por que eu quero que isso aconteça? Por que não posso viver isso com Adam? Porque eu amo Emma, ora, ela é o amor da minha vida, e eu tenho certeza disso quando me lembro de tudo que passamos, de nossos sonhos, de seu sorriso e de sua boca perfeita. Infelizmente, minha vida está nessa montanha-russa porque Adam é a razão para os picos altos, e Emma, para as quedas livres.

Não que a culpa seja dela, pelo contrário, eu me culpo por fazê-la passar por essa situação.

Pensando bem, Adam também é responsável pelas quedas livres da minha montanha-russa. Talvez, na maioria das vezes, ele seja o motivo das quedas mais profundas e sem retorno, quando entro em um torpor que não sei mais o que fazer. Muitas vezes, ele ignora minhas mensagens e demora muito tempo para responder, o que me deixa angustiado, ansioso e nervoso. Em outras, responde com apenas alguns emojis ou figurinhas, o que entendo como sinal de querer se afastar. Há momentos em que responde com textos longos e risadas, mas o melhor é quando envia áudios, com sua voz meio parada, como se estivesse em outro mundo, processando cada palavra dita. Quando vejo a notificação de seus áudios, minha barriga dá seiscentas voltas, e escutá-lo faz com que eu viaje metaforicamente para o espaço.

Adam me faz perder o chão. Eu não consigo entender essa mudança de comportamento dele. Não entendo mais esse jogo que estamos jogando. Preciso jogar limpo com ele e colocar as cartas na mesa. Preciso confessar o que sinto. O que de pior pode acontecer? Ele olhar na minha cara e dizer:

– Cara, eu sou hétero, achei que éramos amigos...

Ou:

– Desculpa, Vítor, mas estou namorando...

Ou:

– Vítor, você está louco? Você não é noivo? Pensei que fosse hétero...

Ou:

– Nunca mais fale comigo, me sinto extremamente ofendido por você pensar que eu sou gay ou que ficaria contigo. Não fale mais comigo...

Ou... Ou... Ou...

Minha mente me leva a imaginar as várias reações que Adam poderia ter. Mas sabe quando você consegue se escutar e descobre que deve correr o risco? Eu estou disposto. A pessoa que eu tive mais vergonha de contar e abrir meus sentimentos, a quem eu devia respeito, era Emma. E ela mesma disse que eu precisava conversar com Adam, pois essa história estava me fazendo perder o sono, prejudicando minha sanidade mental. Confessei à Emma que pensamentos suicidas estavam começando a passar pela minha cabeça, mas não para assustá-la, apesar de tê-la deixado totalmente desesperada. Mas, com ela, posso falar qualquer coisa. Nosso amor é incondicional.

É possível alguém amar duas pessoas ao mesmo tempo? Pesquisei na internet sobre o assunto e achei inúmeros relatos e artigos que afirmam ser possível. Alguns deles eu julgava safadeza, sendo bem preconceituoso de minha parte e fazendo de mim uma pessoa hipócrita, que não se aceita de forma alguma.

Isso tudo ia contra o que sempre priorizei em relação aos meus critérios morais e éticos.

Até que certo dia comecei a ler o livro *A garota dinamarquesa*, de David Ebershoff. Iniciei a leitura porque o livro foi adaptado para os cinemas, com Eddie Redmayne e Alicia Vikander. Uma das falas de Greta que mais me emociona é quando Einar conta aos médicos que acredita se identificar como mulher em um corpo de homem, que está em um corpo errado, e Greta olha em seus olhos e diz que ela também acredita. É uma obra sobre o mais puro amor.

Foi aí que, em um intervalo entre trabalhos que eu estava corrigindo, abri o Instagram e fiz uma "loucura": enviei uma mensagem diretamente ao escritor David Ebershoff. Eu já o seguia nas redes sociais e sabia que, entre seus quase doze mil seguidores, seria muita sorte ser notado e receber uma resposta. Entretanto, arrisquei e enviei enormes textos em inglês a ele, questionando sua opinião sobre minha atual situação e se ele realmente acreditava que poderia existir uma pessoa capaz de amar duas pessoas ao mesmo tempo. Quer dizer, isso se eu realmente amasse Adam, porque não o sei. Não sei realmente o que sinto por ele. Sei que amo minha noiva, disso tenho certeza. Ao digitar as mensagens, percebi que estava escrevendo mais para mim mesmo do que para David, agradeci sua atenção e tinha certeza de que seria ignorado.

Mas, para minha surpresa, ele foi muito gentil e respondeu. Sim, David Ebershoff foi meu conselheiro via Instagram e até hoje trocamos algumas mensagens. Conversamos por mais alguns dias e ele enfatizou que eu já sabia o que deveria fazer e que não seria ele quem diria o que era. Percebi que, por tudo o que contava a ele, no fundo eu estava preparado para fazer o que tinha que ser feito.

Eu já tinha feito minha escolha.

Um dia, precisamente em uma quarta-feira nublada, na impulsividade e movido pelos comentários de David Ebershoff e de Emma, criei coragem e enviei uma mensagem a Adam, tentando parecer o mais despretensioso do mundo:

> Oi! E aí, cara? Tudo bem? Vai almoçar hoje aqui perto do hospital?

Parei tudo o que estava fazendo e fiquei olhando fixamente para a tela com a nossa conversa, esperando que ele visualizasse e respondesse. Adam, sendo Adam, tinha o aplicativo configurado para que o outro não soubesse quando ele visualizava as mensagens, e isso me deixava ainda mais ansioso.

De repente, próximo ao seu nome no aplicativo apareceu o horário e indicou que ele estava digitando.

> digitando...

Meu Deus! Ele percebeu! Minha mensagem não foi nada despretensiosa. Adam já entendeu sobre o que quero conversar com ele. Ferrou!

> digitando...

Que droga, Adam! Você está reescrevendo a Bíblia Sagrada?
Do nada, a resposta surge na tela:

> Oi! Tudo certo, e com você? Vou almoçar sim, no Le Bistrot, por quê?

Sério, Adam? Sete minutos para digitar essa resposta? Quer me matar do coração?
Penso em demorar para responder, mas minha ansiedade me impede:

> Ah, massa! Queria conversar com você! Podíamos almoçar juntos e trocar umas ideias, o que acha?

Novamente, a tortura:

> digitando...

Até que:

> Claro! Pode ser às 13:30?

Eu sorrio de orelha a orelha.

> Sim, combinado!

Consulto o horário: treze horas. Faltam trinta minutos para eu ter uma das conversas mais difíceis da minha vida. E, depois dela, tudo pode mudar para sempre. A montanha-russa pode se desgovernar sem ter mais altos e baixos e ser o meu fim. Dependendo do desfecho, eu saberia o que fazer: daria um fim nos meus problemas. Sou psicólogo, então consigo perceber a ansiedade e a depressão, as quais não estão sendo tratadas, rondando cada neurônio meu. Reconheço o fim que posso e talvez que eu queira ter.

Vejo como a única solução, dependendo de como essa conversa se desenrolar.

Não posso pensar em Emma, senão vou acabar mudando de ideia e desmarcando com Adam. Pela primeira vez em oito anos, eu me coloquei à frente de Emma. Ela sempre foi a minha prioridade, mas hoje, somente hoje, eu me colocaria em primeiro lugar e esta poderia ser a pior ideia que tive em toda a minha vida. Em respeito a ela, em consideração ao nosso amor e à nossa história, envio uma mensagem:

> Hoje vou conversar com Adam. Vamos almoçar no Le Bistrot. Tudo bem por você?

Diferentemente de Adam, Emma responde na mesma hora:

> Claro, amor. Bom almoço! Eu te amo!

Com peso no coração, digito rapidamente:

> Te amo muito!

Ela envia uma figurinha de coração e eu respondo com vários emojis de coração. Eu sabia que Emma estava pensando na minha felicidade, que agia por meio da razão e do que achava certo fazer. Conheço-a há muito tempo e sei o quanto deve ter doído para ela ler e digitar cada palavra dessa conversa.

O amor é uma merda.

Paro de pensar em Emma, preciso focar em Adam.

Pensando bem, o que eu falarei para ele? Eu já sabia o que deveria falar, mas como fazer isso?

O que estou fazendo da minha vida?

Por que a vida tem que pregar essas peças nas pessoas? Qual é o sentido disso?

Sentimento é uma merda.

Eu queria simplesmente não sentir nada. Não machucar ninguém, não sofrer. Mas isso é inevitável. Esta é a vida real.

E eu preciso descobrir o que me espera.

Preciso enfrentar o desconhecido.

Emma

CAPÍTULO VIII

> I'll spread my wings and I'll learn how to fly
> I'll do what it takes till I touch the sky
> And I'll make a wish, take a chance, make a change
> And breakaway[12]
>
> ("Breakaway" – Kelly Clarkson)

A paciente foi embora e eu anoto em seu prontuário o procedimento executado. Sônia retira a instrumentação utilizada e sai porta afora. Fico sozinha no consultório odontológico e me pego perdida em pensamentos.

Já são catorze horas, nenhuma mensagem de Vítor, o que significa que ele e Adam estão tendo "a conversa". Eu sinto medo. Talvez esse seja o sentimento que mais estou sentindo no momento. Além do medo de perdê-lo, Vítor estaria exposto de tal forma que tenho receio de que ele perca tudo que vem conquistando com as pesquisas hospitalares.

Qual seria a reação de Adam? Eu não o conheço, apenas por fotos, o que não é nada tranquilizante. Ele é um homem muito

---

[12] Vou abrir minhas asas e aprender a voar / Farei o que for necessário, até eu tocar o céu / E vou fazer um desejo, dar uma chance, fazer uma mudança / E fugir ♪

bonito. Alto, forte, esguio, tem a pele bronzeada. Pelas fotos do Instagram, parece dono de uma autoconfiança avassaladora, bem diferente de mim, que tenho a pele branca pálida, um metro e meio de altura, e meu feed no Instagram não parece ser de uma mulher empoderada, mas de uma carinhosa, fofa, romântica, com várias imagens ao lado de Vítor ou com a equipe de trabalho.

Não que eu não seja empoderada, só não precisava ter um feed para provar isso. Achava isso tudo muito banal. Começo a pensar se foi isso que fez Vítor despertar interesse por Adam. Quando fala dele – e ultimamente é nosso único assunto –, a mensagem que passa é que Adam é um pouco desligado das coisas, desapegado, gosta de curtir noitadas, baladas, bebidas, aventuras e tudo que envolve coisas exóticas e que dispare a adrenalina.

Eu sou o oposto de tudo isso. Sou reservada, gosto de sair com nossos amigos, mas amo estar dentro da minha zona de conforto. Não sou uma aventureira nata, a parte da aventura era com Vítor. Eu só o seguia e isso me fazia feliz; nunca partia de mim. Eu não era a pessoa mais comunicativa de nossos grupos de amizades, muito menos a que tinha as ideias das festas ou confraternizações, nem mesmo a que sugeria inscrições em cursos e congressos; isso tudo era com Vítor, eu apenas ia na onda dele. Às vezes, eu precisava ser seu freio, para que nossa vida não parecesse um seriado de TV, como está acontecendo agora.

É muito difícil escutar de quem você ama, com quem acredita que está construindo uma família, que ela está interessada em outra pessoa. Nós tínhamos acabado de comprar nosso apartamento no centro da cidade, ainda na planta, e os planos para o casamento já eram a pauta em muitos fins de semana. Tudo isso caiu por terra. O assunto casamento passou a ser tratado só na frente da família dele. Em apenas quarenta dias, eu perdi Vítor. Ele diz que não, que está comigo, mas eu o conheço há oito anos e sei que os seus pensamentos estão ou em Adam, ou em como sair dessa situação.

Vítor é ótimo enfermeiro, ótimo psicólogo e excelente professor pesquisador. Mas, entre essas três profissões, a que menos faz jus ao seu intelecto e decisões é ser psicólogo. Ele tem tendência à depressão e ansiedade; e, com sua teimosia, nunca procurou ajuda. Isso não sai da minha cabeça, porque ele não me dá notícias da conversa, o que deve significar que ainda estão almoçando, e não entro em contato para não interromper. Fico angustiada e desesperada, porque sei que ele poderia cometer uma idiotice.

Meus olhos se enchem de lágrimas e mal posso suportar a dor em meu peito. Tranco a porta do consultório e choro como jamais chorei.

É extremamente frustrante saber que você pode estar vivendo uma ilusão, que seu noivo pode ser gay ou bissexual e pode decidir viver a vida com outro alguém. Perder Vítor para uma mulher seria difícil, mas para um homem é ainda mais.

Vítor não era meu. Nunca tivemos esse sentimento de posse, nunca o tratei como objeto, para dizer ou pensar frases machistas como o "meu homem". Mas agora não posso evitar pensar que sim, eu estou perdendo meu noivo para um homem. Não fui suficientemente capaz de mantê-lo comigo. Será que ele sempre sentiu atração por homens e me enganou o tempo todo? Será que sou uma má companheira e fiz ele preferir homens a mulheres?

Seco minhas lágrimas com papéis-toalhas do consultório. Todos esses pensamentos são uma verdadeira loucura. Eu não tenho culpa de nada. Essa dúvida sempre esteve presente em Vítor, mas qual é o motivo de despertá-la agora? Qual foi o estopim? Onde eu errei? Fora eu, quem mais errou?

Nosso amor é forte? Será que Vítor quer continuar sem mim? Toda vez que me pergunto isso é como se eu tentasse voar e caísse sem as minhas asas. Eu me sinto tão pequena. Sei que preciso de Vítor. Faço de conta que ele jamais estaria feliz sem mim, mas no fundo acredito que ele possa ser muito feliz. Às vezes, parece ser a única maneira. Eu vejo isso claramente, apesar de me perguntar:

O que foi que eu fiz?

Não consigo admitir, depois de tudo que passamos e de todos os sonhos que construímos, perdê-lo dessa forma e ainda me manter forte para não ser o impeditivo para ele buscar a sua felicidade. Estou exigindo demais de mim. Eu era a felicidade dele, não era? Nós batalhamos tanto para ficar juntos. Superamos a rejeição da família dele, que hoje me trata como filha. Trabalhamos juntos no shopping center aos 18 anos para pagar nossas graduações. Conseguimos bolsas do Prouni, e Vítor pagava apenas a mensalidade de Psicologia. Eu o achava louco por conciliar duas graduações, mas sabia que não podia controlá-lo. Vítor é assim: executa milhões de atividades ao mesmo tempo desde que o conheci. Ele move céus e terras para conseguir o que quer. Eu o admiro muito por essa característica, mas agora percebo que talvez essa necessidade de estar sempre se ocupando com várias coisas possa ser para mascarar algo dentro de sua alma.

Não sou psicóloga, mas sou uma boa analista e tenho essa percepção. Vítor teve uma infância de muita autocobrança: sempre tinha de ser o melhor da turma, da natação, em tudo... No começo do namoro, achava que era por causa de seus pais, mas percebi que não; Lucas, seu irmão, é totalmente diferente. Seus pais, Carlos e até mesmo Martina, que tinha uma personalidade difícil, não cobravam tanto assim dos filhos na infância. Ela era extremamente ciumenta com Vítor e Lucas, mas não foi daquele tipo de mãe que critica o filho por tirar nota baixa na escola, apenas conversava e orientava que deveriam estudar mais para recuperar a nota. Em compensação, Vítor me contou que muitas vezes chorou por tirar nove e meio em alguma prova. Isso mudou na adolescência, quando Martina usou o fato de que Vítor não passou no vestibular de Medicina por culpa do nosso relacionamento. Não era a cobrança falando, e sim o ciúme.

De onde vinha essa autocobrança? O que ele queria provar para todos? Nunca consegui entender. Em algumas discussões bobas que tivemos ao longo de nosso namoro, eu me lembro de ele dizer que queria ser lembrado, famoso, deixar sua marca. Eu dizia que para mim ele já era tudo isso, mas percebia que isso era insuficiente. Ele queria mais. Ele esperava sempre mais dele, das pessoas, queria conquistar o mundo, queria mudar de vida, de rotina, realizar todos os nossos desejos e sonhos, mas se frustrava com a realidade que vinha depois de obstáculos. A realidade pode ser cruel e bem diferente do que planejamos.

Por isso, hoje eu estou muito triste. Porque querer estar com Vítor é a realização do meu sonho, do meu maior desejo. Para mim, nada mais é necessário desde que eu esteja com ele e o faça feliz. Mas querer isso está tão longe de poder. Sinto Vítor tão longe de mim.

Nunca me senti longe dele. Um dos piores momentos do nosso início de namoro foi quando Martina colocou Vítor para fora de casa. Ela o colocou literalmente para fora de casa, com todos os seus pertences em duas mochilas e três sacos de lixo. Vítor ficou desamparado e não queria ir para a casa de seus tios para não ter que explicar a situação. Além disso, Martina o atacou com uma faca e o machucou no rosto; foi um corte superficial na testa dele. Eu e meu pai fomos buscá-lo no terminal rodoviário, e naquele dia meu pai nos colocou em meu quarto, pegou a mão de Vítor, pousou sobre a minha e disse:

– Seja bem-vindo à família, Vítor. Vocês agora estão casados. Espero que respeite e cuide da minha filha.

O olhar desamparado de Vítor, que estava cheio de lágrimas por ter sido expulso de casa, em um segundo passou a transbordar preocupação e eu o entendi: ele era apenas um garoto de 18 anos, com vários objetivos e metas para cumprir na vida, e tinha se tornado da noite para o dia "um pai de família". Meu pai estava louco para que eu sumisse de sua vida. Deve ter dado graças a Deus quando aconteceu tudo isso com Vítor, afinal, sabia que em questão de meses, ou até mesmo de semanas, ele acharia um lugar para alugar e, com certeza, eu iria junto.

Vítor ficou em minha casa por apenas cinco dias. No sexto, Carlos o procurou na loja e insistiu para que ele desse mais uma chance para a mãe. Relutante, Vítor retornou para casa. Daquele dia em diante, eu passei a ser aceita em sua família. Os perrengues entre Martina e Vítor não pararam por aí, porém comigo ela nunca mais encrencou. Pediu-me perdão por todas as ofensas e por seu desequilíbrio, e eu respondi que não havia nada o que perdoar – o que deixou Vítor incrédulo, mas era a verdade. Apesar de estar cursando Psicologia, ele não compreendia que a mãe não estava bem mentalmente. Ela precisava de ajuda. Nada do que ela fez foi intencional. De certa forma, era uma versão de si que ela mesma desconhecia. Então, Martina começou tratamento com psicólogo e psiquiatra, e a família toda teve que passar por ambos os profissionais também. Eu me preocupei bastante quando Vítor me contou que o psiquiatra fitou seu pai, após ter conversado somente com Vítor, e falou:

– Permita-me dizer, seu Carlos, que eu não sei como o seu filho tem a cabeça que tem. Ele realmente conseguiu resolver vários traumas da infância e da adolescência de forma incomum. Não é todo mundo que passa pelo que ele passou e que continua com o juízo de dar inveja a muitos pais.

Vítor contou-me tudo isso rindo, porque sabia que o problema da relação entre ele e a mãe era apenas ela. É claro que, na época, Vítor era outra pessoa, tinha uma mentalidade compatível com a adolescência e não fazia uso de medicamentos para dormir.

Agora, depois de tanto tempo, eis a questão: Vítor realmente resolvera seus traumas ou apenas os enterrara nas entranhas de seu inconsciente?

Sônia bate na porta, eu verifico no espelho se estou com cara de choro e abro-a. Ela anuncia que a próxima paciente chegou e eu peço para trazê-la.

Enquanto espero, verifico o celular e não há nenhuma mensagem de Vítor.

Sempre fui uma menina sonhadora, romântica, delicada, imaginando o que minha vida poderia ser, os caminhos que seguiria, se seria igual à minha mãe que cometera suicídio. Eu optava por pensar diferente, rezava e acreditava que seria feliz. À minha maneira, esforcei-me para alcançar o que queria; mas agora, que eu queria pedir para que Vítor me escolhesse, isso parecia tão distante. Queria gritar isso para o mundo, mas parecia que nem ele nem ninguém conseguia me ouvir. Queria me sentir aquecida no que era meu lar, mas tinha algo tão errado lá, cada dia que passava, a família de Vítor deixava de ser minha casa.

Então, se tudo desmoronasse, eu começaria a rezar para que pudesse fugir e encontrar o meu lugar. Eu teria que abrir minhas asas e aprender a voar, fazendo o necessário para não sofrer; afinal, como li em algum livro, a dor é inevitável, já o sofrimento é opcional. Vai doer, está doendo, mas eu vou rezar, vou fazer um desejo, dar uma chance, mudar e fugir para onde a vida me levar. Mas de uma coisa tenho certeza: nunca vou esquecer Vítor. Terei que correr o risco, fazer uma grande mudança e descobrir uma Emma que nem eu conheço.

Adam

CAPÍTULO IX

> You know that I want you
> And you know that I need you
> I want it bad, your bad romance[13]
>
> ("Bad Romance" – Lady Gaga)

No meu prato tem rúcula, brócolis, omelete e arroz. O garçom traz meu suco de maracujá sem açúcar e eu começo a comer enquanto espero Vítor.

Quando estou na segunda ou terceira garfada, Vítor entra no Le Bistrot. Sua expressão é tensa, tímida, envergonhada e ao mesmo tempo determinada. Ele está muito diferente do Vítor que conversava comigo no dia a dia. Na verdade, aquele Vítor mais me ouvia: ele gostava de ouvir as loucuras em que eu me metia por aí.

Vítor cumprimenta-me e senta-se rapidamente, depois diz que vai se servir no buffet. Ele também pede um suco de maracujá sem açúcar e afirma ser o seu predileto, e nós dois rimos da coincidência. Porém, enquanto se serve, percebo que ele está mesmo diferente. Não fisicamente, mas o seu comportamento mudou, como se ele estivesse se preparando para ter uma conver-

---

[13] Você sabe que te quero / E sabe que preciso de você / Eu quero tanto, seu romance ruim ♪

sa séria. Será que ele pediria desligamento do hospital? Por um breve segundo, penso que assumiria seu interesse por mim, que eu estava correto o tempo todo, mas ignoro o pensamento quando Vítor retorna para a mesa. Reparo em sua camiseta vermelha com o símbolo de Harry Potter, calças largas e os habituais tênis de molas. Não, Vítor não estava interessado em mim, eu que estou a fim dele mesmo e o acho um gatinho.

– Esther está insuportável hoje – começo a puxar papo, pois praticamente já terminei minha refeição. – É cada ideia que ela tem! É uma loucura!

– Já terminou? – ele questiona ao olhar meu prato. – Reparei no seu prato antes de me servir, só tinha mato.

– Sou vegetariano.

– Sério? – Vítor pareceu surpreso. – Tem algum motivo especial para isso?

– Não, apenas nunca gostei muito de carne. Não é nenhuma questão em prol dos animais ou religião, essas coisas. Eu só sou vegetariano porque não gosto de nada que tenha carne.

– Frango? Peixe?

– Nada disso, minha alimentação se baseia em massas e saladas.

– Impressionante. Eu também gostaria de ser vegetariano, em prol de alguma causa, mas, só de pensar em deixar de comer algumas coisas, sei que não consigo. Admiro quem consegue.

Sorrio, e nós tomamos um gole de suco ao mesmo tempo.

Fico em silêncio, afinal, ele que queria conversar. Contudo, Vítor parece focado em terminar sua refeição e mal olha em meus olhos. Percebo que serei obrigado a questioná-lo.

– Então, você disse que queria conversar comigo. Aconteceu algo?

– Não – diz ele, de forma abrupta. – Não aconteceu nada. O que tenho para falar é muito difícil, nem sei por onde começar.

– A direção do hospital está te enchendo de pesquisas? Está pensando em largar o projeto de farmácia clínica?

– Não, jamais! Ainda mais agora que Joanne entrou para a equipe. Estamos tendo resultados promissores. Consigo ver que teremos não só bons resultados para os pacientes e a instituição, mas também que renderá várias publicações científicas.

– Que bacana! Então o que é? Começou a perceber o ambiente "tóxico" do hospital? Alguém está te incomodando?

– Ninguém está me incomodando, Adam. – Vítor sorriu, e eu me peguei admirando seu sorriso. – O que quero conversar não é nada relacionado ao trabalho.

O silêncio paira sobre todo o restaurante, é como se naquele momento todo o local ficasse vazio e quieto, como se estivéssemos a sós. Eu sinto que sei o que ele vai falar. Ele não pode falar isso que estou pensando que vai falar; não pode, ele é hétero, tem uma noiva. Isso não pode estar acontecendo.

– Adam, eu não sei como dizer isso, então terei que falar de uma vez só: há rumores no hospital de que você seja gay, eu não me importo nem um pouco com isso. Você é gay?

Eu sabia, ele está sondando para chegar ao assunto principal. Vítor é esperto, mas eu também, e não cederei tão facilmente.

– Cara, eu nunca coloquei um rótulo. Já tive relacionamentos com mulheres e homens. Inclusive, tenho um filho, mas a mãe dele, Giovana, mora na Itália, então eu não tenho contato, apenas ajudo com as despesas.

Vítor parece ainda mais perplexo com minha fala. E não consigo decifrar se é pelo fato de eu não afirmar que sou gay, pela suposta bissexualidade ou pelo próprio fato de eu ter um filho. Um deslize, mas vida que segue.

– Então você é bissexual? – ele indaga.

– Como te disse, não coloco um rótulo. Eu sou Adam. E não é fácil falar sobre sexualidade no meio corporativo, então são poucas pessoas que sabem ao meu respeito. Na verdade, eu só estou contando para você porque sinto que podemos confiar um no outro.

Na verdade, é porque quero que você se abra para mim, Vítor. E isso com toda certeza está sendo muito corajoso de sua parte.

– Massa – ele diz embaraçado. – Sim, confio muito em você. Não dá nem para explicar como nossa amizade fluiu tão bem.

— Como eu te disse, gosto de pessoas que somam, e você com certeza veio para somar em minha vida.

Vítor enrubesce com minhas palavras, e eu acho muito fofo.

— Falando na nossa amizade — tento deixá-lo à vontade, talvez ele não esteja pronto para falar o que veio realmente falar. — Comecei a ler o seu livro. *Atroz*. Muito bem escrito, e olha que sou preguiçoso para leitura.

— Sério? — ele se admira. Eu tive a mesma sensação quando fui ao museu, na sessão de autógrafos. Ele ficou contente por eu ter ido ao evento, não disfarçou a felicidade em me ver e, entre as diversas fotos com pessoas diferentes que tirou no dia, a de nós dois (um com o braço por cima do ombro do outro) foi publicada em um compilado de dez fotos.

— Que bom que está gostando — responde Vítor, terminando o suco de maracujá. — A editora está pensando em uma sequência, mas ainda não sei se o que estou escrevendo está realmente bom.

— Vítor — eu decido elogiá-lo —, você é um cara inteligente e escreve muito bem. Os capítulos envolvem o leitor, então, se a editora quer uma sequência, é porque *Atroz* é digno disso... Na verdade, nesse curto tempo em que nos conhecemos, eu não vi nada que você não fizesse com maestria.

— Obrigado! — ele enrubesce mais uma vez, e percebo que o elogio lhe deu coragem para iniciar a conversa que o trouxe até aqui e que parecia o estar sufocando desde que entrou no Le Bistrot. — Adam, eu não sou gay. Nunca tive interesse por homens, mas ultimamente eu venho tendo pensamentos diferentes, desejos que nunca passaram pela minha cabeça.

Sabia, eu estava certo. Vítor está interessado em mim. Que merda é essa? Fico em silêncio, esperando-o concluir sua fala:

— Não sei explicar, mas esses sentimentos são por você... É isso, eu precisava falar. Você sabe como sou ansioso e isso está me sufocando. Eu tinha que ser franco com você e dizer o que sinto.

Assinto e, com muita gentileza, coloco minha mão sobre a sua.

— Vítor, tem certeza? Isto é muito sério. Fiz algo para você estar tendo esses pensamentos? O que eu fiz?

– Você não fez nada. Só estou me declarando... Que palavra ridícula! Mas sou quem está interessado em você, você não tem culpa de nada. A culpa é somente minha.

– Vítor não há "culpa" nisso. Pelo contrário, eu fico muito lisonjeado por você ter interesse em mim. Mas tem certeza de que não é gay ou bi? Nunca ficou mesmo com nenhum cara?

– Eu te falei que não. Essa é a primeira vez que sinto isso por outro cara.

– Acho impossível.

– Mas é verdade – diz ele, o que parte um pouco meu coração. – Posso ser bi. Você já se envolveu com mulheres, por exemplo.

– Certo, eu acredito em você. Mas talvez você só esteja confuso. Isso é normal, cara, pode ter certeza. Eu definitivamente prefiro me relacionar com homens, sem comparação.

Na verdade, nem lembro qual foi a última mulher com quem me envolvi. Sempre que me relacionei com garotas foi depois de ter consumido muita bebida alcoólica e era apenas safadeza e brincadeira, não sentia prazer algum.

– Eu não estou confuso, Adam, sei o que sinto. Sei que parece loucura, muito abrupto e intenso ao mesmo tempo, mas eu sou assim. Não consigo mascarar as coisas por muito tempo.

– Sim, compreendo. Não acho loucura, acho corajoso. Mas há um impeditivo para isso, não é mesmo?

Eu pouso meu dedo indicador sobre sua aliança na mão direita.

– Você está noivo.

– Sim, e ela está sabendo de tudo. Não escondi nada de Emma, ela sabe de meus sentimentos por você. Eu jamais a enganaria ou a trairia, ou qualquer coisa do tipo. Ela sabe, inclusive, que neste exato momento eu estou conversando com você.

Uau! É pior do que eu imaginava.

– E o que ela acha de tudo isso? Vocês têm uma relação aberta?

– Não, nosso relacionamento não é aberto. Mas ela acha que eu estou sofrendo demais...

Ele para de falar e eu faço ideia do que está passando. Já passei por isso com outros caras.

– Vítor, se você realmente está interessado em mim, você é gay. Talvez Emma seja como uma amiga...

– Não, eu a amo.

O que esse cara quer?

– Certo, então... – consulto o relógio e percebo que já passou muito tempo do meu intervalo do hospital, mas não posso encerrar a conversa desse jeito – o que você quer?

– Não sei, talvez saber de você se existe a possibilidade...

– Entendi – interrompo-o nervoso olhando a nossa volta para ver se ninguém está escutando a conversa, e apesar de não entender nada, minto. – Entendi, mas...

– Você não me acha bonito, é isso, né?

– Quê? Vítor, você é um cara muito gato, desde que entrou no hospital eu... Se fosse em outro contexto, outra circunstância, com certeza não deixaria você escapar...

É verdade que Vítor não estava na lista de caras que faziam o meu tipo, mas com certeza eu o pegaria. Fácil.

– Então, o que impede...

– Vamos pagar a conta? – levanto-me, pois realmente preciso voltar ao hospital.

Vítor abaixa a cabeça e seguimos para o caixa.

No trajeto, depois de atravessarmos a faixa de pedestre em silêncio, eu coloco minhas duas mãos sobre seus ombros.

– Não estou dizendo que não há possibilidade ou que eu não queira ficar com você. Só é muita informação para eu assimilar, entende?

Vítor assente e em seu rosto surge um lindo sorriso.

– Eu preciso pensar em tudo isso. A gente vai conversando. E não desapareça. O que você fez hoje, repito, foi muito, muito corajoso.

– Não desaparecer? – ele zomba. – Estou indo agora mesmo para Nárnia.

– Entrando no armário? – brinco.

Nós dois rimos e o clima tenso passa, como uma verdadeira brisa.

Solto seus ombros, ele se afasta e vai embora, já que não trabalha no hospital o dia inteiro.

– Não desapareça, ok? Fica bem – grito.

– Não desapareça você – mesmo longe, eu escuto sua resposta.

Não desaparecerei, digo para mim mesmo, embora saiba que sou bem capaz disso.

Minha cabeça está explodindo com tantas informações.

Sabia que isso uma hora aconteceria, mas assim tão rápido? Vítor realmente foi corajoso e eu não imagino o que fazer ou pensar a respeito.

Que merda!

Eu queria experimentar algo com Vítor. Óbvio que sim. Não sou de desperdiçar. Mas o quanto disso me faz o vilão desse "romance"? Ele pensa em um relacionamento ou "pegação", que teria tudo para dar errado? Vítor é o exemplo clássico para isso. Ao mesmo tempo, eu gosto desse jogo, quero esse drama. Quando toquei em sua mão, eu quis Vítor. Eu quis seu beijo, aquela obsessão, ele em meu quarto. Ele sabe que eu o quero. Eu sou livre! Vítor e eu poderíamos escrever um péssimo romance. Eu não quero que sejamos apenas amigos.

A questão é: eu estou disposto a isso?

Vítor

CAPÍTULO X

> Walk me home in the dead of night
> I can't be alone with all that's on my mind
> So say you'll stay with me tonight
> 'Cause there is so much wrong going on outside
> There's something in the way I wanna cry
> That makes me think we'll make it out alive
> So come on and show me how we're good
> I think that we could do some good![14]
>
> ("Walk Me Home" – P!nk)

Existe a possibilidade.

Ele disse "Não desapareça". E me acha muito gato! Eu, gato?

Não consigo raciocinar direito. Isso realmente aconteceu? Eu me declarei para Adam e não estou de todo errado, há chances. Há alguma faísca ou chama para ser vivida, experimentada. Em meu carro, coloco a playlist da P!nk e aumento o som.

---

[14] Me leve para casa na calada da noite / Não posso ficar sozinho com tudo que tenho em mente / Então, diga que ficará comigo esta noite / Porque tem tanta coisa errada acontecendo lá fora / Há algo no jeito em que quero chorar / Que me faz pensar que sairemos dessa vivos / Então, venha e me mostre o quanto somos bons / Acho que podemos fazer algo de bom ♪

Este momento é bom demais para ser verdade. Eu não consigo respirar e ao mesmo tempo canto a plenos pulmões, de felicidade, euforia. Nós vamos manter contato, ele só precisa de um tempo para pensar em tudo. E não o julgo, claro, é muita informação para a cabeça dele.

Ainda não acredito que consegui falar tudo o que sentia em relação a Adam. Não consigo acreditar no momento em que ele tocou meus ombros e pediu para eu não desaparecer. Vai dar certo, eu sinto, sinto em minha alma que nós temos uma conexão. Estava certo o tempo todo. Hoje eu deveria ir para a universidade, mas não estou com cabeça para isso. Estou nas nuvens, com vontade de sair dançando igual a um maluco, como a P!nk em seus clipes impecáveis e perfeitamente coreografados.

Dessa forma, dirijo para casa e dou graças a Deus por estar sozinho. Com fones de ouvido, continuo escutando a playlist e, ao som de "Walk Me Home", organizo alguns papéis, enquanto em minha mente fico lembrando o toque dele em meus ombros, a minha coragem em admitir toda a verdade e que agora está tudo bem – na verdade, está mais do que bem –, eu pararia de sofrer. Começa a tocar "Fuckin' Perfect" e eu realmente quase choro, porque me sinto foda pra caramba. Acesso meu Instagram e fico observando a foto de nós dois no museu. Nossa primeira foto juntos. Que viagem! Já estou pensando que terei várias outras com ele. Eu realmente sinto que isso vai acontecer, como diz a música "Try": "onde há desejo, haverá uma chama, onde há uma chama alguém está sujeito a se queimar, mas só porque queima não significa que você vai morrer, você tem que se levantar e tentar". Eu tentei, estou tentando, me descobrindo e poderia me queimar, poderia sofrer, mas a euforia que estou sentindo agora valeria cada queimadura futura.

Ninguém ficaria despedaçado com isso. O que estou buscando é amar, certo? Então, quem poderia sofrer com toda essa situação? Meu Deus do céu! Isso realmente vai acontecer, não há nenhum impeditivo.

Do nada, como se um neurônio fizesse a sinapse da razão com outro neurônio, eu lembro que, sim, há um impeditivo, há alguém que pode ficar totalmente despedaçado, desamparado e desnorteado com essa situação.

Emma.

Retiro os fones de ouvido e paro a música. Como vou explicar isso tudo para Emma?

Envio uma mensagem rapidamente para ela:

> Oi, amor! Cheguei em casa, não fui para o laboratório na universidade. Conversei com Adam. Está tudo bem. Chegando em casa conversamos.

Emma responde na mesma hora. Com certeza estava com o WhatsApp aberto, apreensiva, aguardando uma mensagem minha. Que vacilo. Deveria ter avisado assim que deixei o Le Bistrot. Sua resposta é bem sucinta:

> Que bom!

Em pânico, respondo automaticamente:

> Pois é, e não cria bobagens na sua cabeça, foi uma conversa bem de boa.

Ela responde:

> Por que EU estaria criando bobagens na MINHA cabeça?

Sei que ela está brava e que essa conversa não terminará bem.

> Quis dizer para você não ficar achando que aconteceu alguma coisa entre mim e ele. Calmaaaa!

Após alguns segundos, outra mensagem dela:

> Estou calmíssima, teria motivo para eu não estar?

Obrigado, Emma, por jogar um balde de água fria em minha felicidade. Eu sei aonde ela quer chegar e não estou a fim de uma discussão por mensagens.

> Emma, eu te amo!

Ela visualiza a mensagem, porém não responde.

Deito na cama apenas de calça jeans. Eu precisava ser honesto com Emma. Eu estava feliz e radiante, será que ela não podia ficar contente por mim? Na mesma hora em que me questiono, a resposta vem à minha cabeça. Se fosse o contrário, eu não estaria nem um pouco feliz. Na verdade, já teria terminado com Emma assim que ela me dissesse que estava tendo sentimentos por outra pessoa. Isso me torna uma pessoa hipócrita pra caramba e me dói, a euforia se esvai e me recolho em meu torpor. Hoje à noite eu não daria aula na universidade, portanto Emma e eu teríamos bastante tempo para conversar. Seria mais uma noite dramática e triste.

Realmente eu nunca seria feliz.

Emma me faz feliz. Mas eu me faço feliz? Onde está a minha individualidade? O que é a felicidade? Ela existe? Depende de alguém?

Quantas questões sobre as quais o ser humano não se questiona e quando o faz, se contenta com respostas superficiais como: sou feliz porque tenho uma ótima família, tenho saúde, um trabalho dos sonhos. Mas isso realmente é felicidade? Eu não faço a mínima ideia do que é ser feliz. Porque há dez minutos eu estava totalmente eufórico e agora estou novamente no fundo do poço. Será que sou eu quem procura chegar a este lugar? Será que sou eu que me coloco neste estado de vaivém, nessa instabilidade emocional diária? Não quero viver assim.

Sinceramente, percebo que o que eu quero é não machucar ninguém. Acontece que estou me machucando e sofrendo. Não quero decepcionar meus pais, magoar Emma ou enganar Adam. Tudo o que quero é buscar a felicidade, pois eu não me sinto feliz e estou cansado de todas as pessoas verem o Vítor como o cara jovem e genial que tem vários diplomas e títulos: uma família unida, considerada exemplar pela sociedade; uma noiva parceira, linda e desejável; um cara que nada o abala, que está sempre de bom humor e disposto a dar a volta por cima, independentemente da situação.

Sim, esse Vítor sou eu. Mas eu estou cansado disso. Estou cansado de toda a vida que construí. Não sou exemplo para ninguém, sou uma farsa. Cada sorriso e palhaçada meus escondem a sensação de sufocamento, aprisionamento e esgotamento de tantas responsabilidades. Eu não posso desapontar as pessoas, mas, ao que parece, estou prestes a desapontar todo mundo.

Eu queria largar tudo, por mais que isso possa machucar Emma – a pessoa com quem eu mais me importo na vida. Lucas, meu irmão, vem em seguida. Meu desejo mais íntimo, aquele das profundezas de meu coração e que ninguém sabe, é abandonar tudo. É ir embora, partir com Adam para qualquer lugar. Talvez isso respondesse a alguns dos meus questionamentos e me livrasse de toda essa sensação de sufocamento. Não adianta eu ficar me perguntando o motivo de querer agir assim, às vezes a melhor alternativa é não questionar a razão e apenas viver.

Adam desperta em mim essa vontade de fugir, de viver outra vida. Há algo no jeito em que ele revira os olhos que me leva à outra dimensão, que eu não conheço e desejo conhecer, em que eu vejo que tudo vai ficar bem. No entanto, me agarrei à única coisa que me resta: a chance de que futuramente algo possa acontecer entre nós dois.

Eu me culpo muito por pensar dessa maneira. Queria que Emma fosse o suficiente para realizar tudo o que eu almejo ao longo da vida, para todas as aventuras. Eu queria isso de verdade. Mas não consigo visualizar, neste momento, essa perspectiva de vida estando ao lado dela. Eu vejo dois de mim. Um ao lado de Emma, com uma vida toda planejada, com sonhos, alegrias, conquistas e por aí em diante. E o outro, ao lado de Adam, que não tem nada planejado, nada o sufoca e se interessa pelo desconhecido. Só agora consigo perceber que Adam despertou algo em mim. Talvez sejam as histórias que ele me contou na sala de farmácia clínica e seu espírito "foda-se o amanhã" que me fizeram abrir os olhos e que acenderam em mim o desejo de entender a minha sexualidade.

Fico de pé olhando para o nada. Essa conversa, esses pensamentos não vêm facilmente, eles até podem ter surgido tarde demais e a minha vontade real é dizer para Adam: "O que me diz de irmos embora deste lugar?".

Toda essa situação me dá vontade de chorar, mas escuto meus pais chegando em casa e impeço as lágrimas de caírem.

Recomponho-me e envio uma mensagem para Adam:

> Não desapareci, e você? hehehe!

Duas horas se passam e nada dele responder.
Eu atinjo o fundo do fundo do poço.
Será que Adam foi meramente gentil?
Não há como evitar as lágrimas. Tranco-me no banheiro, ligo o chuveiro para tomar banho e choro. Choro de soluçar.

Ele não pode desaparecer. Eu preciso dele.

Ele disse que existe a possibilidade. Ele é a minha possibilidade. Ele disse para eu não desaparecer.

Apesar de chorar e de ter certeza de que estamos no meio de um furacão, penso que sairemos vivos. Então, por favor, Adam, me responda, venha e me mostre o quanto podemos ser bons, como podemos fazer algo de bom. Leve-me para sua vida na calada da noite, pois eu não posso ficar sozinho com essa voz dentro de mim. Diga que ficará comigo.

Há tanta coisa errada no mundo. Isso já não basta para termos coragem e vivermos o lado bom da vida?

Eu sei que nós seremos o bem, seremos o amor.

Ou eu estou completamente louco?

Seguro a respiração por um momento embaixo do chuveiro, pensando em morrer, mas sei que não conseguirei cometer tal ato agora: meus pulmões exigiriam ar, estou emocionalmente abalado e, principalmente, tenho esperanças de que Adam vai me responder.

Emma

CAPÍTULO XI

> Trying to figure out this life
> Won't you take me by the hand?
> Take me somewhere new
> I don't know who you are
> But I, I'm with you
> I'm with you[15]
>
> ("I'm With You" – Avril Lavigne)

Na tentativa de me acalmar, chego em casa e corro para o banho. O dia na Unidade Básica de Saúde foi tranquilo, mas o meu psicológico, preparando-me para encontrar Vítor mais tarde, me deixou muito tensa, como se tivesse atendido mais de cem pacientes e realizado vários procedimentos complexos.

Eu tento demorar no banho para postergar a conversa com Vítor, mas, apesar de Martina e Carlos nunca terem falado nada sobre tempo de banho, não quero exagerar. Afinal, estava morando ali de favor. Fui despejada da casa de meu pai e, por ser noiva

---
[15] Estou tentando entender essa vida / Você não vai me levar pela mão? / Me leve a algum lugar novo / Eu não sei quem você é / Mas eu, eu estou com você / Eu estou com você ♪

do filho deles, foram "meio" obrigados a me acolherem ali, onde fui muito bem recebida, como uma verdadeira filha.

Vítor está no sofá lendo um livro, ou melhor, fingindo que está lendo, duvido que ele consiga se concentrar em alguma coisa com tudo que deve estar passando em sua mente. A não ser que já tenha se decidido e realmente termine o relacionamento comigo, mesmo tendo me recepcionado com um sorriso e um beijo quando cheguei em casa, o qual eu retribuí automaticamente. Não porque queria, mas também não quer dizer que o beijei automaticamente porque não o amo; simplesmente não o conheço mais. Eu não sei quem ele é. De qualquer forma, estou com ele e sempre estarei ao seu lado, independentemente do que aconteça.

Martina nos chama para jantar como de costume. Aqui, todos fazem as refeições juntos. Lucas desce as escadas, depois de pausar uma partida em seu videogame, e senta-se ao lado de Martina, na mesa redonda de mármore. Carlos já está sentado do outro lado da esposa e a seu lado sempre fica uma cadeira vazia. Depois eu me sento e, por último, entre Lucas e eu, Vítor chega, apoiando o livro na bancada da cozinha e sentando-se para jantar.

Toda noite é assim. Os jantares são envolvidos por várias conversas, Martina e Vítor costumam ser os mais falantes; Carlos, Lucas e eu, os ouvintes. Mas nessa noite a dinâmica é um pouco diferente. Carlos pergunta se estava tudo bem para Vítor, que mentiu descaradamente que sim, pousando a mão sobre meu joelho, como que afirmando para ele mesmo que estava tudo bem. Porém, não estava.

Eu mal consigo comer. Estou entalada e extremamente curiosa para saber o que Vítor tinha conversado com Adam; e o jantar, que geralmente era um dos melhores momentos em família, torna-se um dos mais torturantes da minha vida. Eu queria que todos sumissem, fossem para seus quartos para que Vítor e eu pudéssemos conversar.

Depois de jantar e lavar a louça, Carlos e Martina se recolhem em seu quarto, e Lucas vai para o quarto que dividia com Vítor. Pois é, apesar de estarmos noivos, nós dormíamos em quartos separados, embora houvesse noites que passávamos juntos, mas eram poucas exceções. Os pais de Vítor eram bem rigorosos e um tanto antiquados quanto a esse critério, mas Vítor e eu os respeitávamos, afinal, não estávamos casados e esse já era um costume de toda a família de Carlos. Eles sabiam que nós nos relacionávamos sexualmente, só não queriam saber quando e como isso acontecia. Vai entender...

Assim, apenas Vítor e eu ficamos na sala. Eu o encaro, esperando por respostas, mas ele segue fingindo que está lendo aquele maldito livro, *Redoma*, de Meg Wolitzer. Nada contra o livro, pelo contrário, eu já o li e é ótimo. Mas não adianta Vítor se esconder por trás de um livro, ele precisa conversar comigo.

– A leitura está boa? – digo e sento ao lado dele, porém mantenho certa distância.

– Sim – ele responde, fechando o livro e o colocando atrás do apoio do sofá. Vítor adora sentar naquele canto do sofá, que faz um V. Ele fica naquele cantinho, encolhido, lendo, pensando, escrevendo e mascarando sua depressão.

– Como foi a conversa com Adam? – pergunto firme, direta.

– Nada de mais. – Ele está diferente, covarde, querendo fingir que não está acontecendo nada. – Como te disse, a conversa foi tranquila.

– Não, não e não. Você me disse que em casa nós conversaríamos e até agora você está se fazendo de idiota, fingindo estar interessado em um livro que já leu inúmeras vezes. Anda, Vítor, olhe para mim e conte como foi. Estou perdendo a paciência. Sinceramente, você está exigindo muito de mim.

Tento controlar o tom de voz, como sempre. Eu não grito, embora tenha vontade de gritar e avançar no pescoço de Vítor para que ele desembuche de uma vez por todas.

Ele fica me olhando, fitando-me com medo, amor, vergonha. Quando sua boca abre para responder, ele não consegue e se encolhe ainda mais no sofá, esconde-se e chora desesperadamente, de um jeito que eu nunca tinha visto. Em uma súbita percepção, meu amor por ele rompe toda a raiva que estava sentindo e eu o entendo: sim, estou sofrendo, e muito, e estou perdendo a paciência, com toda certeza; mas Vítor está perdido, à beira do precipício. Por amá-lo, não é difícil admitir que de nós dois quem está sofrendo mais é ele. Crise de identidade, sexualidade, paixão, honra, preconceito – tudo está vindo à tona. Eu não sou psicóloga como ele, mas eu o conheço e o amo, sinto a sua dor. Apesar de tentar me conter, não consigo evitar e também choro. Abraço Vítor, fazendo com que ele desenterre a cabeça do sofá e olhe para mim, e quando consigo isso vejo a feição do homem que amo em frangalhos. Vítor não está no precipício; já caiu dele, de cabeça. Como sempre, está envolvido na mais profunda emoção e autocobrança.

 Eu o abraço ainda mais forte, respeitando seu espaço, esperando-o sair do escuro que está em sua mente. Pensei que ele estaria aqui agora, que nós dois teríamos uma conversa franca, mas não é possível, porque esta é uma história de amor. E o amor não é simples assim: são idas e vindas, diálogos, paciência, parceria, amizade, respeito e principalmente empatia, ou seja, sempre um se colocando no lugar do outro.

 Estamos a sós na sala, sentados no sofá, e consigo imaginar esta como uma cena de filme, a chuva apagando as pegadas no chão, silêncio absoluto, apenas nós dois, a rua deserta com a noite pairando sobre nós e o sentimento mais puro de amor e desespero emanando entre nossos corpos. Há alguém para nos amparar? Há alguém para nos levar para nosso lar, nosso refúgio? Como eu queria poder retornar ao nosso caminho, que, apesar de ter passado por várias turbulências, nunca foi tão sofrível como agora. Tudo está uma bagunça. Estou tentando entender essa vida. Geralmente era Vítor quem me levava pela mão para esse nosso refúgio, mas isso acabou. Sei disso, posso sentir presenciando seu desespero e suas lágrimas.

 – Emma – ele finalmente para de chorar –, eu te amo!

 – Eu não tenho dúvida disso, meu amor. Mas olha seu estado. Você não está bem, ou acha que está? – eu digo, abraçando-o. – Vítor, eu estou com você e vou te ajudar. Você gosta dele de verdade, não é? Você não está me traindo, sempre foi sincero em relação aos seus sentimentos por ele.

– Emma, acho que estou apaixonado por Adam.

Aquelas palavras são como navalhas em minha alma, mas preciso ser forte por ele.

– Entendo... E o que ele te disse, é recíproco?

– Não sei, foi tudo muito confuso. – Quando Vítor se lembra do encontro com Adam, sua expressão muda, seu rosto se ilumina, o que faz que as navalhas voltem a dilacerar minha alma. – Ele disse que existe uma possibilidade, que precisa de um tempo para digerir todas as informações. Mas eu enviei uma mensagem para ele há algumas horas e até agora não me respondeu.

– Como você disse – falo o mais pacientemente que consigo, abraçando seu corpo trêmulo –, ele precisa de um tempo para processar tudo. Pelo que me conta de Adam, ele é todo complexado com a própria sexualidade, vive às escondidas, em uma realidade que não é verdadeira...

– Não o julgue – Vítor me interrompe e percebo que falei algo que o machucou. – Você não sabe como é viver assim, é uma mulher hétero, nunca receberá olhares diferentes ou passará por qualquer tipo de constrangimento...

– Agora você está sendo bem injusto. Eu vou fingir que essa fala é resultante da sua tristeza por não receber uma resposta dele.

– Verdade, eu falei besteira... Me desculpe.

Respiro profundamente, pois a lista de constrangimentos que as mulheres sofrem no dia a dia só aumentaria.

– Vítor, você quer terminar comigo, é isso?

– Claro que não, meu amor.

– Então, o que você quer?

– Viver?

– Certo. Mas não pode viver com nós dois, você sabe disso, não sabe?

– Eu sei... E não sei o que fazer.

– Eu estou com você e, se soubesse o quanto o amo, não teria dúvida nem estaria passando por esse sofrimento. Eu entendo, nós não mandamos em nosso coração. Você está se descobrindo bissexual, pansexual, gay, eu não sei. Mas independentemente da sua sexualidade, de quem você realmente é, eu estou ao seu lado. Eu te amo incondicionalmente. E se o seu medo for se assumir para sua família, sociedade ou seja lá para quem, eu estarei ao seu lado, não te abandonarei jamais. Se tivermos que fingir por um tempo que ainda somos noivos ou namorados, tudo bem. Eu farei o que for preciso para vê-lo melhor. Você precisa sair dessa e eu estarei ao seu lado, como você sempre esteve ao meu. Você tem hoje e sempre todo o meu amor.

– Eu não *estive* ao seu lado, eu sempre *estarei* ao seu lado. Nunca te abandonarei. Jamais. Você é minha alma gêmea. Lembra-se de quando nos conhecemos? – Vítor começa a rir, e eu sei exatamente a lembrança que ele vai narrar. Como eu poderia esquecer? Mas o deixo falar. – Eu fiquei extremamente obcecado por você, não sabia como chegar até você, vasculhei toda a sua vida, fui um verdadeiro stalker, meus pensamentos diários tinham um nome: Emma. E você nem aí para mim. Eu falava de você para a escola toda, e quando fomos ficando próximos nos tornamos amigos, acabei entrando na *friendzone* e era obrigado a te escutar sobre seus crushes. Tinha que posar de amigo, quando tudo que mais queria era te beijar.

– Você roubou um selinho no dia em que fomos ao cinema assistir *Amanhecer – Parte 1*, apesar de a gente fingir que nada aconteceu. Eu nunca vou esquecer quando você apareceu com os ingressos para o filme dentro de um cartão. Quando o abri, além dos ingressos, havia uma carta e um desenho à mão de uma tulipa.

– Vários vídeos no YouTube me ensinaram a desenhar aquela tulipa vermelha. Eu sabia que era sua flor favorita. Tentei comprar tulipas de verdade, mas era verão e elas florescem no inverno...

– As tulipas vermelhas são flores ornamentais que podem significar o amor verdadeiro, o amor perfeito, o amor irresistível e o amor eterno.

— E isso não mudou, Emma, eu te amo!

Eu o fito e, apesar de sentir verdade nele, percebo que algo mudou, mas minto:

— Eu sei que nada mudou.

Vítor sorri com minha afirmação.

Coitado, é claro que mudou. Só ele não via isso.

Eu me lembro do dia do nosso primeiro beijo. Saíamos da aula do cursinho que mal prestamos atenção, pois estávamos resolvendo palavras cruzadas, e caminhávamos quando começou a chover. Corremos para debaixo de uma árvore e Vítor me abraçou, pois eu reclamei do frio.

Olhamos um nos olhos do outro e não dava mais para escapar. Foi um ano de investidas dele em cima de mim, flertes, cartas, músicas, mensagens e poemas trocados. Não havia mais como negar. Eu estava apaixonada por ele, estive o tempo todo, só relutei bastante porque tinha medo de sofrer, por trauma do meu antigo namorado, Rafael. Houve um dia, meses antes de nosso primeiro beijo, que eu assumi para Vítor que também gostava dele, mas que não poderia ficar com ele, pois me considerava assombrada por "fantasmas do passado", que eram os traumas que levei daquele relacionamento bobo e infantil.

Quando estávamos embaixo da árvore abraçados, Vítor disparou:

— Uma árvore...

— E o que há de tão especial em uma árvore? — perguntei.

— Nada... Nem vou dizer que isso, essa situação, lembrou-me de cenas de alguns filmes...

— Deixa-me adivinhar... Cenas de filmes em que casais se beijam embaixo de algum visco?

Vítor sorri.

— Pena que você vive assombrada por fantasmas.

— Não mais — respondi e me inclinei para ele.

E nós nos beijamos. Foi o beijo mais doce, puro e verdadeiro. Eu senti a batida acelerada do coração de Vítor em meu peito. Também percebi que ele era inexperiente em beijos, mas isso não afetou nada, pois tive certeza de que eu estava entregue de corpo e alma àquele rapaz. Eu o amava e estava nas nuvens.

Então, sim, Vítor. Tudo mudou.

Eu não estou mais nas nuvens.

Eu estou com você, mas você não está comigo.

Eu estou procurando um lugar seguro – geralmente você era meu porto seguro.

Agora, tudo mudou: eu sou a base, o alicerce e a força desse amor.

Nem eu me reconheço mais, e me pergunto: há alguém aqui que me reconheça?

Há alguém que eu ainda não afastei?

Adam

CAPÍTULO XII

Had to have high, high hopes for a living
Shooting for the stars when I couldn't make a killing
Didn't have a dime but I always had a vision
Always had high, high hopes
Had to have high, high hopes for a living
Didn't know how but I always had a feeling
I was gonna be that one in a million
Always had high, high hopes[16]

("High Hopes" – Panic! at the Disco)

Corro pela beira-rio o mais rápido que posso. Não consigo prestar atenção nas músicas que explodem em meus fones de ouvido, mas tudo o que quero é correr. Correr dessa situação, desse sentimento e, principalmente, das várias mensagens e ligações que ele fez.

---

[16] Tive de ter grandes, grandes esperanças para viver / Tentando alcançar as estrelas quando não tinha como viver / Não tinha um centavo, mas sempre tive uma meta / Sempre tive grandes, grandes esperanças / Tive de ter grandes, grandes esperanças para viver / Não sabia como, mas sempre tive um pressentimento / Que eu seria aquele único em um milhão / Sempre tive grandes, grandes esperanças ♪

Eu não sei o que dizer para Vítor. O que ele me confessou no Le Bistrot mexeu comigo, surpreendeu-me com sua coragem e pureza. Mas ele estava confuso, isso era claro. Se tudo que me falou fosse verdade, eu não poderia ser o primeiro cara com quem ele sentiu vontade de ficar.

A expressão de seu rosto, o peso e a tensão que Vítor colocou em cada palavra demonstraram que ele não queria apenas uma ficada. Ele queria mais. Mas o quê? Ele não amava a noiva dele? Não afirmou que jamais a trairia? Eu disse para ele que existia uma possibilidade, e na hora eu realmente acreditei nisso, mas agora tenho certeza de que não quero de forma alguma me envolver com um cara que está prestes a se casar.

Ele é bonito? Sim. Inteligente? Muito. Atraente? À sua maneira. Tem algo em Vítor que faz com que eu me sinta mais livre e até me identifique, só não sei bem o que é. Eu sei o que eu fiz: olhei em seus olhos e pedi para ele não desaparecer, porém é exatamente isso que estou fazendo neste fim de semana. Desde nosso almoço na sexta-feira, eu desapareci. Inclusive, deixei de segui-lo nas redes sociais. No sábado, fui para a casa de Christopher e passei o dia todo ignorando o celular, pois Vítor estava me enlouquecendo. O pior de tudo é que eu tinha que disfarçar para não magoar Chris. E quando achei que não poderia piorar mais, Chris insistiu para assistirmos a *Harry Potter*. Chris, assim como Vítor, também era viciado nesse mundo bruxo. Eu acho os filmes legais, nada de viciante, mas, naquele dia, cada cena do filme parecia uma tortura.

Chris é professor de história, um fofo. Conheci-o há uns oito meses e, mesmo que não estejamos namorando, passo várias noites aqui – não gosto de levá-lo para o apartamento de Augusto, apesar de ambos já se conhecerem. No início, ele suspeitava de que Augusto e eu nos pegávamos. Mas, depois que se conheceram melhor e Chris até conheceu a noiva dele, acreditou que somos mesmo só amigos. Com o tempo nos aproximamos ainda mais e, por questões logísticas, mudei-me para o apartamento de Augusto, onde divido as despesas há uns dois anos.

Houve um tempo em que eu achei que rolaria algo entre Augusto e eu. Ele é incrivelmente lindo, tem músculos bem definidos e a pele branca meio bronzeada do sol da praia. Augusto não se importa em andar pelo apartamento sem camisa, muitas vezes só de cueca. Por várias vezes, eu tive pensamentos bem impuros, inclusive.

Com o tempo, passamos a assistir a seriados juntos, quando tinha de me esforçar para focar na televisão e não desviar os olhos para seu abdômen perfeito. Em muitas dessas ocasiões, sentávamos no mesmo sofá e um até pousava a perna sobre a do outro. Essas atitudes acabavam me confundindo se éramos de fato apenas amigos. Quando comentei sobre esse assunto, tinha esperança de que ele quisesse experimentar uma relação gay, mas ele pediu desculpas e disse que não se comportaria mais daquela maneira, que ele me amava como um irmão, e por isso se sentia tão confortável comigo.

Desiludido, abafei o choro no travesseiro por cerca de três horas seguidas naquela noite. Eu gostava de Augusto, mas era uma porta fechada para mim. Com o tempo, superei bem e hoje vejo o quanto fui bobo em pensar que havia chances de haver algum lance entre nós.

Enquanto corro pela beira do rio que corta a cidade, meus pensamentos fogem para essas lembranças, pois faz mais sentido pensar sobre qualquer coisa que não envolva Vítor. Christopher e eu formaríamos um belo casal. Ele já deu várias indiretas que queria me namorar, mas eu não sei se estou pronto para assumir um relacionamento. Minha vida é curtição, balada, experiências, ter novas experiências. Só que tudo isso é muito bom apenas no momento, porque, na verdade, não passa de uma alegria temporária. Eu sinto o vazio, a falta de não ter alguém com quem dividir a cama e dormir abraçadinho – isso eu até tenho com Christopher –, mas não consigo dar o passo seguinte e firmar um relacionamento com ele, pois tal atitude não envolve somente nós dois. Envolve famílias, sociedade, trabalho, ou seja, eu teria que me assumir definitivamente e, além de tudo, abrir mão do que eu considerava minha felicidade temporária. Chris também gosta de baladas, bebidas e festas, mas imagino que, se começássemos a namorar, isso também mudaria, sempre muda. E eu não sei se quero essa vida.

Eu não sei a vida que quero. Alguém sabe? A cada passo de minha corrida matinal de domingo – algo inédito, pois nunca corro –, pensamentos disparam em minha mente. Acordei sentindo uma grande agonia e com vontade de sumir em vez de responder Vítor. Então, ignorei todas as mensagens e fugi, corri. Vítor é um ótimo exemplo de quem não sabe o que quer da vida. O que eu ia responder para ele? Não queria decepcioná-lo, mas, se me envolvesse com Vítor, eu seria a sua ruína. E pensando em mim, quem garante que ele não seria a minha também? Nós trabalhamos juntos e isso seria muito malvisto no meio corporativo. Além disso, Vítor não sabe no que está se metendo, não faz ideia do que é ser gay e ser julgado sempre, desde a infância, por não ter um comportamento heteronormativo. Ele não sabe o que é ter de se esconder no coral da igreja, em que as crianças não podem falar palavrões, para ter algumas horas de paz, sem ser perseguido por meninos chamando você de bichinha e querendo te bater.

Vítor é mimado. Um filhinho de papai e de mamãe passando por uma crise de identidade e que quer confundir minha cabeça, como se eu precisasse de mais confusão ainda. Saber que você é gay desde criança dói, fere a alma, e eu trabalho essas questões na terapia todas as semanas. Meu pai não aceitava que eu fosse "difamado" na escola e mesmo assim dizia que "onde há fumaça, há fogo" e que eu era muito afeminado para o gosto dele. Se tivesse ganhado alguns centavos por cada surra que levei dele "para virar homem", hoje eu estaria rico. Minha mãe, por sua vez, não acreditava nos boatos e falava que eu era só um menino simpático, doce e educado, e que isso gerava fofoca. Mamãe dizia, abraçando-me após as surras de meu pai:

– Você não é gay. Deus jamais nos castigaria com isso. Siga o caminho Dele e seja algo maior. Você ainda terá um lindo legado a cumprir. Só você é dono do seu destino.

Eu amava suas palavras de consolo e dizia para mim mesmo:

– A partir de amanhã, não serei gay.

Mamãe, nas tentativas de consolo e conselhos, falava:
– Filho, se possível queime seu passado.

Eu questionava o que queria dizer com aquilo, e ela explicava que muitas vezes, para termos sucesso na vida, era necessário queimar as próprias biografias, reescrever nossas histórias, pois só assim tudo o que um dia sofremos seria deletado e isso iluminaria nossos sonhos mais selvagens. Dizia que eu tinha potencial para exibir lindas vitórias, entre elas, uma bela esposa e uma família feliz. E que quando queremos tudo, nós podemos tudo.

Na adolescência, larguei o coral da igreja, porque cansei de me esconder entre os cânticos religiosos. Isso foi logo depois de meu pai cometer suicídio, assunto que não costumo pensar muito, pois foi muito traumatizante. Eu o encontrei no celeiro com a corda no pescoço. Naquele momento, mamãe disse:

– Não desista, meu filho. Tudo é um pouco complicado, enrolado, e o amor é apenas um sentimento que inventaram para nos prender às pessoas. Veja só, eu estou presa a você, e você, preso a mim. Mas eu te juro que essa relação, nada nem ninguém pode estragar. Essa prisão é boa, mas não se meta em uma como a que eu tinha com seu pai, pois eu odiaria ver você procurando a felicidade em um amor. Amor verdadeiro é apenas o nosso, de mãe e filho. Case, construa uma família, mas não pense que isso o fará feliz. Somos condicionados a fazer porque está na Bíblia, mas não passa de aparência.

Chega!

Paro de correr, estou todo suado e retiro os fones de ouvido. Paro de pensar sobre meus pais, Augusto, Christopher ou qualquer outra pessoa. Por que Vítor faz com que eu resgate essas lembranças? Será que ele é a pessoa a qual eu estou condicionado a estar preso, por isso estou me importando tanto? Já me relacionei com vários homens que fizeram de tudo para me namorar; houve até um que apareceu na frente da casa de Augusto fazendo uma serenata com mais uns três caras. Foi a coisa mais brega que vivenciei na vida.

Nunca me importei em cortar relações e, na realidade, eu nem tenho uma relação com Vítor. A minha relação sempre foi comigo mesmo. Não quero me prender a ninguém, não quero depositar minha felicidade nas mãos de qualquer pessoa e enfrentar todos os obstáculos comuns de um relacionamento somados à homofobia. Eu tenho muitas coisas para viver. Não sei como, mas sempre tive a sensação de que seria aquele um em um milhão; que talvez conhecesse meu filho e ele tivesse orgulho de mim, mesmo que só o tenha pegado em meus braços até seus nove meses de idade. Giovana foi embora para a Itália depois disso e, com ela, a tentativa de manter uma família, nem que fosse pelas aparências. Eu converso com Juan uma vez a cada dois meses, mais ou menos. Seu português é impecável e eu sinto orgulho quando o escuto falando italiano vez ou outra. Mas, resumindo, Juan e eu não temos uma relação de pai e filho. Além do mais, essa não é a minha felicidade; ele é fruto de um deslize de quando eu tinha 18 anos. Não havia como resgatar todos os anos perdidos e com toda certeza meu filho jamais aceitaria um pai gay.

Eu tinha de me afastar de Vítor, ele estava me fazendo mal, provocando em mim dúvidas e reflexões que eu não pensava há tempos.

Só há uma maneira de finalizar essa história e não ferir tanto Vítor. Se eu estiver com alguém, não tem como continuar pensando nele.

Coloco os fones de ouvidos e volto a correr, a música relaxa minha mente, e eu chego ao meu destino. Não preciso interfonar para ser liberado, porque já sei a senha de acesso do apartamento de Chris.

Eu subo as escadas correndo, muito suado, e bato na porta freneticamente.

A porta se abre, ele está tão surpreso quanto eu, que estou prestes a falar:

– Christopher, quer me namorar?

Minhas palavras saem de supetão e eu perco o restante do fôlego quando Chris me puxa para dentro do apartamento e me beija demoradamente. Então, responde:

– Já era tempo.

Eu sorrio, pois sei que agora Vítor não mexerá mais com meus pensamentos. Encontrei meu refúgio, ou melhor, meu esconderijo.

Essa é a minha vida, sempre às escondidas.

Vítor

CAPÍTULO XIII

Show yourself
I'm dying to meet you
Show yourself
It's your turn
Are you the one I've been looking for
All of my life?
Show yourself
I'm ready to learn[17]

("Show Yourself" – Idina Menzel e Evan Rachel Wood)

Todos acham que sou forte, mas na verdade sempre tentei me proteger.

Meu fim de semana foi horrível. Eu surtei completamente, de uma forma desconhecida até mesmo para mim. Angústia, medo, ansiedade. Adam não me respondeu. Criei teorias em minha cabeça de que algo acontecera com o celular dele, afinal, eu não poderia estar

---

[17] Mostre-se / Estou morrendo de vontade de conhecer você / Mostre-se / É sua vez / Será você quem eu estive procurando / Toda a minha vida? / Mostre-se / Estou pronto para aprender ♪

louco, poderia? Ele disse que existia a possibilidade, pediu para eu não desaparecer e, de repente, ele mesmo some?! Isso não poderia estar acontecendo.

No sábado, Emma e eu fomos ao aniversário de uma de nossas melhores amigas, Clara. Foi um evento bem íntimo, apenas para familiares e amigos mais próximos. Devia estar muito bom pelas fotos que eu vi depois, mas eu não curti nenhum momento, pois estava com os olhos vidrados no celular esperando por um milagre, algum sinal de Adam.

Minha teoria de que o celular dele pudesse ter dado algum problema técnico que justificasse seu desaparecimento caiu por terra quando ele postou, no domingo de manhã, uma foto sua enquanto corria beira-rio na cidade. Ele estava lindo, o que me fez sofrer ainda mais. E, quando vi essa publicação, Emma estava deitada sobre minhas pernas assistindo pela quarta vez à nossa série favorita, *Once Upon a Time*. Essa é a nossa série, assim como *Harry Potter* é nossa história dos filmes. *Once Upon a Time* marca alguns pedaços da nossa jornada. E eu estava estragando aquele momento, o nosso momento, ao ficar fitando e admirando Adam pelo celular, tomando cuidado para Emma não perceber.

Será que eu estava desenvolvendo algum tipo de esquizofrenia? Será que a conversa no Le Bistrot não aconteceu da forma como me lembro, ou melhor, será que sequer aconteceu? Só um surto psicótico poderia explicar o desaparecimento dele ou a dor em meu peito que me levava ao torpor.

– No que está pensando? – indagou Emma, após terminar o episódio. – Você nem prestou atenção na série, eu reparei que você não tirou os olhos do celular.

– Não estou pensando em nada, só não gosto muito desse episódio...

– Conta outra, desde quando há algum episódio de *Once Upon a Time* que você não gosta muito? Achei que a base do nosso relacionamento era honestidade e sinceridade. E, cá entre nós, você sabe que eu sei em *quem* você estava pensando...

– Emma, não é nada disso que voc...

— Não me faça de boba, Vítor — disparou Emma, perdendo a paciência. — Ontem no aniversário da Clara você também não estava lá...

— Eu estava lá.

— Fisicamente... Sua mente estava nele, em Adam, confesse!

— Ok, Emma! Se você quer trazer isso à tona, sim, é nele em que eu estava e estou pensando. Satisfeita?

— Satisfeita com a verdade? A verdade sempre me satisfaz. Vítor, você sempre foi uma das pessoas mais verdadeiras que conheço, vai começar a mentir agora? Além disso, não estou trazendo nada à tona, Adam é nossa sombra desde que você o conheceu.

— Talvez o verdadeiro Vítor seja o maior mentiroso para ele mesmo.

— Do que você está falando?

Não consigo responder. Minha vontade é explodir em palavras, em sentimentos, mas tudo que consigo fazer é me esconder no habitual canto do sofá.

— Eu não vou aguentar isso — desabafou Emma, enquanto estou com a cabeça enterrada no sofá. — Não vou passar mais um fim de semana, ir a eventos e aniversários fingindo que está tudo bem...

— Você disse que estaria comigo, que me ajudaria — respondi, levantando um pouco a cabeça.

— Sim, mas não tem como ajudar alguém que não quer ser ajudado. Você está pensando nele. Ok. Eu aceito isso, mas qual é o motivo dessa depressão? Por que esse distanciamento de mim, esse isolamento da vida? Eu não entendo, a conversa com ele não foi ótima na sexta-feira? Deixe o cara respirar...

— Mas ele não me respondeu, ele sumiu. Minha vontade é sair procurando por ele pela cidade. Eu sei mais ou menos o bairro em que ele mora e, pela foto que postou, imagino onde possa estar...

— Como? — questionou Emma, cética. — Você está perdendo o juízo? Perdeu a noção da realidade? Você acha que vai encontrá-lo com base em "sei mais ou menos o bairro em que ele mora"? E daí? Vai sair batendo de porta em porta perguntando se ali reside algum Adam?

– Ele mora com um amigo, Augusto, deve ser mais fácil se eu procurar pelo nome dos dois.

Emma me olhou com uma expressão que misturava ódio e pena.

– Está prestando atenção no que está falando?

Eu reflito por um segundo e, apesar de querer chorar, não choro, pois parece que não tenho mais lágrimas: o estoque secou na madrugada de sábado para domingo. No outro dia, acordo determinado. Adam não podia me fazer de bobo. Era segunda-feira, eu conversaria com ele de qualquer jeito, até o encurralaria de alguma forma se fosse preciso. Ele não podia simplesmente me ignorar. Aquela conversa no restaurante aconteceu, e mais, eu sabia que os sentimentos eram recíprocos. Podia ser prepotência da minha parte pensar assim, mas eu vi em seus olhos, senti em seu toque. Eu não estou louco!

Caminho pelos corredores do hospital até meu destino, a sala de farmácia clínica, mas Adam não está lá. Então retorno para minha sala, onde, sobre a mesa, há uma pilha de documentos e projetos para serem analisados, mas não consigo focar em nenhum deles. Onde está Adam? Será que ele não veio trabalhar?

Consulto a lista de ramais e ligo para a sala de farmácia clínica, na esperança de que ele tenha saído rapidinho para ir ao banheiro ou algo assim. Espero o telefone chamar várias vezes, ninguém atende. O meu corpo inteiro treme, não é de frio, pois é verão e eu sou extremamente calorento. Cada centímetro de mim está tremendo, meu estômago está revirando, sinto como se estivesse prestes a alcançar um sonho, mas não consigo segurá-lo. Eu posso sentir Adam nessas paredes, nesse imenso hospital, um dos meus ambientes de trabalho, sinto que aqui é meu lar, pois sei que Adam está aqui.

Ignoro toda a papelada em minha mesa e disparo novamente pelos corredores. Eu rumo ao desconhecido e sigo pelos corredores como se pudesse escutar a voz de Adam, como se estivesse próximo de satisfazer um desejo. A voz que está em minha mente durante as últimas semanas é a voz dele, a voz à qual eu pertencia, e parecia que foi sempre assim.

Quando chego à porta de sua sala, antes de bater, em uma fração de segundo, penso no quanto quero vê-lo e torço para que ele me deixe entrar. Cansei de esperar, quero muito escutar a sua voz pessoalmente, não a que estou remoendo em minha mente, causando-me insônia.

Abro a porta em um rompante e Adam se assusta. Empalidece com a minha presença e, totalmente sem jeito, mostra seu sorriso perfeito. É como se seu olhar e seu sorriso fossem a chave para meu autoconhecimento.

– Posso entrar?

– Claro, fique à vontade. – Seu tom é extremamente profissional e ao mesmo tempo atrapalhado; Adam conseguia ser as duas coisas simultaneamente.

– Eu não entendo... – começo. – Você não me respondeu nem atendeu as minhas ligações...

– Vítor, você está confuso, aquela conversa não passou de uma confusão...

– Confusão? Eu não estou confuso, Adam. Pode parecer que sim, mas eu sei o que sinto e, me desculpa, sinto que você sente o mesmo. Estou errado?

– Cara – ele tropeça nas palavras –, é tudo muito embaraçoso e, na verdade, eu te vejo como um amigo, apenas um baita amigo. Não que você não seja bonito nem nada, mas é que te vejo apenas como amigo...

– Resumindo, isso é um fora?

– Não! Não é um fora. Só é complicado, você tem uma noiva, eu não quero estragar a relação de vocês.

– Você não está estragando nada. E pelo que eu saiba, amigos respondem mensagens e não deixam de se seguir no Instagram...

– Cara, eu fiquei assustado... Me desculpa, não quero te machucar. E outra coisa, eu não quis comentar antes, mas estou saindo com um cara há algum tempo e acho que é sério. Eu quero ter algo sério, como você e Emma, por exemplo.

Suas palavras me atingem com força. Era mentira, ele estava mentindo, eu podia sentir em sua voz, estava usando isso como desculpa para dar um fora em mim. Ele deve me achar horrendo, asqueroso, o pior tipo de pessoa.

— Nossa, eu não fazia ideia — é só o que consigo responder.

— O nome dele é Christopher e, em meio a tantas mensagens suas, ele ficou desconfiado, por isso precisei parar de te seguir no Instagram.

— Ok, então, não somos mais nem amigos, é isso? Eu estraguei tudo ao me expor ao ridículo?

— Você nunca se expôs ao ridículo. Você é muito corajoso. Eu gostaria de ter a sua coragem.

— Fico comovido — debocho. — Da próxima vez, deixe mais claro os seus foras.

— Isso não é um fora — argumenta ele. — Se fosse em outra situação...

— Ok, ok. Eu entendi, agora somos apenas colegas de trabalho.

— Não, nós vamos transformar esse sentimento em uma bela amizade, certo?

Não sei se consigo ser apenas amigo de Adam.

Talvez ser seu amigo seja melhor do que não o ter por perto.

— Amigos que nem se seguem no Instagram? — retruco.

Adam revira os olhos e mexe no celular.

— Pronto, seguindo, seu chato!

Sorrio em resposta, não há mais nada a dizer, estou recebendo um fora.

Levanto-me para sair de sua sala e, quando estou fechando a porta, ele me chama:

— Vítor, fica bem, tá?

Fecho a porta e me concentro para não chorar. Não pode ser, eu tinha tanta certeza, a conversa de sexta-feira tinha me dado fortes esperanças e agora tudo desapareceu. Caminho pelos corredores sem enxergar nada, vejo apenas um borrão. Eu queria aprender a ser como Emma, resolutivo, frio e calculista muitas vezes; queria ser igual a Adam, que está virando as costas para uma possibilidade sem nem ao menos se remoer com isso: ele consegue dar um fora de forma gentil e com um sorriso espetacular.

Deus, por favor, venha me mostrar qual é a verdade, deixe eu vê-la. Estou ficando louco? Por que sinto que a vida inteira esperei por Adam? Por favor, Deus, venha me mostrar, eu quero entender para não sucumbir ao torpor, ao sufocamento e à vontade de não querer viver mais.

Quando chego em minha sala, tranco a porta para não ser interrompido e rompo em lágrimas. Por toda a minha vida eu penei, sofri. Será que no futuro haverá uma explicação de por que estou aqui? Por que eu tive que conhecer Adam? Por que estou sofrendo agora? Sempre fui considerado esquisito e nunca soube a razão, por algum motivo eu tinha certeza de que Adam fosse capaz de me ajudar a descobrir a explicação. Eu não tenho mais medo do sofrimento, ele faz parte de mim. Em toda a minha vida, nunca fui tão sincero com o que eu quero, com os meus sentimentos. Eu nunca fui tão longe assim.

Seco as lágrimas e percebo que realmente preciso de ajuda profissional. Preciso de ajuda psicológica urgentemente. Essa é uma resistência que tenho, apesar de ser psicólogo, mas preciso ter força e quebrar esse paradigma, antes que eu abale ainda mais todo o meu emocional e decida partir livre para qualquer lugar que não tenha sofrimento, pelo menos, esse sofrimento pelo qual estou passando no momento.

Eu só quero me entender.

Emma

CAPÍTULO XIV

> My lover's gone
> I know that kiss will be my last
> No more his song
> The tune upon his lips has passed[18]
>
> ("My Lover's Gone" – Dido)

É como se o meu Vítor não existisse mais. Os dias estão cada vez mais difíceis e comecei a pensar na vida que eu construiria, pois, apesar de parecer frágil, considero-me dona de uma força gigante. O que não mata fortalece. Entretanto, ver Vítor naquele estado era de partir o coração.

No início, ele afirmou que havia aceitado a conversa com Adam e que os seus sentimentos eram apenas de amizade, mas eu sabia que não, era só uma questão de tempo para se entregar à depressão novamente. Ele começou a fazer terapia, depois de muita resistência, e eu já estava percebendo alguns efeitos positivos em seu comportamento, embora não pudesse deixar de notar que Vítor estava emagrecendo muito rapidamente e que seu consumo de bebidas alcoólicas começou a ser um pouco preocupante.

....
[18] Meu amor se foi / Eu sabia que seria meu último beijo / Sem sua canção / A melodia sobre os seus lábios se foi ♪

Eu não conhecia Adam pessoalmente, apenas por fotos. No dia em que ele foi ao museu na sessão de autógrafos de Vítor, havia tanta gente que nem reparei nele. Ultimamente, acessava seu Instagram sempre que lembrava, até para ver se Vítor estava curtindo suas fotos. Dito e feito, ele não só curtia as fotos que eram postadas atualmente, mas também curtiu todas as fotos do feed de Adam.

Vítor estava obcecado por Adam, e eu estava obcecada em compreender o sofrimento dele. Os dias difíceis eram complicados para mim, porque eu sabia da verdade. E não tinha com quem compartilhar essa situação, essa dor. Meu pai mandava mensagens esporádicas, perguntando como eu estava e eu respondia que estava tudo bem. As mensagens não passavam disso e, mesmo que passassem, não seria com ele que abriria o jogo. Eu não tinha uma amiga só minha, a quem pudesse desabafar sobre tudo; todas as minhas amizades também eram de Vítor.

Muitas vezes antes de dormir, eu chorava perdida em lembranças: as danças malucas que fazíamos durante o intervalo de algum programa ou até mesmo de um filme musical, a surpresa maravilhosa do pedido de noivado e as surpresas bobas, como ir a lugares simples, mas que tinham algum significado para nós. Certo dia, depois de uns dois anos de namoro, Vítor me levou até a árvore em que nos beijamos pela primeira vez. Também tinha as cartas que trocávamos todos os meses comemorando mais um mês de namoro, mesmo já estando juntos há oito anos. Não havia mais cartas nem mensagens com músicas românticas ou com segundas intenções nas entrelinhas.

Todas as promessas que fizemos... para acabar em uma grande decepção? Eu acreditei nele, mas agora não posso deixar de pensar que estou destruída, não tenho mais nada, e tudo que sinto é essa vontade que chega a ser cruel: que Vítor seja demitido do hospital e se afaste o máximo possível de Adam. Estou sendo egoísta? Provavelmente. Mas eu ainda acredito em nós dois, e por mais que tenhamos caído nestes últimos tempos, seria mais uma barreira como tantas outras que já enfrentamos e, ainda assim, encontramos o paraíso. Pelo menos eu pensava estar no paraíso, mas e se na verdade Vítor estava apenas se escondendo nesse paraíso idealizado?

É tudo tão confuso e sufocante.

Eu preciso parecer e ser forte e evoluída o tempo todo. Estou vendo o amor da minha vida se dissipar e nada consigo fazer. Quando penso que estou perdendo Vítor, não significa que estamos perto de um término, mas, sim, que a pessoa que eu conheci, a pessoa que iluminava todos a sua volta está deixando de existir.

Por mais que eu queira que isso se torne passado, que Adam suma de nossas vidas, ele continua aqui e, conhecendo bem Vítor, se depender dele, Adam sempre vai continuar. Por mais que eu queira sentir que pertenço a Vítor, não deixo de me questionar se na verdade ele não pertence a Adam. Estou tão assustada.

Meu amor se foi.

Vítor tinha em sua essência a capacidade de fazer os outros rirem, era o centro das atenções, minha estrela mais brilhante, e eu não me importava se isso de alguma forma me ofuscava, pois sempre gostei de estar nos bastidores. Essa essência havia se dissipado, embora Vítor disfarce muito bem, sei que não é mais o meu Vítor. Meu amor partiu para um mundo sombrio, talvez ilusório, e não sei como trazê-lo de volta à vida real.

A terapia está ajudando, é notório, pois até as discussões entre ele e Martina deram uma boa diminuída. Mas a questão atual que está me afetando é: quem está me ajudando? Eu estou enfrentando tudo isso sozinha, tento ter empatia, ser compreensiva, praticar a paciência para não surtar, trabalho todos os dias com um belo sorriso no rosto, fingindo que está tudo bem e tentando ignorar que ele poderia estar tendo momentos com seu "amigo" Adam.

Vítor não me conta nada de suas sessões de terapia. Eu respeito, até porque não sei se faria bem para o tratamento ele narrar as conversas com a psicóloga. Porém, eu me pergunto qual o parecer, o olhar da psicóloga sobre toda essa história. Se ela se questionava e comentava com Vítor sobre como eu poderia estar me sentindo. Bem, não interessa o que a psicóloga pensa a meu respeito.

Depois de um mês de terapia, Vítor também começou tratamento com psiquiatra – para toda a família, ele diz que é para tratar a ansiedade. Vítor realmente é ansioso, mas o que me intriga é o que o leva aos extremos da ansiedade. Nesse tratamento, foi prescrito remédio para dormir, pois ele não estava dormindo bem há meses. Vítor me contou que em uma noite acordou do nada gritando o nome de Adam.

A nossa relação chegou ao ponto em que falar do "amigo" Adam se tornou comum, e eu até passei a ter sentimentos de simpatia e pena dele, pois, assim como eu, ele também perdeu um de seus pais para o suicídio. Pela maneira como Vítor fala do "amigo", sinto que gosto cada vez mais de Adam e, muitas vezes, já torci para que a amizade dos dois evoluísse para algo a mais. Eu estou enlouquecendo! Como poderia querer que Adam desaparecesse e ao mesmo tempo, em um cantinho do meu coração, torcia para que Vítor vivesse o que desejava com ele? Eu estou perdida. Não consigo mais me concentrar em nada, e só o que faltava para eu entregar Vítor para Adam era conhecê-lo pessoalmente, realmente gostar dele e perceber que eles combinavam. Eu realmente me perdi na loucura de Vítor.

Em uma bela manhã, mais uma vez, coloco o sorriso no rosto, despeço-me de Vítor e sigo para a Unidade Básica de Saúde. Cumprimento todos na recepção rapidamente e entro no consultório; naquele dia a agenda estava lotada, o que era ótimo, assim fugiria desses pensamentos sufocantes.

Tento acessar a agenda eletrônica de pacientes, mas minha mente está tão confusa que, após cinco tentativas de fazer o login no sistema, bloqueio minha senha. Esqueci completamente a senha de acesso que utilizo todos os dias em meu trabalho!

Tudo bem, sem pânico. Sônia deve ter anotado em sua agenda.

Quando me levanto para chamá-la e comentar o ocorrido, ela já está com o paciente entrando no consultório.

É ele. Alto, esguio e forte ao mesmo tempo, moreno, os cabelos pretos arrepiados para o alto e raspadinho nas laterais, olhos escuros com um pouco de olheiras e boca rosada. É ele mesmo: Adam.

— Você é a dentista — ele diz ao me ver, totalmente sem jeito.
— Eu posso...
— Sim, eu sou a dentista, e você deve ser o nosso primeiro paciente do dia. Certo, Sônia?

Ela assente.

— Eu posso...
— Você pode se sentar aqui na cadeira — continuo automaticamente, enquanto sinto minha pele arder em chamas de tensão e meu coração disparar na tentativa de ser o mais gélido possível.
— Emma... eu prefiro remarcar...
— Vocês se conhecem? — pergunta Sônia, animada.
— Mais ou menos — continuo sorrindo, fingindo simpatia. — Ele é amigo do meu noivo, os dois trabalham juntos no hospital. Prazer, Adam.

Nós nos cumprimentamos com um aperto de mão.

Constrangido, Adam se senta na cadeira odontológica e começa a se justificar, que a Unidade Básica de Saúde do bairro dele estava sem dentista, por isso a equipe da UBS estava remanejando alguns pacientes para cá.

Sua voz era grossa, firme e um tanto sedutora.

— Sem problemas, vamos ver o que temos aqui — digo em tom profissional. Ao analisar sua boca, meu coração aperta, penso que Vítor imaginou muitas vezes estar beijando-a.
— Na verdade, eu trouxe a radiografia, era a marcação para extração de siso, já fiz uso de antibiótico e anti-inflamatórios, hoje seria para extrair mesmo.
— Ótimo! — Nada ótimo, eu extrairia o siso do cara por quem meu noivo estava apaixonado. — Sônia, pode preparar os instrumentais enquanto avalio a radiografia?

Saio do consultório totalmente abalada.

Meu mundo não dá voltas, ele capota, tomba!

Adam e Vítor combinam, eu senti. A energia dele é boa. E o pior, seu constrangimento foi tão nítido, que ficou claro para mim que Vítor não estava nessa paixão sozinho.

Mesmo sem querer, Adam invadiu até meu local de trabalho, meu último refúgio.

Não aguento mais pensar.

Adam. Vítor. Adam. Vítor.

Vou explodir, mas não posso, porque eu sou racional. Nunca posso perder o controle.

Quero ser forte e ter esperança de que tudo mudará, mas não sei se consigo retornar mais ao meu paraíso. Sinto-me perdida. O sentimento de desesperança cresce a cada toque entre Vítor e eu: os abraços não são mais calorosos, nosso brilho está se apagando e eu não faço ideia de como reacender o nosso verdadeiro amor. Eu sei que Vítor me ama, assim como eu o amo, mas até quando Adam ficaria assombrando nossas vidas?

Respiro profundamente e retorno ao consultório.

Adam

CAPÍTULO XV

First things first
I'ma say all the words inside my head
I'm fired up and tired of the way
That things have been
Second things second
Don't you tell me what you think that I could be
[...]
I was broken from a young age
Taking my sulking to the masses
Writing my poems for the few
That look at me, took to me, shook to me, feeling me
Singing from heartache from the pain
Taking my message from the veins
Speaking my lesson from the brain
Seeing the beauty through the[19]
Pain!

("Believer" – Imagine Dragons)

---

[19] Em primeiro lugar / Vou dizer tudo que estou pensando / Estou irritado e cansado do jeito / Como as coisas têm sido / Em segundo lugar / Não me diga o que você acha que eu poderia ser / Eu fui destruído desde pequeno / Levando meu sofrimento pelas multidões / Escrevendo meus poemas para os poucos / Que me encaram, me levaram, me sacudiram, sentindo quem eu sou / Cantando com um coração partido pela dor / Captando a mensagem que está em minhas veias / Recitando minha lição de cabeça / Vendo a beleza através da / Dor! ♪

– Agora que você e Emma estão mais próximos, vamos tratar de um assunto pouco abordado nas sessões anteriores. Como você se sentiu? – a psicóloga questiona, parando de fazer anotações e olhando em meus olhos. – Como foi estar exposto, podemos dizer que até vulnerável, ao se encontrar com a noiva de Vítor?

Já faz uns vinte dias que esse momento constrangedor aconteceu. Foi humilhante, embaraçoso, confuso, eu preferia virar cinzas a ter o dente extraído por Emma. No final, tudo correu muito bem. Emma era gentil e doce, o que me fez ter mais certeza de que me afastar de Vítor era a melhor decisão. Porém, não é isso que está acontecendo.

– Bom, ninguém gosta de ir ao dentista, certo? Me senti desconfortável, mas a recuperação foi boa.

– Adam, você sabe do que eu estou falando...

Sim, eu sei, doutora Greice, eu sei. Você está falando de como eu me senti ao estar com a boca exposta para a mulher que é noiva do carinha que talvez esteja mexendo com a minha cabeça.

– Eu sei, Greice. Mas não sei dizer como me senti... Constrangido?

Ela assente e faz algumas anotações.

Vítor tem sido o motivo das minhas últimas sessões da terapia, minha vida mudou muito recentemente. Depois que conheci Emma, Vítor me procurou "bem casualmente" e começou a realmente agir como meu amigo, mas sinto que há algo inexplicável entre nós. Ele é engraçado, gentil e, como meu relacionamento com Christopher estava por um fio – algo que não é surpresa alguma, já que só tomei essa decisão para me afastar de Vítor –, ter alguém para me fazer sentir desejado, querido, é muito bom para meu ego e para minha autoestima. Eu não sei se sou tóxico por usar Chris ou por usar Vítor para satisfazer meu âmago. Eu me divirto de verdade com Vítor, nossos dias no hospital começaram a ser ainda mais leves, com muitas trocas de mensagens e áudios. Demos treinamentos em todos os turnos do hospital e foi maravilhosa a noite em que nós e mais dois enfermeiros, após encerrar o treinamento, fomos a um barzinho em frente ao hospital e ficamos conversando.

Vítor tem uma simpatia de outro mundo. Eu não sou como ele; sou tóxico, desagradável e fechado ao extremo, reservado. Vítor está sempre sorrindo, feliz, alegre, é um contador de histórias nato, que faz a gente duvidar se ele está inventando ou se realmente tais coisas aconteceram. Uma coisa que define bem Vítor é sinceridade, afinal, por exemplo, no atual contexto, ele foi honesto em dizer para sua noiva que estava se sentindo atraído por mim.

Não consigo imaginar um Vítor imperfeito. É óbvio que ele deve ter uma série de defeitos, mas não enxergo. Ele está sempre tentando agradar os outros, ou talvez, para meu egoísmo, tentando me agradar. Começamos a almoçar juntos mais vezes no Le Bistrot e, às vezes, eu vou mesmo sem fome, porque quero estar com ele. O suco de maracujá sem açúcar é tradição em nosso pedido. Voltando a pensar na perfeição de Vítor, penso que ele quer tanto agradar os outros que talvez não consiga se agradar. Sei disso porque todo mundo tem suas tristezas, suas próprias dores e cicatrizes, e ele não as deixa transparecer – por mais que eu admire essa sua característica, também me preocupa –, eu preciso conhecer o Vítor vulnerável.

Além de Greice, contei sobre Vítor para meu melhor amigo, Augusto. De imediato, ele disse que eu tinha que me afastar, por causa do noivado, de sua heterossexualidade e que, provavelmente, ele estava brincando com os meus sentimentos ou, pior, estava tão confuso que não valia a pena entrar em uma relação em que me machucaria no final.

Augusto tem sua razão, eu sinto o amor de Vítor por Emma. Sinto de verdade. E são óbvios os motivos de amá-la. Depois do constrangimento da extração do meu dente do siso, passei a segui-la no Instagram e ela começou a me seguir também. Seu feed é fofo e suas fotos, meigas. Ficou nítido que Emma é a gentileza e a doçura na Terra. Nós conversamos algumas vezes, trocamos alguns memes e estamos realmente criando um tipo de laço que não sei definir. Talvez Emma seja extremamente estrategista e esteja mantendo o inimigo – neste caso, eu – por perto.

O que ela não sabe é que se, depender de mim, eu jamais machucaria alguém como ela e não entendo como Vítor pode colocá-la nessa situação. É claro que Emma não é do tipo de pessoa que alguém estaria disposto a abrir mão, ainda mais trocá-la por alguém como eu, todo complexado. Analiso as fotos dos dois juntos e quero aquilo para mim, quero muito, mas sei que é impossível, o amor entre pessoas como eu é muito mais difícil de ser vivido.

O pós-cirúrgico da extração do siso foi bem doloroso, fiquei sete dias sem aparecer no hospital e, de brincadeira, enviei uma mensagem para Vítor zombando que um bom amigo visitaria o pobre "doente" e levaria sorvete para ele em um momento como aquele. Vítor me pediu o endereço e eu enviei, sabia que ele estava na universidade e não queria que ele largasse tudo para me encontrar, até porque nem seria sensato fazer isso.

Porém, não conheço Vítor bem. Uma hora depois, ele apareceu na frente do prédio querendo saber o número do apartamento. Eu não sabia o que fazer. Vítor estava diante do condomínio, realmente foi me visitar. O apartamento estava uma bagunça, eu estava acabado, nem meus cabelos estavam penteados. Pensei, pensei e pensei, não havia o que fazer, eu tinha que atendê-lo.

Vítor apareceu em minha porta com duas sacolas de mercado cheias de sorvetes, picolés, iogurtes, mamão e suco de maracujá.

– O que é tudo isso? – questionei.

– É só o que você pode comer, não é?

– Meu Deus do céu, Vítor, eu não posso aceitar tudo isso. Você é louco!

Nós já estávamos na cozinha abastecendo o freezer e a geladeira.

– Meu Deus! – exclamei. – Esse é o meu sorvete favorito!!!

– Que bom – ele respondeu sem jeito. – Fico feliz.

– Não vou resistir, preciso comer agora. Posso?

– Ora, é seu, pode comer quando quiser.

Sentei no canto do sofá da sala segurando o pote de sorvete e duas colheres. Vítor se sentou no outro canto do sofá, um tanto distante, o que me deixou um pouco triste e aliviado ao mesmo tempo: nossa relação realmente estava focada na amizade.

– Nossa, este sorvete é muito bom! Anda, pega uma colher.

Vítor recusa, mesmo eu insistindo umas cinco vezes. Ele não aceitou me acompanhar no sorvete, acho que para manter a distância.

– Não repara na bagunça do apartamento nem no meu estado. Nossa, estou um trapo! – digo e fito-me no espelho da parede. – Eu não esperava que você viesse realmente.

– Só de passagem, não quero incomodá-lo, e preciso...

– Ah, não! Fica um pouco! Augusto ainda está no trabalho.

– Mas eu preciso... – Vítor pensa por um instante e completa: – Realmente preciso revisar alguns artigos...

– Aaaaah, por favor!

Vítor consulta o celular, verifica a hora, e sorrindo diz que ficará um pouquinho.

Eu fiquei muito feliz com a surpresa. Cogito levá-lo para conhecer o resto do apartamento, meu quarto e até faço piada disso, de que não seria uma boa ideia, e nós dois rimos. Eu meio que estava "jogando verde" para saber se ele ainda tinha sentimentos por mim, porque nunca mais tocamos no assunto. Nosso comportamento, as conversas pelo celular, os toques não planejados, essa vinda até aqui, tudo indica que ele gosta de mim. E eu gosto dele. Mesmo com todo o contexto da doce Emma, eu quero ficar com Vítor.

No sofá, aproximo-me dele para mostrar minhas fotos antigas no celular e ele pousa "sem querer" a mão em meu joelho à mostra, já que visto short curto. E "sem querer" passo o braço por trás dele. O clima é propício para um beijo, mas não posso fazer isso. Eu estou com Christopher, e Vítor, com Emma. Na realidade, o principal motivo: minha boca está cheia de pontos da extração do siso.

Vítor se aproxima ainda mais de mim para ver as fotos, nossos braços encostam e eu quero muito agarrá-lo. Confesso que me achava muito feio na juventude e ele discorda; nesse momento, a vontade de pegar seu rosto e tascar um beijo é maior que tudo, mas sou salvo pela chegada de Augusto.

Augusto entra no apartamento e olha para nós dois.

– Estou interrompendo algo? – dispara.

Vítor e eu nos distanciamos rapidamente. Eu pulo do sofá e apresento um ao outro.

– Já ouvi falar muito de você, Vítor – afirma Augusto. – Fique à vontade!

Vítor parece bem sem jeito na frente de Augusto, faço sinais de que está tudo bem para acalmá-lo. Augusto interrompe o silêncio:

– Eu vou tomar um banho – anuncia. – Adam, o Christopher vem hoje aqui? Pensei em fazermos um programa de casais.

Sinto a provocação, é claro que está achando que Vítor e eu estávamos ficando.

– Não sei – respondo. – Não posso comer coisas sólidas ainda...

– Você que sabe, podemos ver um filme – Augusto responde tirando a camiseta e deixando Vítor ainda mais sem graça. – Enfim, depois conversamos, vou tomar uma ducha. Muito prazer, Vítor!

Vítor assente e enrubesce. Quando Augusto entra no banheiro e liga o chuveiro, diz:

– Ele parece ser gente boa, mas acho que não gostou de me ver aqui...

– Imagina – minto. – Augusto é bem tranquilo, só não gosta quando trago caras aqui para, bem, você sabe...

Nós dois coramos.

– Como está Christopher? – indaga Vítor. – Tudo certo entre vocês?

– Sim – minto novamente. – Ele é um fofo, sempre preocupado comigo. Nós temos que marcar algo: eu, ele, você e Emma.

– Claro!

– Vamos agendar, sem essa de ficar só no "vamos marcar"...

– Sim, sim, só marcar!

O silêncio paira entre nós. Reparo que Augusto desligou o chuveiro.

– Preciso ir, Adam, é sério!

– Por causa do Augusto? Não! Daqui a pouco ele vai para a academia...

– Não, Adam! Já é noite, está quase no horário da minha aula. A tarde voou.

– Realmente... Você é o melhor, Vítor, o meu herói da pós-extração do siso.

Rimos e nos encaminhamos à porta do apartamento.

– Vítor – pensei bem antes de abordar o assunto –, e você está bem? Aqueles sentimentos que tinha por mim passaram? Você e Emma estão bem?

Ele fica sem palavras e seu sorriso desaparece, em seguida responde:

– O que você acha? Adam, eu não sou de desistir facilmente e sei que nós ainda vamos ter nosso momento.

– Não, nós não teremos – respondo automaticamente. – Vítor, achei que você tinha entendido que eu só te vejo como amigo. Preciso de você como meu amigo. Você é uma das melhores pessoas que eu tenho ao meu lado. Não vamos estragar isso.

– Resumindo, este é um "fora" um tanto "educado"?

– Não é nenhum fora.

– É por que eu sou feio? – ele dispara.

– Você sabe que não é feio. Para com isso, cara! Tem gente muito feia por aí e você está bem longe disso. Não tem nada a ver com beleza...

– Então...?

– Simplesmente não vejo isso acontecendo – respondo, partindo o meu coração e certamente o dele também. – Tem certas coisas que a gente não controla, e eu não consigo me imaginar ficando com você.

– Certo.

– Vítor, fica bem. – Eu o puxo para um abraço e fico com receio de que evolua para um beijo; mas não, só ficamos abraçados por longos segundos. – Eu amei o sorvete! Eu amei tudo! – Nos despedimos e ele vai embora.

No todo, nossa tarde foi maravilhosa, mas a conversa final ficou inacabada. Eu abordei e fugi do assunto ao mesmo tempo, mas pude ter certeza de uma coisa: Vítor ainda tinha sentimentos por mim.

Uma parte de mim dizia: *que merda!*

Outra, dizia: *uhul!*

Zonzo, acompanho Vítor deixando o condomínio e, quando fecho a porta, Augusto está parado atrás de mim, com os braços cruzados.

– Cara, precisamos conversar. O que você está fazendo?

Sento no sofá e me preparo para o sermão.

Em primeiro lugar, não devo satisfação a Augusto, apesar de respeitar nossa amizade. Ele quer me ouvir, quer saber se eu estou interessado em um cara com casamento marcado para daqui a alguns meses. Ok. Ele ouve isso. Eu conto tudo que estou pensando, irritado e cansado do jeito como esse "morde e assopra" vem acontecendo. Cansado de manter um relacionamento com Christopher pensando em Vítor. Exausto de pensar no que deve ser feito e não respeitar meus sentimentos. Foda-se, Emma; foda-se, Vítor. Se ele me quer e eu o quero, as consequências virão depois. Não fui eu quem o procurou, ele quem se "declarou" e disse que não desistiria de mim. Estou cansado dos rumos que essa história está tomando, e até minha psicóloga disse que preciso resolver essa situação, que me afastar de Vítor não é a resposta.

Em segundo lugar, não é Augusto, ou Greice, ou Emma, ou até mesmo Vítor que vão me dizer o que eu poderia fazer ou ser. Eu comando a minha vida. Eu preciso ser o piloto do meu próprio avião e seguir a minha felicidade. Minha felicidade sempre foi às escondidas, por que eu não poderia ser feliz com Vítor assim também?

Augusto e Greice precisam entender que eu fui destruído desde pequeno, levando meu sofrimento por onde passava, e com Vítor eu não sinto essa dor. É um pouco sufocante e a terapia me ajuda a entender que está assim porque estou resistindo.

Eu me preocupo com todos que me encaram.

Chega!

Eu duvido das pessoas que me levam a qualquer lugar que possa ser chamado de lar, tenho medo que me sacudam de alguma forma e que façam eu me sentir melhor, logo, eu sinto muito receio de Vítor. Ele é diferente de tudo que já vivi. Ele não é fútil, é de verdade.

Estou cansado de ver a beleza por meio da dor.

Augusto e eu não chegamos a nenhum consenso. Ele não acredita que eu não estava ficando com Vítor naquela tarde. No meio da discussão, não me entendeu e pediu para eu procurar um lugar e me mudar de seu apartamento em uma semana.

Ótimo.

Pilotarei meu avião sozinho.

Dane-se!

Depois de descarregar todas essas informações para Greice, ela encerra a sessão dizendo que será uma experiência enriquecedora morar sozinho, mas que deveria ter em perspectiva que essa história com Vítor ainda estava distante do final. Ela me alertou sobre não esquecer que ele estava em um relacionamento com Emma e que no momento, infelizmente, eu estava namorando Christopher.

Saí da sessão e troquei algumas mensagens com Vítor. Ele está me ajudando a procurar um lugar para alugar. O céu está bem nublado, ameaçando chover. Caminho rápido na direção em que deixei meu carro estacionado, pensando que essa sessão foi uma das melhores. Ela me fez ver que eu estava sufocando em minha própria mente. No exato momento dessa conclusão, a chuva desaba, elevando minha alma até as alturas, alma que até então apenas caía como cinzas no chão, esperando que meus sentimentos se afogassem.

Eu sou forte. Meus sentimentos nunca se afogaram, eles sobreviveram, são livres e soltos, porém acabam sendo inibidos e limitados.

Tudo se clareia em minha mente, a chuva cai sobre minha cabeça e sinto que ajuda a me recuperar da dor.

É, Vítor, nós teremos uma chance! Ele me fez ver e acreditar que é possível. Não consigo mais correr dessa situação.

No carro, reflito como minha vida, meu amor-próprio e minha motivação de viver vieram à tona nos últimos meses. Não há como negar: Vítor é a razão de eu estar me sentindo assim. E, por último, pela graça do fogo e das chamas, talvez ele seja a face do meu futuro.

Vítor

CAPÍTULO XVI

All these feelings I can't erase
From my heart
Endless dreams
Around my shoulders
I cannot free this restless heart
It was a night to remember
Not enough time for you to stay
Can't forget the look on your face[20]

("A Night to Remember" – Cyndi Lauper)

— Você não concorda com Joanne? — pergunta firmemente Denise, minha psicóloga, em nossa décima segunda sessão. — Digo, você não concorda quando sua amiga diz que no final você não pode ficar com os dois, Emma e Adam?

Joanne e seus pensamentos racionais extremos. Eu preciso me abrir com mais alguém, contar o quanto estou feliz com os últimos acontecimentos. Emma e eu estamos bem, conversamos

---
[20] Todos esses sentimentos que eu não posso apagar / De meu coração / Sonhos infinitos / Sobre meus ombros / Eu não posso livrar este coração inquieto / Era uma noite para recordar / Não foi tempo suficiente para você ficar / Não consigo esquecer seu olhar e seu rosto ♪

sobre tudo, inclusive sobre Adam, e curtimos nosso tempo juntos de todas as maneiras. Por falar em Adam, nós nunca estivemos tão bem, conversando diariamente, mais próximos; agora há muitos toques e abraços. Mas, Joanne, minha amiga há quase quinze anos, que convive comigo e Adam no mesmo ambiente de trabalho, começou a reparar algumas diferenças em mim.

Primeiro, notou que eu mudei meu estilo aos poucos, passei a usar sapatos sociais, calças pretas e camisas sociais discretas e deixei meu cabelo crescer, na tentativa de fazer algo diferente com ele. Essa mudança física é consequência da psicológica. Estou aceitando mais essa situação, todos estão bem, então não tem por que eu não estar bem também.

Joanne ficou incrédula quando contei sobre meu relacionamento – se é que esse é o melhor termo para definir o que Adam e eu temos. Ficou ainda mais boquiaberta com o apoio e a atitude de Emma, pois não sabia se em seu lugar teria a mesma reação e compreensão. Para Joanne, o pior de toda essa história era o fato de estarmos no mesmo ambiente de trabalho, o que infringia vários códigos de ética. Eu estava pouco me importando com meu trabalho, ou projetos universitários, tudo que queria está caminhando para dar certo: Emma, Adam e eu felizes.

– Você sabe que no fim terá que escolher um dois, certo? – minha amiga perguntou após escutar toda a minha história. – Não existe essa de "trisal"...

– Existe – respondi automaticamente. – Inclusive legalmente, Emma pesquisou tudo, há várias matérias em diferentes portais mostrando a briga de trisais para registrar sua união, e até mesmo seus filhos.

– Sério? Não acredito nisso! Eu não tenho nada contra, pelo contrário, sou a favor de que todos encontrem a felicidade. Mas para mim, Joanne, a chata do rolê, que precisa ter tudo muito certinho (não que minha opinião seja soberana ou que eu seja a dona da verdade), acho impossível alguém amar duas pessoas ao mesmo tempo. Existe uma grande diferença entre a paixão e o amor e, ao meu ver, um olhar de quem acompanhou toda a sua história com Emma, vejo amor entre vocês, não consigo imaginar Adam no meio dessa relação.

– Você está sendo arcaica e um tanto mente fechada, Joanne.

– Sim, eu posso estar mesmo, meu lindo. Mas eu só não quero que você ou Emma se machuquem. Por tudo que me contou, você vive oscilando, há dias de euforia e outros de profunda depressão. Adam te faz bem e mal ao mesmo tempo, mesmo que inconscientemente.

– Joanne, você está implicando com ele.

– Não, só acho que para ele essa situação é muito cômoda, sabe? Ter alguém ali à volta dele, o querendo bem, o desejando, enchendo o seu ego. Todo mundo gosta disso, e ele está frágil, acabou de ser expulso da casa do melhor amigo, está morando em um novo local, terminou com esse tal de Christopher...

– Viu? Se ele terminou com Christopher significa que ele sente o mesmo por mim, não acha?

– Sinceramente, não vejo dessa maneira. Pode haver vários motivos para esse término, que sequer imaginamos.

Até acho que ele pode gostar de você, só me preocupo muito se é na mesma intensidade que você. Acho que você está muito confuso. Da noite para o dia decidiu que "ama" duas pessoas, e se identifica como o quê? Bissexual?

– Não foi da noite para o dia. Foi intenso, mágico e gradual. Não sei explicar, mas foi como quando conheci Emma. Meu coração já não concordava com meus pensamentos, a emoção e a razão não estavam mais andando conectadas...

Denise, quando terminei de contar sobre minha conversa com Joanne, observa:

– Acho muito engraçado quando você coloca que a razão e a emoção não andam conectadas. Vítor, ninguém é apenas razão ou apenas emoção. O ser humano precisa do equilíbrio entre as duas coisas e, mais precisamente, usá-las com sabedoria. Você emagreceu uns quinze quilos nos últimos meses. Te pergunto, é alguma dieta?

– Não que eu saiba. Na verdade, estou adorando meu peso atual.

– Você está elegante, Vítor. Mas questiono se essa perda de peso é saudável, racional ou se é extremamente emocional.

Não conto a Denise que tenho me alimentado muito pouco, não para perder peso, mas não sinto fome. Às vezes, passo dias à base de alguns beliscos e água, não tenho tempo para conciliar minha vida no hospital, na universidade, Emma e Adam. Além disso, todo dia, quando chego no hospital, tenho crises intensas de diarreia. Sei que são puramente emocionais, de nervosismo por mais um dia ao lado de Adam.

Penso nele vinte e quatro horas. Sonho com ele, até acordo no meio da noite falando seu nome. Eu estou completa e incondicionalmente vivendo por Adam, à espera de uma mensagem, do próximo abraço, conto os dias para nos encontrarmos. Só não sei como isso é possível.

Minha obsessão chegou ao extremo um dia em que envolvi até Joanne em minha loucura. Eu estava no hospital e precisava muito falar com Adam, mas não o encontrava de jeito algum. Ele não respondia a minhas mensagens. Meu coração começou a bater freneticamente, estava mais uma vez em meu torpor. Era a minha montanha-russa, como Joanne e eu apelidamos, ou um verdadeiro jogo, como diz Emma, ou até mesmo um ciclo vicioso. Enfim, Joanne ficou muito preocupada com meu estado, convidou-me para almoçar e me forçou a comer, mas sem sucesso. Eu só pedi um suco de maracujá sem açúcar.

– Ok! Ele não está no hospital e não responde suas mensagens, o que você pretende fazer?

– Saber onde ele está?! – disparei, como se fosse óbvio.

Joanne consultou o relógio e de má vontade fez uma sugestão, que eu queria ouvir, mas não sei se ela queria falar:

– Eu já o vi algumas vezes a caminho do hospital, ele deve deixar o carro em algum desses estacionamentos por aqui. Podemos dar uma volta e tentar achar o carro dele.

Joanne estava sendo uma ótima amiga e entrando completamente na minha paranoia.

– Você sabe que carro ele tem? – questionou ela.

— Não. Não entendo de carros. Sei que é preto. Ah, a placa é da cidade do litoral onde a mãe dele mora.

Joanne terminou sua salada, pagou a conta e disse, com o braço por trás de meus ombros:

— Beleza, vamos ser paranoicos juntos!

Minha amiga não tem ideia de como foi bom estar ao lado dela naquela tarde. Andamos pelas redondezas do hospital analisando cada estacionamento e rimos de diferentes coisas, inclusive sobre eu me descobrir um possível bissexual. Era muito bom ter alguém em quem eu confiava, sem me julgar, e que de alguma maneira estava me incentivando a fazer o que eu queria: viver. Se não fosse por Joanne, não teria ido fazer pesquisas na universidade naquele dia, iria para casa escutar minha playlist de uma mistura de Evanescence, Avril Lavigne e P!nk. Depois de caminharmos por algumas quadras, identifiquei o carro preto de Adam.

Joanne e eu fingimos ser um casal e conversamos com o funcionário do estacionamento, dissemos que queríamos falar com um amigo farmacêutico que trabalhava no hospital e que acreditávamos que ele deixava o carro dele ali. O homem confirmou e apontou para o carro preto que identifiquei. Agradecemos o senhorzinho e partimos.

— Bom, ele está no hospital — concluiu Joanne. — Deve estar em alguma reunião ou algo do tipo...

— O dia todo? — questionei. — Não, Jo. Não faz sentido. Ele está me evitando, mas não consigo imaginar o motivo.

— Meu Deus, Vítor. Por qual motivo ele estaria te evitando? Você não acabou de ajudá-lo na mudança de apartamento? Vocês estão numa boa. Pare de pensar tanto em Adam. Por mais que eu queira que você viva isso, me sinto culpada por essa torcida, porque não consigo deixar de pensar em Emma. Eu não acredito que ela esteja bem, como você acha. Gostaria de ter uma conversa a sós com ela, mas tenho medo de me enfiar mais ainda mais nessa confusão.

Depois do monólogo de Jo, meu celular vibrou com uma notificação de áudio de Adam.

Aquela voz faz meu mundo parar.

Adam não estava no hospital e ficou ocupado o dia todo, tinha viajado a um município próximo para ver como era realizado o serviço de farmácia clínica em outro hospital. Ele foi de carona com Esther e não mexeu no celular o dia todo, pediu desculpas e, sem querer, no final do áudio disse "beijo". Sim, Adam me mandou um beijo! Em seguida, como se algo pesasse em sua consciência, enviou outro áudio rápido dizendo "Um beijo para você e para Emma".

Joanne revirou os olhos e disse:

– Pronto, está mais calmo?

Havia saído do torpor e agora estava nas nuvens. Inspiro e expiro profundamente. Mesmo todo complexado, ele me mandou um beijo.

Na sessão de terapia, Denise me ouve narrar todo esse episódio com Joanne e seus olhos transmitem pouca satisfação. Ela me dá medo. Sério.

– Você realmente acha esse comportamento normal, Vítor?

– Que comportamento? – pergunto curioso, pois falei tanta coisa, que nem sei ao que Denise se refere.

– O comportamento persecutório e desesperador. Você tirou sua amiga do trabalho por causa dessa angústia em querer sinal de Adam. Isso não é saudável. Você age assim com Emma?

– Emma sempre responde minhas mensagens.

– Certo, mas mesmo entre você e Emma precisa haver a individualidade de vocês dois. Vocês dois, segundo o que me conta, se amam. Eu não vejo a individualidade do Vítor, muito menos a de Emma, mas eu posso estar errada e me corrija, por favor, se estou falando algo que não seja verdade.

Reflito por um instante. Na verdade, eu não sei quem é o Vítor sem Emma. Denise sabe disso, não preciso corrigi-la em nada.

– Vítor, você tem que buscar a sua individualidade antes de escolher entre Adam e Emma. Você precisa se amar, se escolher em primeiro lugar. Na sua lista, você se vê em primeiro lugar? Melhor, vamos imaginar que você é o motorista do ônibus de uma grande excursão da vida. Nessa excursão, há passageiros diferentes: os monstros e os mocinhos. Entre os monstros, estão: medo, pânico, insatisfação profissional, coração partido, autocobrança, ansiedade, depressão, frustração, vaidade exagerada, gula, entre outros. Entre os mocinhos: amizade, alegria, festas, conforto, coragem, sabedoria, audácia, gentileza, liberdade, autossatisfação etc. Você, como motorista, precisa deixar os passageiros em diversos pontos no decorrer da viagem, isto é, ao longo da vida. Quais passageiros você deixa para trás? Você está no controle do ônibus ou há alguém guiando por você?

São várias metáforas, mas eu entendo o questionamento.

– Eu sou extremamente controlador, sou eu quem controla o ônibus.

– Mesmo? É o que você acha? – Denise parece satisfeita com minha resposta. – Vítor, analise melhor. A sua vida, por mais controlador que você seja, está sendo controlada por duas pessoas: Emma e Adam. E quando você fala sobre sua infância e adolescência inexistente, sua mãe sempre as controlou, estou errada?

Sinto-me desnorteado, por mais que queira contra-argumentar com essa bendita psicóloga, ela está com total razão.

– Vítor, você largou a banca de um TCC de medicina e correu para o hospital porque Adam esqueceu a senha de acesso do computador dele. Por acaso você é TI do hospital e não me contou?

– Ele estava bêbado. Quando cheguei lá, ele não estava bem, precisava de mim.

– E você, como um super-herói, correu para salvá-lo. Você acha realmente que está no controle de sua vida? Ele faria o mesmo por você caso você precisasse dele?

– Emma faria.

– Não estou falando de Emma, Vítor. Estou falando de você e, neste momento, de Adam. Quero que reflita: você está de prontidão para todos, mas primeiramente precisa estar livre e de prontidão para si mesmo. Você precisa se descobrir, se conhecer.

– Eu só larguei a banca no meio porque Adam havia ido a uma festa na noite anterior e com base nas mensagens percebi que ele estava alterado. Não sou TI, fui ajudá-lo para que ninguém o encontrasse naquele estado no hospital.

– Só escuto justificativas para você colocá-lo como prioridade.

– Ok. Então o que você propõe?

– Seja sua prioridade. Rompa os laços com Emma e Adam. Vai doer, é claro, mas você precisa estar no controle da sua vida, equilibrar razão e emoção.

– Eu não vou romper com nenhum dos dois.

Levanto-me e vou embora sem me despedir de Denise.

Dei-me alta. Não retorno mais para as próximas sessões.

Eu sempre tive controle de tudo. Olha só para o que sou hoje, todos os meus títulos, as minhas conquistas: são méritos *meus*. Sou extremamente organizado, controlador, respeitado.

Se ela estivesse no meu lugar, duvido que não estaria se sentindo no controle.

Quando Adam precisou de ajuda para mudar do apartamento de Augusto para o alugado – que nós dois achamos na internet por um preço acessível e muito bem equipado e mobiliado, um verdadeiro achado –, entre todas as pessoas a quem ele podia pedir ajuda, recorreu a mim.

Passamos a noite fazendo a mudança e, quando acabamos, ele queria me apresentar a sua mãe, que chegaria em breve.

Fiquei muito balançado entre aceitar ou não, mas tinha que ir para casa porque Emma precisava de mim, nós tínhamos um compromisso: escolher os doces do casamento. Na rua, na frente de todos que passavam ali, Adam sorriu para mim, abraçou-me e disse que não tinha como me agradecer. Não foi um abraço de segundos, dessa vez; foram longos minutos. Em meu ouvido, ele disse:

– Você, como sempre, sendo meu herói.

Eu revirei os olhos e parti para casa, escutando repetidamente "Accidentally in Love", de Counting Crows. Sentia-me em sintonia com a música. Qual é o problema de amar duas pessoas? Não havia problema. Eu realmente não sei, mas existe poliamor, certo? Bem, talvez eu esteja realmente apaixonado por Adam. Sempre que começo a refletir sobre essa hipótese, simplesmente não consigo parar de pensar nisso. Dói e ao mesmo tempo é tão bom. Quanto tempo vai levar para curar isso?

Eu preciso me curar.

Só assim para ficar em paz. Porque se for amor, sozinho não posso ignorar.

No dia da mudança, todo o meu corpo pedia para dar meia-volta e conhecer a mãe de Adam. Eu sabia que seria um grande passo na nossa relação. Ao contrário do que você insinuou, dona Denise, eu estava no controle e resolvi ficar com Emma e escolher os docinhos do casamento, como um bom noivo faria.

Será que Denise estava certa? Eu não sei nada sobre amor, porque eu mesmo não me amo? Será? Os raios de luz que eu idealizo em meio ao meu torpor significam que eu nunca estou sozinho, certo? Ou estou apenas mascarando a situação e adiando a grande dor?

Antes de entrar na universidade para dar aula, choro sobre o volante do carro. Eu não queria ser assim. Não queria estar nessa montanha-russa de sentimentos. Não queria ser bissexual. Há tanta coisa que eu não queria... Respiro fundo, seco as lágrimas e vou fazer uma coisa que amo: estar em contato com meus alunos. Eles são a força necessária para eu chegar em casa e mentir para Emma, dizer que Denise me deu alta e que estou muito bem. Fazemos amor e é maravilhoso, nossas almas conectadas, uma verdadeira explosão de sentimentos.

Então, querida Denise, eu não romperia com Emma nem com Adam.

Eu iria viver.

Na noite seguinte, arrumava-me mais feliz do que havia tempos não ficava, mais feliz do que na noite de amor anterior. Na manhã daquele dia, Adam sugeriu sairmos à noite para beber uns drinks e comer hambúrguer. Seu convite envolveu Emma, mas eu não a levaria, é claro. Daria alguma desculpa de última hora a ele.

Eu finalmente teria um encontro com Adam.

Enquanto me arrumava, Emma estava cabisbaixa, fingindo estar contente pelo meu encontro, o que eu sabia que era extrema loucura, mas eu estava tão eufórico que não me importei realmente com os verdadeiros sentimentos dela. Eu precisava me colocar em prioridade, certo? Era o que faria. Para meus pais, disse que daria um treinamento no hospital; Emma e meu irmão sabiam de toda a verdade.

    Não foi fácil contar para Lucas, mas ele era meu melhor amigo antes de ser meu irmão. A única coisa que perguntou foi se Emma estava sabendo, pois, caso contrário, ele me mataria por estar sendo um tremendo babaca. Lucas achou graça da situação, lembrou que eu fiz piadas maldosas sobre alguns amigos gays dele muitas vezes, inclusive sobre um em particular, que todos sabiam ser bissexual. Ele ficou surpreso com minha revelação, pelo fato de eu sempre ter sido meio preconceituoso sobre o assunto, e não por eu estar gostando de um cara. Por fim, concluiu que eu tinha que tomar uma decisão logo, pois o casamento estava se aproximando e eu não poderia casar no meio daquele triângulo amoroso.

    – Não é um triângulo amoroso como Edward, Bella e Jacob, de *Crepúsculo* – expliquei. – Será um trisal.

    – Trisal? Bom, se for assim, você vai deixar Emma ficar com o outro cara? Pelo que eu saiba, em um trisal os três ficam entre si, não?

    – Claro que não – respondi automaticamente e ri. – Adam é gay. E eu jamais aceitaria que Emma ficasse com outro cara.

    – Mas Emma tem que ser compreensiva e deixar você ficar com Adam? – perguntou Lucas, realmente tentando entender. – Você está se metendo em uma baita loucura, mas independentemente do que acontecer estarei ao seu lado, te apoiando. Só não seja um babaca com Emma.

    – Obrigado, mano!

    Lucas me abraçou e, do seu jeito truncado, disse que me amava.

    Ou seja, minha montanha-russa só estava subindo. As pessoas que eu mais amo têm conhecimento sobre quem realmente sou: Emma, Lucas e Joanne. Aos poucos fui me abrindo para quem julgava precisar saber de certas coisas da minha vida.

Emma me encara enquanto passo perfume. Despeço-me dela e seu único pedido é que eu não beba demais. Percebo a tristeza em seu olhar, mas ignoro, preciso me colocar em primeiro lugar e esta seria uma noite para ser lembrada. Despeço-me dos meus pais e de Lucas e parto para o encontro de Adam. Combinamos no Língua Solta, famoso por boas caipirinhas de vinho e que, por gigante coincidência, é localizado na rua em que Emma e eu demos nosso primeiro beijo, onde também fica o apartamento que compramos na planta, com previsão de entrega para antes do casamento.

Tentei me vestir o melhor possível para meu primeiro encontro com Adam: camiseta básica azul-marinha, calça skinny preta e All Star branco. O cabelo estava com um pequeno topete e levemente raspado nas laterais; e o perfume, na medida certa.

Essa com certeza seria uma noite para recordar.

Quando chego ao Língua Solta, Adam já está em uma mesa bebendo uma caipirinha de vinho. Ele está vestindo uma camiseta branca e calça skinny quadriculada em preto e branco.

– Já está bebendo? – questiono enquanto nos abraçamos.

– Não aguentei esperar – diz sorrindo, com os dentes brancos mais perfeitos. – Emma não vem?

– Não, ela precisava ajeitar umas coisas do casamento – minto e logo me arrependo, estava em um encontro com Adam e tinha que citar o casamento em menos de cinco minutos.

Nós dois optamos por comer X-saladas; o de Adam, vegetariano.

Entre vários assuntos e risadas, um dos motivos que mais rimos foi quando lembramos da dificuldade de transportar a máquina de lavar roupas no dia da mudança. É claro que as seis ou sete caipirinhas eram o principal motivo do riso frouxo. E como Adam ficava lindo assim. Falamos mal de todos que não gostávamos do hospital e demos vários apelidos nada delicados para Esther, a líder do setor de Farmácia.

Em um certo momento, toquei a mão de Adam e ele olhou para as outras mesas, envergonhado, e rapidamente se afastou de mim.

Pedi que me desse a mão novamente e retirei do seu dedo um anel de coquinho, não fazia meu estilo, mas nele era perfeito.

Eu havia deixado a aliança de noivado em casa – Emma concordou que era a melhor postura diante da atual situação –, então, coloquei o anel de coquinho em meu anelar da mão direita.

– Gostei – disse analisando o anel. – Perdeu, agora é meu!

Adam enrubesce.

– Nem pensar, esse anel foi um presente.

– Presente? Um anel de coquinho? Quem daria um anel de coquinho? Não existe coisa mais...

– Gay – ele completa minha frase. – Sim, não existe nada mais gay do que anel de coquinho. Foi um presente de Chris.

Sinto um peso em meu estômago. Parece que levei um soco.

– Você e Christopher ainda conversam?

– Às vezes. Na verdade, ele quer reatar e, como estou morando sozinho, acho que seria uma boa... Se ele se mudasse para lá... Dividisse as despesas...

– Que legal – respondo sem conseguir disfarçar a frustração. – Mais uma caipirinha?

– Melhor não – ele responde. – Senão vamos passar do ponto.

Voltamos a rir e eu sinto que o encontro está acabando.

Foi incrível, realmente uma noite para recordar, mas eu não queria que terminasse desse jeito. Não é assim que encontros devem terminar.

Acertamos a conta no caixa e tenho uma ideia arriscada:

– Você quer ir embora? Ou quer dar uma volta? – pergunto quando saímos do Língua Solta e nos deparamos com o céu estrelado.

– Dar uma volta, é claro. – Ele escolhe, para minha surpresa. – Está cedo para ir para casa, eu sou noturno.

Ele sorri para mim, o que me deixa zonzo.

– De carro?

– Eu prefiro a pé. – Indico a rua em que o prédio está sendo construído.

Sugeri caminharmos porque achei que andando lado a lado algo pudesse acontecer de fato. Se eu estava pronto para beijar um cara? Não, é claro que não! Mas se eu estava pronto para viver o desconhecido com Adam? Eu não tinha dúvidas de que sim.

Caminhamos um pouco embriagados pela rua e reparei que ainda estava com o anel de coquinho de Adam. Não queria devolvê-lo, era um presente de Christopher. Queria colocar fogo naquele anel, mas ao mesmo tempo era de Adam e não queria tirar de meu dedo por nada nesta vida.

Conversamos sobre várias bobagens, rimos mais do que quando estávamos no Língua Solta e caminhamos bastante. Até que eu, extremamente tonto, mostrei onde seria o apartamento que comprei com Emma.

– Nossa, que legal! Vocês já vão ter um canto só de vocês, isso é muito bacana, Vítor.

– Sou péssimo em flertar – disparo. – Eu querendo paquerar no nosso encontro e fico falando de Emma.

– Isto é um encontro? – questiona Adam. – Nós não tínhamos decidido focar na amizade?

Eu não respondo nada.

Adam me fita, os olhos negros como a noite, e tudo que mais quero é beijá-lo.

– Vítor, você ainda tem sentimentos por mim?

– Claro, eu disse que não estava confuso e que não desistiria.

– E Emma, vocês não vão casar?

Novamente fico sem palavras admirando o seu olhar.

– Vítor, eu não entendo, o que você quer de mim?

Eu tenho várias respostas para essa pergunta, mas continuo sem conseguir dizer nada.

– Não sei, Adam.

– É melhor voltarmos, nossos carros estão bem longe daqui – ele diz, mudando de assunto e de direção.

Caminhamos em silêncio um ao lado do outro, até que Adam me surpreende:

– Vítor, nós temos que ser só amigos, certo? A gente combinou isso.

– Ok.

– Não faz essa cara – diz ele fazendo um beicinho. – Não complique as coisas. Eu quero ser amigo de vocês dois. Quero poder fazer parte da sua vida e da de Emma, visitar vocês no apartamento novo...

– Ok.

Ele revira os olhos e continuamos a andar, chegando ao Língua Solta, onde nossos carros estão estacionados.

– Vítor, você pode me dar um abraço?

Eu não entendo a pergunta relâmpago de Adam, mas ficamos abraçados sob as estrelas por longos minutos, que para mim parecem horas.

Eu sinto seu coração bater, chocando-se com o meu. Sinto suas costas largas, seu peito arfando sob o meu, nossas pernas coladas umas nas outras, é tudo tão perfeito...

Nossas cabeças se inclinam uma em direção à outra, e eu tive certeza: nós pertencíamos um ao outro.

Eu quero ter coragem de beijá-lo de uma vez por todas, mas não consigo. Adam também não, ele se afasta de mim depois do clima intenso.

Tudo para mim é novidade, principalmente beijar um cara. Pensei em Emma no momento em que quis beijá-lo e isso também me impediu. Na minha cabeça, se eu desse aquele passo, minha relação acabaria de vez e eu não sei como viveria sem ela.

– Vítor, fica bem, ok?

Adam e sua típica frase.

Ele entra em seu carro e eu sigo para o meu.

Estou muito feliz e, em menor proporção, bem pouquinho, sinto-me triste. É como o sistema nervoso autônomo simpático, que possui a neurotransmissão de noradrenalina e acetilcolina, mas a acetilcolina em menor proporção se comparada com a noradrenalina. Sou tomado por pura adrenalina. Não há espaço para relaxar com os efeitos da acetilcolina, eu estava livre. Retorno para casa ao som de "I Drove All Night" e disputo para ver quem canta mais alto: Cyndi Lauper ou eu.

Imprudente por dirigir alcoolizado, olho pela janela do carro e observo a bela noite que paira e os postes que iluminam a cidade. Reparo que ainda estou com o anel de coquinho e a voz de

Adam ecoa em meus ouvidos, como se ele estivesse ao meu lado, perguntando "Vítor, eu não entendo, o que você quer de mim?".

Percebo que todo pensamento sobre Adam circula ao redor do meu coração, sempre ouvirei a voz dele me assombrando, me iluminando e me guiando para um caminho desconhecido. Eu ainda posso sentir seu abraço na escuridão da noite e lembrar como quase nos beijamos. Eu tinha certeza, essa é uma noite para ser lembrada. Jamais esquecerei seu olhar e seu rosto enquanto conversámos, bebíamos e ríamos.

Estou triste porque, quando nos despedimos, uma parte de mim foi embora com Adam, o que faz com que me sinta perdido por dentro. Ao chegar em casa, vejo se Emma está dormindo e me olho no espelho. Consigo ver Adam pelo brilho dos meus olhos, mas desse brilho surgem lágrimas. Emma não merecia passar por essa situação. Não merecia que eu visse Adam pelo brilho dos meus olhos, eu tinha que a ver. Sempre foi ela. E sempre será ela.

Não quero invalidar ou subestimar essa noite, foi digna de ser recordada. Infelizmente, por mais que queira, eu não posso apagar todos esses sentimentos do meu coração.

Eu não posso livrar esse coração inquieto.

Emma

CAPÍTULO XVII

Long, long way to the top
Long way down if you fall
And it's a long way back if you get lost
[...]
You're only in your way
[...]
'Cause love is tough
When enough is not enough[21]

("Long Way" – Damien Rice)

Tudo está desmoronando. E o mais impressionante é que eu estou feliz, não por mim, mas vejo a felicidade de Vítor ao se arrumar para encontrar Adam. Aquele brilho no olhar já foi só para mim, agora não é mais. Estou feliz por Vítor e ciente de que a minha felicidade está para acabar. Eu o amo tanto que o ver feliz me deixa contente, e só isso importa nesse momento.

....
[21] Longo, longo caminho até o topo / Longo caminho se você cair / É um longo caminho de volta se você se perder / Você está sozinho no seu caminho / Pois o amor é difícil / Quando o suficiente não é o suficiente ♪

Recolho-me na cama e, para evitar pensar em tudo que pode estar acontecendo entre eles durante o encontro, continuo a leitura do clássico livro que comecei há alguns dias: *Mulherzinhas*, de Louisa May Alcott. Surpreendentemente, deparo-me refletindo sobre a força que cada personagem da história carrega. As irmãs March têm a mesma criação e a mesma bravura, porém são apresentadas de diferentes perspectivas. O que é ser uma mulher forte? É ser como a Mulher-Maravilha ou a Viúva Negra, conhecidas heroínas? Louisa traz em sua história que a força feminina é o caminho que a mulher escolhe seguir e principalmente como ela lida com essa escolha.

Na verdade, não é uma característica da força feminina e, sim, da força humana. Isso é feminismo. Jo March, a protagonista, quer ser independente, livre, e não é romântica. Em certo momento, questiona-se sobre esse espírito de independência e liberdade e se demonstra frágil. A fragilidade também é força quando a reconhecemos. Beth March, a irmã caçula e bondosa, passa anos convivendo com uma doença incurável, mas demonstra força pela resiliência que tem, ainda que seus próximos dias de vida sejam sempre incertos. Amy March, a irmã de personalidade mais difícil, é vaidosa, algumas vezes chega até a ser ardilosa, e sua força vem da forma realística que encara a vida e o casamento, um tanto fria. Ela quer ser reconhecida entre a nobreza por seus talentos artísticos. A audácia de Amy pode ser vista como defeito, mas também é sua força para seguir seus sonhos com os pés no chão.

Por último, reflito muito sobre Meg March, a irmã mais velha, com a qual eu mais me identifico. Durante a adolescência, ela buscava conforto, festas de gala, nobreza, dinheiro e queria pertencer a lugares refinados, características de uma sonhadora – e sonhar também é uma força que poucas pessoas conseguem ter como motivação. Mas essa não é sua principal força. Na vida adulta, Meg se apaixona por um homem simples e escolhe largar todos os seus sonhos por algo que ela jamais tinha imaginado: ter uma família, casar-se, viver o resto de seus dias ao lado do homem que ama e por quem se sente amada. Essa é a força de Meg March, ela consegue evoluir, deixar para trás os sonhos "bobos" para viver algo real, intenso, independentemente das dificuldades.

Identifico-me muito com Meg pois, se me questionassem qual é meu maior sonho no dia de hoje, a resposta seria muito simples: construir uma família. Eu não preciso de joias, roupas de marca ou de uma casa enorme para ser feliz. Com Vítor, enquanto nós nos amarmos, serei feliz em qualquer lugar, independentemente de qualquer coisa. Há muitos que dizem: "não se vive de amor e uma cabana". O próprio Vítor acha isso. Talvez ele não reconheça o quanto o amor é suficientemente forte para tocar uma vida plena e em paz.

Nosso casamento está marcado para daqui mais ou menos dez meses. Esse pensamento interrompe minha leitura no diálogo de Jo March e Laurie. Fecho o livro e o coloco na mesinha de cabeceira ao lado cama, em que está a imagem de Nossa Senhora Aparecida e, ao seu redor, um rosário.

Com toda a minha fé, seguro o rosário em minhas duas mãos e rezo. Não na intenção de pedir para que Vítor me escolha, mas peço primeiramente pela felicidade dele, para que consiga se descobrir e viver o verdadeiro Vítor, sem medo nem culpa. Depois, rezo pedindo proteção para mim, para que o amor que eu sinto por ele seja forte o suficiente para deixá-lo partir se for sua vontade. Por último, com lágrimas nos olhos, agradeço por cada momento que estive ao lado dele, por tudo que Deus me ofereceu depois de conhecê-lo, por ele ter cruzado a minha vida e ter me amado como nenhuma outra pessoa. Já passam das duas horas da madrugada.

Em lágrimas, durmo.

𝄞

Na manhã seguinte, Vítor está em êxtase; já eu não consigo ficar tão feliz quanto.

– Chegou que horas? – sussurro, pois Martina e Carlos estão dormindo. – Eu fui dormir duas horas da manhã e você ainda não tinha chegado.

– Bom dia para você também – responde sarcástico.

– Bom dia!

Não falo mais nada, nem ele.

– Nós podíamos almoçar juntos hoje, o que acha? – ele pergunta e sei que em sua cabecinha alguma ideia mirabolante está surgindo.

– Claro, no Le Bistrot? Vou de táxi?

– Não, eu saio do hospital, te busco na UBS e vamos comer algo na praça de alimentação do shopping.

– Ótimo! – respondo, enquanto tomo uma xícara de café.

– Emma – Vítor se senta ao meu lado –, está tudo bem. Está tudo ótimo! Eu só preciso conversar com você, te explicar umas coisas, principalmente o quanto a noite passada foi importante para mim. Não aconteceu nada demais e eu não vou te deixar. Quer dizer, se você já não está pensando em me deixar. Você consegue conversar comigo na hora do almoço?

– Não estou pensando em te deixar e já disse que podemos almoçar juntos.

– Não estou me referindo ao fato de almoçar e, sim, de me ouvir.

Assinto assertivamente.

Vítor me leva ao trabalho e, quando nos despedimos, ele se aproxima para um beijo, mas eu desvio. Não estou preparada. Ele fica confuso, mas depois compreende.

– Vítor, eu não estou pensando em te deixar. Mas me pergunto se essa não seria a decisão correta a ser tomada.

Ele abre a boca para argumentar algo, porém eu desço do carro, deixando-o para trás.

A cada dia que passa, percebo que os sonhos de Vítor são completamente diferentes dos meus, mas, como diz Meg March, interpretada por Emma Watson na adaptação de *Mulherzinhas*: "Só porque meus sonhos são diferentes dos seus, não significa que não sejam importantes".

Tive uma manhã adorável com meus pacientes e minhas colegas de trabalho. Minha memória é péssima e, quando Vítor chega para me buscar, sou surpreendida, pois já tinha me esquecido desse indesejado almoço.

No trajeto até o shopping, Vítor conta detalhe por detalhe sobre sua noite com Adam. Pelo visto foi divertidíssima, envolvendo muitas caipirinhas, abraços, toques, anel de coquinho e por aí vai... Eu realmente estou interessada, mas também me questiono o quanto ouvir tudo isso me machuca.

Durante o almoço, chegamos à conclusão de que Adam não ficou com Vítor por minha causa. Eu era o motivo de o amor não estar no ar, quase como se eu me tornasse a vilã da história. Preciso ser forte e paciente para concluir e concordar com Vítor. Como ele não tomou nenhuma atitude, resolvi dar uma de Jo March.

– Eu vou conversar com Adam.

– Sério? Eu também estava pensando nisso, Emma. Acho que se ele ouvir de você que está ciente e que nós podemos dar certo, ele vai se entregar mais...

O olhar de Vítor brilha mais do que qualquer estrela cadente e isso me fere ainda mais.

Digito uma mensagem no direct do perfil do Instagram de Adam, convidando-o para um café.

Estou completamente louca e desesperada para resolver e colocar um ponto-final nessa situação. Não quero perder o Vítor, quero que ele seja feliz, e nesse momento a minha felicidade não importa. Ele é a minha prioridade, não aguento mais vê-lo perder peso, abusar do álcool e tomar vários comprimidos para dormir.

Não entendo como ele consegue tanto medicamento desse jeito, pois eles são de venda controlada. Sabendo de seus contatos, algum médico com certeza prescreve-os facilmente. Houve noites em que Vítor tomou uma alta quantidade de comprimidos e eu sei que ela não foi prescrita. Ele estava se automedicando no intuito de adormecer, fugir dos pensamentos e da dor.

– Adam confirmou o café, vamos nos encontrar depois do meu expediente – falo o mais feliz possível. – Inclusive, precisamos retornar, o horário do meu intervalo está acabando.

Quando nos levantamos, Vítor me abraça fortemente. Não é um abraço amoroso, é de gratidão. Gratidão por eu o estar ajudando a se entender com o cara por quem ele tem sentimentos.

Retribuo na mesma intensidade, mas da minha parte há só amor. Tudo que estou fazendo e que farei é porque o amo mais do que a minha própria vida.

Seguimos até a Unidade Básica de Saúde, com Vítor querendo me dar instruções sobre o que falar com Adam, como se eu estivesse prestando atenção. Eu jogaria limpo, não seguiria instrução alguma do estado de euforia de Vítor. Agiria de acordo com o que eu penso ser certo. Além disso, seria muito bom conhecer uma versão de Adam. Achei simpático da parte dele aceitar o meu convite, pois provavelmente sabe o motivo do nosso encontro.

Eu tenho um longo caminho até o topo, isto é, a resolução. Nessa trajetória, estou propensa a cair e levantar; e provavelmente cairei e me levantarei mais vezes do que posso imaginar. A vantagem de ter um longo caminho com percalços a percorrer é que por consequência você se perde e é aí que tende a retornar, repensar e recalcular a melhor estratégia.

Eu estou em um longo caminho até o fim.

Enfrentarei um longo caminho até perder Vítor, pelo qual há armadilhas. Ele me arrastou até aqui, quando podia apenas ir embora e me esquecer. Deve pensar que não agora, mas talvez mais tarde. Enquanto isso, eu sofro...

Eu me despedi de Vítor novamente sem nenhum beijo.

Estou seguindo meu coração.

Estou no meu caminho, que está cada vez mais distante do de Vítor.

É realmente triste quando o amor não é suficiente para fazer a pessoa ficar.

O amor é difícil.

Adam

CAPÍTULO XVIII

> Stop the clock
> Take time out
> Time to regroup
> Before you lose the bout
> Freeze the frame
> Back it up
> Time to refocus
> Before they wrap it up[22]
>
> ("30/90" – Jonathan Larson)

Sentado diante da mesa da sala de farmácia clínica, encaro o celular após responder para Emma.

Que loucura! Fico até zonzo com o convite. Olho o calendário e noto que o ano está acabando. Lá vinham as datas festivas, coisas que geralmente não me importam. Muito menos com o meu aniversário, por exemplo, que é em fevereiro.

---
[22] Pare o relógio / Tire um tempo / Hora de reagrupar / Antes de perder a luta / Encare a emoção/ Faça um backup / Hora de voltar a focar / Antes de voltar ♪

Que loucura esse convite de Emma. Não suporto fazer aniversário, mas gostaria de pular todos os meses finais deste ano e comemorar logo o meu novo ciclo.

Sério, Emma quer conversar comigo!

As consequências da noite anterior começaram.

Essa situação está ficando cada vez mais embaraçosa.

Esse café será ainda pior do que Emma ter sido responsável pela extração do meu dente, pois Vítor não foi assunto durante o procedimento e está claro que agora será.

Que merda! Eu só faço merda! Por que fui dar corda para a paixonite de Vítor? Apenas para inflar meu ego? Por achá-lo gatinho? Por que não continuei namorando o fofo do Christopher? Eu fui tóxico o suficiente para magoar Chris, iludir Vítor e, com toda certeza, enfurecer Emma. Imagino que o assunto do café será: o que você e meu noivo ficaram fazendo até às três da madrugada juntos? Você realmente está saindo com ele?

Eu vou ser como o vilão da história. Mais uma vez, a sociedade condena muito facilmente pessoas como eu, e não homens héteros. É como se um gay pudesse converter um hétero a se tornar gay. Ninguém se torna nada, nós apenas sentimos. Eu não dei abertura a Vítor, não me declarei para ele, nem disse que queria ficar com ele. Ele que veio até mim. Já disse isso mil vezes, será que é porque estou querendo me convencer de algo?

A verdade é que eu gosto de Vítor, não sei se da mesma maneira como ele gosta de mim. Vítor é muito intenso e eu sou todo confuso: em um dia estava pedindo Chris em namoro e em menos de um mês terminei por pensar demais em outro. Sinto-me pressionado e penso inúmeras vezes em desmarcar o café com Emma, mas, se eu tivesse tal atitude, confirmaria que Vítor e eu estávamos tendo alguma coisa, sendo que não temos nada, certo? Estou determinado a ir ao café conversar com a noiva do meu amigo, a pessoa que extraiu o meu siso e que era minha amiga no Instagram. Além disso, se o assunto "relação Vítor e Adam" fosse abordado – e eu tenho certeza de que seria –, eu estava pronto a dizer que não sinto nada por Vítor, que eu jamais ficaria com alguém que estivesse com outra pessoa. Se fosse necessário, diria que até me afastaria de Vítor se ela quisesse, mas também deixaria bem claro que quem quis alguma coisa desde o início foi ele, e não eu.

Caminhando em direção ao MoCafé, é como se o relógio parasse. Parece que eu estou em um daqueles filmes em que o personagem anda pela cidade enquanto o tempo está congelado. Preciso tirar um tempo de tanta paranoia e me reagrupar comigo mesmo, antes de ser escrachado por Emma como o gay que estava acabando com seu noivado. Repasso em minhas memórias tudo que aconteceu entre Vítor e eu. Não aconteceu nada! Ele é meu amigo, e não tenho sentimentos por ele. É isso e pronto. Está na hora de voltar a me concentrar no que quero: minha carreira profissional e encerrar esse lance bizarro com Vítor. Tem manhãs que nem estou produzindo o suficiente no hospital porque ficamos de conversa-fiada.

Maldita hora que resolvi apertar o botão do foda-se para tudo e não me importei com nada. Aproximo-me do MoCafé e já avisto Emma sentada a uma mesinha do lado de fora, mexendo no celular enquanto me aguarda. Eu não podia simplesmente ignorar tudo, não me importar em não machucar os outros. De fato, sou extremamente tóxico; nem Vítor nem ninguém me merece.

Os anos estão ficando mais curtos, as rugas em meu rosto estão ficando mais profundas. Minhas melhores amigas e amigos estão em relacionamentos duradouros, e eu estou sozinho, atrapalhando a vida de Emma e confundindo Vítor. É como se estivesse nadando e a correnteza se intensificando. E nado em direção ao quê? Nado em vão, sou uma perda de tempo e de espaço na vida das pessoas. Eu me diverti pra caramba na noite passada e em menos de vinte e quatro já preciso enfrentar as consequências.

Entro no MoCafé.

Nada de pânico, Adam, nada de pânico.

Respiro fundo. É o que costumo fazer quando começo a ficar em pânico, tal como no meu aniversário que cantam o tradicional "Parabéns para você!".

As rugas em meu rosto não podem transparecer mais do que a minha idade, porém, com a tensão e a preocupação em meu rosto, devo estar parecendo ter 30 anos. Emma é uma mulher linda, com aquele estilo de menina mulher, a pele perfeita e branca como giz, sem uma ruga. Eu não posso parecer um acabado na frente da pessoa que está prestes a me atacar. Eu sei, ela parece ser doce, mas tenho certeza de que veio preparada para me humilhar e defender o noivo hétero dela, acusando-me de que de alguma forma o estou confundindo sexualmente.

Querida Emma, nós não podemos lutar contra nossos sentimentos, assim como não podemos lutar contra os impostos engessados pelo governo. Sentimentos assim devem acontecer apenas uma vez na vida de alguém, e se eu despertei esse tipo de sentimento em Vítor, que culpa eu tenho?

Respiro e sorrio para Emma. Nós nos cumprimentamos: sua mão é gélida. Ela também está nervosa. Em um breve segundo, questiono-me o sentido da vida. As pessoas envelhecem e a cada ano todos desejam feliz aniversário, mas qual é o sentido de ficar mais velho se você fica se escondendo dentro do armário, como eu, ou vem brigar pelo "seu homem", no caso de Emma? A verdade é que ninguém quer envelhecer e que somos obrigados a sorrir com o parabéns cantado, quando, na verdade, o que queremos é apenas deitar e chorar. Nossa idade não é apenas mais um aniversário, representa um ciclo que se encerra e outro que começa, às vezes melhor e outras, pior. Sem dúvida, posso dizer que estou em um dos meus piores ciclos. Por que fiz 25 anos? Por que eu não pude continuar com 24? Ou melhor, com 22?

A vida passa e perdemos tempo com coisas fúteis, como essa conversa que estou prestes a ter com Emma. Tudo isso para nada, porque de repente: *bang*! Eu estarei morto, Emma estará morta, Vítor estará morto. É inevitável.

O que posso fazer? Apenas ouvi-la e não me deixar ser menosprezado e humilhado. Preciso sair deste café com a cabeça erguida e com dignidade. Claro que, antes de atacá-la, vou tentar uma abordagem mais simples, mas que não me deixe sem combustível para caso eu precise brigar.

Não surte, não ataque, Adam!

Só não sei se posso lutar contra isso.

– Que bom que você aceitou meu convite, Adam!

Emma parece plena, mas, pelo nosso aperto de mãos, notei que estava nervosa.

– Desde que não seja para extrair outro siso – brinco.

– Foi muito engraçada a forma como nos conhecemos. – Emma ri e bebe algo de uma xícara preta, que parece chá. – Principalmente por todo o contexto envolvido, mas juro que fiz de tudo para você ficar à vontade e sentir o mínimo de dor possível.

– Você foi maravilhosa e segui certinho a dieta.

– Sim, Vítor me contou dos sorvetes, picolés, iogurtes e mamão...

– Ele te contou isso?

– Sim, Vítor e eu temos uma relação totalmente transparente. Só para deixar claro, é por isso que te convidei para este café.

Pronto! Eu sabia! Agora Emma vai mostrar a verdadeira mulher que existe debaixo dessa carinha de anjo.

– Quando eu disse todo o "contexto envolvido", é porque naquele dia eu já sabia que Vítor gostava de você...

– Eu também gosto muito dele.

– Acho que não estamos falando do mesmo jeito de gostar. Você entendeu que eu sei que Vítor tem sentimentos bem maiores do que amizade por você?

Não surte nem ataque, Adam!

Não sei bem o que responder e apenas assinto.

– Você também gosta dele nesse sentido, estou certa?

– Não, claro que não! Eu até percebi que ele está confuso, mas eu jamais... Vítor é só um amigo, um ótimo amigo, na verdade.

Opa! Não precisava ter complementado com o "ótimo amigo".

– Vítor está confuso, sim, eu concordo com você. E também concordo que ele é ótimo, é o melhor amigo que você poderá ter. Não é porque ele é meu noivo, mas o conheço há muito tempo e nunca vi uma pessoa como ele, que quando gosta de alguém, seja familiar ou amigo, é capaz de doar o próprio coração para que esta pessoa viva. Ele realmente é único, maravilhoso, mas, é claro, teimoso, se cobra demais e tem vários outros defeitos como todo mundo...

Novamente não sei o que dizer. Emma está elogiando Vítor, eu concordo com tudo. Será que Emma é tão ingênua e otimista a ponto de achar que vou concordar com ela de alguma forma? Não darei motivos para ela começar a me atacar.

– O que não concordo com você, Adam, é quando você diz que só o vê como amigo... Um "ótimo amigo", como você disse. Acho que também tem sentimentos por ele.

– Não, não tenho, não. Até porque sempre soube que ele tinha noiva e ele fala muito bem de você. Fique tranquila, Emma, da minha parte...

– Eu estou tranquila. Vítor também fala muito bem de você...

– Sim, como dissemos: ele está confuso.

Tomo um gole do meu café com leite que chegou havia alguns minutos e até esqueci.

– E você não está confuso, Adam? Tem certeza? Se você não queria corresponder a essa confusão de sentimentos de Vítor, posso te fazer algumas perguntas? Por que saíram de madrugada?

– O convite era para vocês dois – respondo automaticamente.

– A intenção de Vítor nunca foi me levar. E se sabe que ele está confuso, ficar de conversa com ele até de madrugada não quer dizer algo? Você poderia ter comido o lanche e depois ido embora...

Como que eu argumentaria essa fala? Penso, mas nada digo.

– Você sempre soube que ele tinha uma noiva, mas isso não o impediu de trocar inúmeras mensagens e áudios pelo WhatsApp. Todos nós sabemos quando há um flerte na conversa, quando um dos dois pelo menos tem interesses além da amizade... Você não sabia, não desconfiava?

– Realmente, eu tive minhas dúvidas, mas por ele estar noivo e sempre falar de você... Acabei deixando a situação fluir.

Na verdade, deixei bem mais que fluir: deixei-me ser conquistado por Vítor. Eu estava pensando apenas no hoje, neste ciclo, nos meus 25 anos, mas os anos passam e as responsabilidades vão surgindo a cada segundo. Não dá para brincar de "faz de conta" quando você não é mais um mero adolescente.

– Emma, me desculpe – já começo a me humilhar, antes que ela venha com o papo de que eu sou responsável pelas escolhas do noivo dela.

– Adam, olhe para mim. Você não tem nada que se desculpar. Você não fez nada de errado. Eu só estou fazendo essas perguntas porque posso não ser psicóloga como Vítor, mas tenho um belo par de olhos e minha personalidade é bem analítica. Para mim, é nítido que você sente o mesmo que ele.

– Emma... – abaixo a cabeça, sem palavras, envergonhado.

Emma realmente era doce. Ela não veio me humilhar. Veio conversar numa boa, tentar explicar para mim, e talvez até para si, o que estava acontecendo entre nós três.

– Adam, eu estou errada?

Não respondo nada. Não conseguia mentir para aquela mulher. Emma é boa. Ela está aqui por Vítor, por mim e até mesmo por ela. Não veio com julgamentos, só quer a verdade. E não posso dizer para ela, pois é uma coisa que nem eu sei a resposta de fato.

Eu estava completamente equivocado sobre a reação de Emma.

– Adam, eu quero o bem de Vítor. Eu o amo mais que tudo e não quero ser impeditivo para nada que possa fazê-lo feliz, e isso envolve você.

– Você é muito evoluída, outra pessoa estaria surtando! Eu não aceitaria uma coisa dessas, não!

– Talvez porque você não tenha encontrado o amor de verdade.

– Está explicado porquê Vítor é um ótimo amigo, você também é uma pessoa maravilhosa.

Emma sorri, mas por trás de seu sorriso sei que está triste.

– Emma, eu realmente não sinto o mesmo que Vítor. Fique tranquila. Eu vou te provar. Vamos marcar de sair nós três, topa?

– Eu acho uma ótima ideia, até porque, se vocês um dia ficarem juntos, eu jamais deixaria de ser amiga dele.

– Nós não vamos ficar. – Reviro os olhos para ela.

– Adam, você pode mentir o quanto quiser para você, e até mesmo para Vítor, mas para mim você não consegue. Eu vejo em seu olhar. Mas tudo bem, vamos sair nós três. Não vejo como isso provará algo, mas se você precisa disso eu topo.

Emma realmente era uma mulher fora da curva.

– Certo, só combinarmos o dia.

– Vou deixar para você e Vítor marcarem.

Emma se levanta e acerta a conta com o garçom.

– Adam, não se importe comigo. Apenas viva. O que vai acontecer, a gente analisa depois, ok?

Eu fico perplexo! Ela está propondo um trisal? O que exatamente será analisado?

Ela se despede de mim com um beijo no rosto.

Eu vou provar para Emma que ela está errada. Está completamente errada, eu tenho certeza. Ou não?

Eu realmente gosto de Vítor?

Está na hora de focar. Eu farei 26 anos em menos de três meses, vou tirar um tempo e provar para Emma, Vítor e principalmente para mim que eu não tenho sentimentos por ninguém.

Eu sou uma pessoa solitária, que passará todos os aniversários sorrindo e agradecendo os presentes recebidos, mas o que quero ter mesmo nunca terei, porque é difícil ter algo quando você não sabe quem. Ou pior, é difícil comemorar seu aniversário dentro de um armário sufocante.

Vítor

CAPÍTULO XIX

> So... So, what?
> I'm still a rock star
> I got my rock moves
> And I don't need you
> And guess what?
> I'm having more fun
> I'm gonna show you tonight
> I'm alright[23]
>
> ("So What" – P!nk)

Eu sei que estou me metendo em problemas, eu sei. Seria tolice pensar que um encontro entre *eu, ela e ele* seria um date perfeito. Tomo banho, escovo os dentes, arrumo o cabelo em estilo um pouco rebelde, visto uma camiseta preta e uma bermuda de sarja cáqui. Passo muito perfume! A noite seria um desastre, mas não estou nem aí; estou feliz. E se fosse mesmo um desastre, que fosse um desastre perfumado.

---

[23] Então, e daí? / Eu ainda sou uma estrela do rock / Eu tenho meu estilo roqueiro / E eu não preciso de você / E adivinhe só? / Eu estou me divertindo mais / Eu vou te mostrar essa noite / Que eu estou bem ♪

Posso perder minha noiva depois desse encontro, sem saber para onde ela iria. Mas e daí? Eu estaria com os dois por uma noite. Isso realmente aconteceria. Emma está se arrumando no outro banheiro e eu calço um mocassim jeans e estou pronto. Perfeito! Como será que Adam estaria vestido? Seu perfume é inconfundível. Muitas vezes, quando encontrava com outros colegas e amigos homens, eu podia identificar o perfume de Adam entre eles.

Essa noite, vou beber todas. Gastar todo o meu dinheiro com bebida. Quero perder a consciência, pagar para ver e ter certeza de que nós três poderíamos ser felizes.

Problemas à vista? Claro!

Provavelmente eu começaria alguma briga? Claro!

Mas não estou nem aí, porque estou feliz.

Estou com postura e visual novos.

E vou usá-los ao meu favor nesta noite.

Eu quero me meter em encrenca. Durante toda a minha vida, agi da maneira correta, respeitando os valores éticos e morais. Agora só quero viver e me colocar em primeiro lugar. Tive que encobrir muitas coisas, nunca pude expor meus sentimentos, mas agora eu me sinto livre.

Emma fica pronta e todo o meu pensamento de querer ser "vida louca" muda. Ela está incrivelmente mais linda do que sempre. Usa uma saia rodada marsala e uma camiseta branca com pérolas na gola. Seu rosto redondo com pouquíssima maquiagem – Emma não precisa dessas coisas – e os lábios com batom de uma cor que realça ainda mais a beleza de sua boca. Contenho-me para não a beijar, pois nós combinamos que esta noite seria diferente: Emma tentaria deixar Adam e eu mais relaxados e tranquilos, para mostrar a nós dois que ela estava calma com a situação.

Não sei o quanto disso é realmente verdade por parte de Emma, mas sei que ela não mentiria para mim. Está fazendo tudo isso porque me ama muito, ou porque não vê a hora de resolver toda essa história e seguir seu caminho.

Nós dois nos encontraríamos com Adam em um restaurante bem badalado de nossa cidade, chamado Cozzito. Optamos por esse local por ter drinks maravilhosos, além de servir uma sequência de massas, já que Adam é vegetariano.

Emma não senta ao meu lado, para deixar a vaga para Adam. Peço um Aperol, e Emma, uma água sem gás. Sorrio para ela várias vezes e sinto que também está feliz.

Compramos um presente para dar a ele no final da noite. Na verdade, eu comprei, mas entregaria em nome dos dois para não ficar ainda mais constrangedor. Era uma correntinha banhada a ouro com um crucifixo bem delicado. Adam é cristão e sempre usa correntinhas. Ao deixar o hospital mais cedo, fui com Joanne até uma relojoaria ali perto para comprar. Como é dezembro, a cidade já está toda decorada para o Natal.

– Você não acha que vai ficar muito estranho dar um presente para ele? Na frente da Emma principalmente?

– Primeiro, o presente será meu e de Emma – respondi, enquanto analisava os escapulários que a vendedora trazia. – Segundo, é Natal, todos se presenteiam, é um presente de Natal. Adam foi um dos melhores amigos que fiz este ano.

– Sei... Amigo!

Joanne concordou com a minha escolha, apesar de ainda achar melhor não dar presente nenhum. Ao olhar mais algumas coisas na loja, vi uma pulseira com vários pingentes diferentes que era a cara da Emma. Assim, resolvi comprar também para presenteá-la no Natal.

– Isso é muito bizarro! Você está comprando presente para os dois na mesma loja – disse Joanne, incrédula. – Só faltou ser o mesmo presente, que nem o príncipe Charles, que deu o mesmo colar de pérolas para Diana e sua amante, Camilla.

Jo ama histórias britânicas e é um tanto obcecada pela vida da falecida princesa Diana.

– Eu não tenho amante e isso não são colares de pérolas. Diana parecia sufocada com aquele colar, mesmo nas fotos em que ela aparece sorrindo. Consigo ver o sofrimento dela por meio do olhar.

– Sim, Vítor, concordo. E isso não te faz pensar que talvez Emma esteja na mesma situação? De sofrimento, se sentindo sufocada?

Nós estávamos sentados em um banquinho em uma praça depois de andar por algumas lojas e fiquei enfurecido com aquela suposição. Como ela podia achar que eu não sei o que é sofrimento ou estar se sentindo sufocado?

— Sério que você acha que não sei o que é viver assim? Jo, durante anos questionei minha sexualidade e só agora sei que sou bissexual. Emma pode estar sofrendo, eu sei disso, mas eu sofri e vivi sufocado o tempo todo.

— Eu sei, meu lindo, mas Emma deve estar sofrendo muito. Essa não é uma história comum. Nem a mulher mais forte do mundo suportaria isso ilesa.

— Olhe, Joanne, sempre teve que existir dois de mim. Há o verdadeiro, que está aqui na sua frente, que você, Lucas, Adam e Emma conhecem; e aquele outro que sorri para fotos nas redes sociais e nas rodas de famílias e amigos, o Vítor que viveu sufocado por vinte e cinco anos. No início de tudo isso, eu odiava admitir que estava apaixonado por duas pessoas ou que tinha atração por homens. Você sabe, acompanhou tudo. E com o tempo comecei a perceber que isso não era pecado.

— Não estou dizendo que ser bissexual é pecado, Vítor. Não é porque você é bissexual que você tem que amar duas pessoas de gêneros diferentes. No final, você sabe que terá que escolher um dos dois.

— Escolherei Emma, sempre será ela.

— Vítor, você precisa ser capaz de deixar o seu corpo fazer o que ele ama. Muitas vezes devemos fazer o que odiamos, mas neste momento você não precisa disso, porque, como disse, você tem a mim, seu irmão e, principalmente, Emma. Quanto ao Adam, não entendo a cabeça daquele "girafinha".

"Girafinha" era uma piada interna entre nós dois. Certo dia, Joanne me mostrou uma imagem de uma girafa tomando chocolate quente, os olhinhos estavam um tanto pesados, as pálpebras caídas, e lembravam muito o olhar de Adam. Assim, sempre que queríamos falar de Adam pelos corredores do hospital, referíamo-nos a ele como "girafinha" – era nosso código secreto.

– Vítor, nós temos diversos deveres na vida, muitas vezes as pessoas querem nos controlar, não gostam de quem realmente somos, e acabamos mudando para agradar. Você está com um apartamento comprado, já marcou a data de casamento, tudo isso para quê? Para satisfazer as pessoas que gostam do Vítor que não é o verdadeiro?

Fiquei calado, pois sabia que Joanne estava certa. Quero me sentir como uma estrela do rock, apesar de não ter estilo roqueiro, e não quero precisar de mais ninguém, a não ser de Emma e Adam. Estou me divertindo muito mais dessa maneira, ignorando todas as preocupações e apenas me descobrindo, vivendo intensamente.

Adam chega e parece constrangido ao ver que tem que escolher sentar-se ao lado de Emma ou ao meu. Ele está lindo, veste uma camisa bege com botões e uma bermuda preta rasgada. Quando o abraço, seu perfume parece atravessar minha alma.

Ah, Adam, esta noite vou te mostrar que está tudo bem e que você está sendo um idiota de perder a possibilidade de viver essa loucura comigo.

– Emma, acho melhor você se sentar ao lado de Vítor, não acha? – pergunta ele, com a voz um pouco rouca, nervoso.

– Não, estou confortável aqui.

– Eu insisto, por favor!

Emma não tem alternativa e senta-se ao meu lado e Adam, de frente para ela.

Muito bem, Adam, você realmente é um idiota. Mas e daí? Eu não vou deixar uma escolha de assentos estragar nosso encontro, o qual já imagino ser o primeiro do futuro trisal.

Conversamos sobre várias coisas: músicas, filmes, hospital, dente do siso de Adam, algumas fofocas do trabalho de Emma. Uma noite maravilhosa, até o prato de Emma chegar: há três moscas nadando no molho branco de sua massa. Saímos correndo do restaurante, apavorados. Logo depois, estamos dando risada da situação e, como a noite está muito boa, decidimos ir a um pub.

Vamos no carro de Adam, eu no banco do passageiro e Emma no banco de trás. Agora ele começou a se soltar: pousa sua mão direita em minha perna esquerda enquanto dirige com a outra mão. Emma vê essa demonstração de carinho e parece estar bem.

No Carlitos Pub, sentamos em banquetas em volta de uma mesa redonda alta e conversamos sobre várias outras coisas.

– Eu não acredito que você não gosta de Natal – exclama Emma para Adam. – É a melhor época do ano.

– Sei lá, simplesmente acho tudo muito superficial, não gosto nem do meu aniversário.

– Natal eu já curti mais – concordo com Adam, mas também não discordo de Emma. – Mas quem não gosta do próprio aniversário?

– Eu – Adam responde rindo.

Depois de alguns drinks, vamos embora. Adam estaciona o carro na frente do nosso e Emma, que estava com o presente dele, no banco de trás, entrega o pacotinho.

– O que é isto? – ele pergunta muito envergonhado.

– É um presente, mas não é nada demais – respondo.

– Não, eu não posso aceitar, Vítor, você já é a pessoa mais importante que eu conheci este ano, quer dizer, você e Emma. Não posso aceitar um presente. Vocês são loucos?

– É só uma gentileza. Abra! – incentiva Emma.

Adam abre o presente ainda balançando a cabeça e percebo que suas mãos estão tremendo.

Quando ele vê a correntinha, seus olhos, os olhos de "girafinha", enchem de lágrimas. Ele me abraça e ficamos assim durante minutos, até esqueço que Emma está ali no banco de trás.

– Obrigado, mesmo! Eu amei! Deixa eu te dar um abraço também.

Para isso, todos desembarcamos do carro, e Adam abraça Emma demoradamente. Eu sinto ciúmes, sinto-me um hipócrita, mas sinto ciúmes de ver Emma sendo abraçada por outro cara.

Adam agradece mais uma vez pelo presente e depois nos despedimos.

No caminho para casa, Emma e eu vamos analisando os acontecimentos da noite.

– Então, o que você acha? Eu estou louco? Ele está interessado em mim mesmo? Ou sou muito doido?

– Vítor, é claro que ele gosta de você. Teve horas que ele não tirava os olhos de você. Sem contar os toques em sua perna enquanto dirigia.

– Como você se sentiu quando viu isso?

Emma reflete por um segundo.

– Não fiquei surpresa, esperava que isso acontecesse. Realmente, Adam é um cara legal. Gostei dele.

– Obrigado, meu amor, por tudo que você está fazendo por mim.

– Não há o que agradecer. Só não quero mais te ver com dúvida e importunando eu e Joanne com essa questão: ficou bem claro nesta noite que Adam gosta de você!

Eu me sinto nas nuvens. Tudo foi perfeito.

Ao chegarmos em casa, recebo uma mensagem de Adam.

> Obrigado pela noite, você é meu herói.

Eu sorrio com a mensagem e a mostro para Emma.

– Você ainda tem dúvida? Ai, Vítor...

– Sei lá, ele pode estar apenas sendo gentil.

– Isso definitivamente não é gentileza.

Eu realmente me sinto uma estrela de rock, pronto para qualquer batalha. Tudo deu certo hoje, mas não quero Adam apenas por esta noite. Tudo no seu tempo...

– Boa noite, Emma.

– Vida – Emma me chama –, você não precisa me agradecer por nada. Mas posso te pedir uma coisa?

– Claro!

– Me beija?!

Eu agarro Emma pela nuca e nos beijamos profundamente. Adam não está presente nesse momento em minha mente ou em meu coração. Só há eu e ela. Meu coração explode de felicidade e, ao deitar, penso que dificilmente eu teria outra noite tão feliz quanto esta.

Emma

CAPÍTULO XX

> I wanna fall into you
> And I wanna be everything
> You want me to
> But I'm not sure I know how
> I lose faith and I lose ground
> Then I see you and remember
> Unconditional love[24]
>
> ("Unconditional Love" – Cyndi Lauper)

A semana do Natal realmente está uma correria: os pacientes agendam consultas para as férias de verão e há alguns mal-intencionados, que apenas querem um atestado para apresentar às empresas em que trabalham.

Vítor e eu estamos bem, compramos os presentes do amigo-secreto da família e para alguns amigos e familiares. Eu comprei uma calça de sarja bordô para Vítor, algo que ele jamais usaria quando nos conhecemos; mas o atual Vítor com toda certeza vai gostar.

....
[24] Eu quero mergulhar em você / E eu quero ser tudo / Que você quer que eu seja / Mas eu não sei ao certo como / Eu perco a fé e perco o chão / Então eu te vejo e me recordo / Desse amor incondicional ♪

Além disso, em todos os Natais, ele e eu nos presenteamos com livros e, neste ano, consegui comprar a edição de colecionador de uma de nossas séries favoritas: *Os Instrumentos Mortais*, de Cassandra Clare.

Quando digo que estamos bem, preciso fazer alguns adendos: a nossa relação está boa, nossos beijos e carinhos retornaram de forma intensa, amamos passar o tempo livre assistindo pela centésima vez a nossa série favorita, *Once Upon a Time*. Entretanto, nos intervalos desses momentos de alegria pré-Natal, Vítor continua em sua verdadeira montanha-russa: dias de alegria e outros de profunda depressão; e o motivo disso era a falta de contato com Adam. Conversei com nossa amiga Jo e ela disse que há meses essa montanha-russa também acontecia no hospital: havia dias em que Vítor estava mais feliz do que criança tirando foto com o Papai Noel; em outros, parecia que a alma dele havia sido sugada por algum espectro das trevas.

Adam tirou férias e foi para a casa de sua mãe na praia. Por isso, ele e Vítor não estavam se vendo mais no hospital. E a troca de mensagens entre os dois diminuíra consideravelmente, o que fez Vítor entrar em um torpor que parte meu coração. Ele tem tomado comprimidos em doses cada vez mais altas e mesmo assim não consegue dormir.

Vítor sabe interpretar: para todos à sua volta, estava maravilhosamente bem; porém, para mim, que sou sua força e seu alicerce, ele desabafava noites e noites sobre a angústia que sentia pela ausência de Adam.

– E você ainda disse que ele gostava de mim – Vítor resmungou em uma noite em que conversávamos. – Ele literalmente ignorou minhas últimas mensagens, já faz três dias que não fala comigo.

– Vítor, Adam está de férias, curtindo a praia... É semana de Natal, ele deve estar ocupado.

– Ele visualizou meus últimos stories no Instagram, então como pode estar ocupado a ponto de não me responder no WhatsApp, mas estar on-line no Instagram? Ele não gosta de mim, eu estava certo o tempo todo.

Vítor é uma pessoa que tem expectativas altas, isso em relação a tudo – ou seja, quando ele envia uma mensagem a Adam, espera algum tipo de retorno e, dependendo da forma desse retorno, ele vai aos céus ou ao fundo do poço. Então, quando não tem resposta alguma, ele se permite afundar em um buraco do qual é difícil tirá-lo.

Após o encontro entre nós três, Vítor tinha certeza de que tudo estava acontecendo como planejava: nós seríamos um trisal maravilhoso. Eu o incentivo, digo que isso irá acontecer, mas dentro de mim a verdade é bem diferente.

Eu realmente gostei de Adam. Ele é todo complexado, paranoico, mas é uma pessoa do bem. Entendi o encanto de Vítor por ele. Adam sabe ser divertido, tem um bom papo e conta boas histórias. Só não foi melhor porque eu ficava pensando no futuro, como se visse um filme de como seria daqui a alguns anos: Vítor e Adam juntos, e eu saindo com eles como amiga do casal.

Eu jamais formaria um trisal amoroso. Sempre tive um sonho: ter uma família – casar, ter dois filhos, no mínimo, e ser feliz mesmo se tiver poucas posses, pois não me faltaria amor. Acho que esse meu sonho parte do fato de eu não ter tido uma base familiar bem estruturada, ou seja, porque perdi minha mãe precocemente e por causa da ausência de irmãos e da minha péssima relação com meu pai. Acho que talvez esse conjunto de fatores seja o responsável pelo meu grande sonho.

Quando conheci Vítor, tive certeza de que ele seria o pai da família que idealizei em minha imaginação. Com toda a certeza, seria um ótimo pai: protetor, provedor, zeloso e amoroso. Mas, ao ver Vítor e Adam juntos, eu não pude deixar de pensar que ele realmente seria esse pai, mas não dos meus filhos.

Martina está eufórica com o Natal e eu a ajudo em alguns preparativos para a ceia. Lucas e Carlos são os responsáveis pelos drinks da noite e Vítor recebe os familiares com um belo sorriso no rosto, sempre segurando uma taça de bebida alcoólica nas mãos. Ele está bebendo cada vez mais, quase todos os dias, o que me deixa muito preocupada, assim como Joanne.

Ela suspeita de que Vítor, além de beber exageradamente, também se automedica. Assumi a ela que tenho essa mesma desconfiança e pedi ajuda para investigar quem é o médico que fornece a ele tantas receitas. Joanne crê que não há médicos envolvidos, mas, independentemente de qual seja a sua teoria, conversaria primeiramente com Vítor.

No Natal, Vítor está distante, um pouco misterioso, parece feliz, mas com um semblante triste também. Depois da ceia e da revelação do amigo-secreto, nos afastamos de todos e sentamos na varanda de casa. Ele me beija e me abraça enquanto olhamos o céu estrelado e sussurra em meu ouvido:

– Sei que você acha que não te amo mais, mas eu te amo, Emma. Mesmo.

– Eu sei disso, meu amor.

– Eu penso que... – Ele fica parado olhando as estrelas por alguns minutos. – Há pessoas que estão fadadas à infelicidade aqui na Terra, e talvez eu seja uma delas.

– Nossa, que teoria depressiva. Por acaso você não está feliz hoje?

Vítor não responde, o que é o suficiente para eu entender.

– Eu não te faço feliz, meu amor?

– Claro que faz, vida. Mas a pergunta é: eu me faço feliz?

– Isso só depende de você, não é mesmo?

Ele assente e me abraça ainda mais forte.

Dói pensar que o melhor presente para ele seria se Adam estivesse ali. Se enviasse uma mensagem já faria Vítor realmente se sentir feliz.

Eu queria mergulhar em Vítor, ser o seu tudo, poder fazer que Adam fosse menos complexo e correspondesse de uma vez por todas ao amor que Vítor sente por ele. Se eu pudesse, seria Adam só para que Vítor fosse feliz. Logicamente isso é impossível, e eu não sei como fazê-lo feliz. Toda essa situação faz com que eu perca a fé e, consequentemente, o chão também. Tenho vontade de explodir de raiva, olhar para Vítor e dizer que ele está me perdendo, que estou cansada dessa montanha-russa e que eu o queria só para mim, sem essa história de trisal.

Quando o vejo, o vejo, o abraço e o beijo, me recordo do amor incondicional que tenho por ele. Esse amor faz com que eu perca a razão e aja apenas com a emoção. Estou completamente envolvida e determinada a fazer Vítor feliz. Independentemente do quanto isso me machuque.

Não importa o que penso ou qual seja a minha vontade: no final eu agiria em prol de Vítor. Apesar disso, parece que ele não reconhece o meu amor dessa forma, parece que entende de uma maneira errada. Se ele pudesse ler minha mente, veria o quanto estou brigando comigo mesma o tempo todo para fazê-lo feliz, satisfazê-lo, para que, assim, não queira mais ninguém além de mim.

Quando o beijei pela primeira vez, eu me entreguei de corpo e alma, depositei meu coração em suas mãos. E, agora, o que ele estava fazendo com esse coração? Sinto como se Vítor o tivesse abandonado em qualquer lugar, pegando poeira e perdendo força.

Sem Vítor, não tenho nenhum senso de direção. Eu quero estar perto dele em todos os segundos e gostaria de fazer tudo o que ele espera de mim, mas um trisal é algo que nem mesmo meu amor incondicional permitiria. Estar com Vítor é como alcançar o céu e olhar as nuvens lá de cima. Porém, ultimamente, a sensação que tenho é de estar vivendo em queda livre, sabendo que precisarei seguir meu caminho quando ela terminar e eu me chocar contra a terra lamacenta. Eu perderia tudo: a família, os sonhos idealizados, os amigos e, principalmente, ele.

Perderia o meu amor incondicional, ou melhor, Vítor.

Enquanto ainda vivo em queda livre, abraço Vítor com mais força, e ele disfarça algumas lágrimas. Eu aproveitarei cada segundo ao lado dele como se fosse o último.

Não dá para deixar de viver esse amor incondicional.

Adam

CAPÍTULO XXI

> I've been out on that open road
> You can be my full time
> [...]
> Don't break me down
> I've been travelin' too long
> I've been trying too hard
> With one pretty song
> [...]
> I am alone in midnight
> Been trying hard not to get into trouble, but I
> I've got a war in my mind
> So, I just ride, just ride
> I just ride[25]
>
> ("Ride" – Lana Del Rey)

Vítor poderia ser todo meu. Eu estou apaixonado por ele, mas jamais admitiria isso. Ele me ajudou de uma forma que ninguém jamais fez em toda a minha vida.

---

[25] Eu estive fora nessa estrada aberta / Você pode ser meu o tempo todo / Não me destrua / Eu tenho viajado por muito tempo / Eu tenho tentado demais / Com uma bela canção / Eu estou sozinha(o) à meia-noite / Tenho tentado muito não entrar em problemas, mas eu / Eu tenho uma guerra em minha mente / Então, eu apenas cavalgo, apenas cavalgo / Eu apenas cavalgo ♪

Fui condicionado a viver fugindo, e Vítor, sem querer, me fez querer parar de fugir.

Sempre corri e agi feito um louco diante dos problemas e de quem realmente sou, essa é a verdade. Mas durante essas férias está nascendo um novo Adam.

Estou de férias há três semanas na casa de minha mãe, Tina, e todos os dias Vítor me envia mensagens e áudios. Às vezes, também liga, mas ignoro, assim como todo o resto. Eu preciso apenas correr, fugir, nadar, voar, cavalgar para qualquer lugar longe de Vítor. Mas, como disse, ele me ajudou com algo que achei que nunca seria capaz de fazer: conversei com minha mãe, diante de um belo pôr do sol, à beira-mar, sobre quem sou de verdade. Precisei de quase vinte e seis anos para conseguir assumir para a pessoa que mais amo nesta vida que eu vivia sufocado dentro de um armário.

Como esperava, minha mãe não recebeu bem a informação no primeiro momento, disse que isso era coisa passageira, que estava deixando-me levar pelas coisas que meu pai falava antes de morrer. Diante da reação dela, precisei colocar para fora um dos meus segredos mais obscuros, o qual somente Greice, minha psicóloga, tinha conhecimento.

Eu me sinto mal em saber que o meu pai faleceu sem aceitar a minha sexualidade. Ele cometeu suicídio depois de me flagrar com meu primeiro namoradinho, Leon. Nós estávamos em meu quarto, deitados pelados na cama, então não tinha muito o que dar de desculpa, ficou claro o que estávamos fazendo. Meu pai, diante da porta, apenas me fitou por breves segundos e saiu abruptamente. Desesperado, comecei a chorar e a me vestir, enquanto Leon tentava me acalmar, mas nada fazia sentido, porque eu imaginava que meu pai acabaria com a minha vida.

Leon e eu corremos pela casa chamando meu pai. Pela janela do segundo andar, reparei que ele estava indo para o celeiro.

Leon correu para pedir ajuda, enquanto eu, com uma enxada que achei no meio do feno, comecei a bater na porta de madeira. Meu pai estava lá dentro fazendo alguma idiotice, e eu estava errado: ele não iria *me* matar, ele preferia *se* matar.

Quando finalmente consegui arrombar a porta, os olhos de meu pai já fitavam o nada, petrificados. Ele se foi ouvindo meu choro e minhas fracas tentativas de entrar no celeiro.

Minha mãe nunca soube dessa história, só sabia que eu o havia encontrado morto. Para ela, Leon era apenas um amigo que estava fazendo os deveres de casa do ensino médio comigo. Perdi meu pai nessas circunstâncias e sua imagem reflete em cada espelho, luz ou sombra que vejo desde então. Com o tempo e, principalmente, com a terapia, compreendi que a atitude de meu pai não foi culpa minha. Mas a dor e a responsabilidade por eu ser como sou ainda fazem parte de mim.

Minha mãe se debulhou em lágrimas quando revelei toda a história, ficou olhando para o mar sem dizer nada. Então me puxou para seu colo, como se eu fosse um bebê sendo arrastado na areia.

– Eu não consigo imaginar o quanto você sofreu todos esses anos com esse segredo, meu filho – disse, com os olhos marejados.

Eu também chorei, um choro que parecia limpar minha mente, minha alma e meu coração.

– Me desculpa, mãe, pela morte do pai e por ser gay.

– A morte de seu pai não tem nada a ver com você!

– Para você, eu ser gay é minha culpa, certo?

Ela pensou um instante e falou pausadamente, pensando em cada palavra:

– Na minha percepção, sim. Mas, infelizmente, ou melhor, felizmente, não sou a dona da verdade, sou? Não me interessa se você é gay ou bissexual...

– Eu sou gay.

– Mas e o seu filho, Juan, na Itália?

– Mero acaso.

– Tudo bem, não me interessa se você é gay, apesar de eu achar que não é correto. Mas, Adam, você é meu filho e eu sempre estarei com você.

Não foram as palavras mais acolhedoras, mas poderiam ser bem piores.

E o que Vítor tinha a ver com tudo isso?

A última mensagem – que parecia mais uma carta – que me enviou, no dia em que resolvi contar tudo para minha mãe, mexeu muito comigo, principalmente as três últimas palavras.

> Oi! Tudo bem? Não sei se você não quer falar comigo, mas só queria dizer que sinto muito a sua falta e que os dias estão sendo muito difíceis sem você. Não estou conseguindo dormir, larguei a terapia há algum tempo e só penso em você. Por que faz isso comigo? Não estava tudo bem entre a gente? Nós não somos amigos? Você tem medo de alguma coisa? Adam, por favor, me responda! Eu... eu estou disposto a largar tudo... Eu te amo!

Eu não respondi, pois sabia como ferir seus sentimentos: justamente não o respondendo. Contava com Emma para que ela cuidasse dele. Imagino o quanto ele está sofrendo, mas neste momento Vítor não é minha responsabilidade. Eu tenho obrigação de cuidar primeiramente de mim. Estou abalado, complexado, traumatizado e apaixonado por um homem compromissado, que não seria somente meu. Eu sei que ele me ama, o que só faz doer ainda mais. A vida é muito curta para vivermos sofrendo, enclausurados em redomas criadas por nós mesmos. Se eu continuasse nessa história, terminaria como meu pai: porque eu jamais faria parte de um trisal – e parece-me ser essa a ideia de Vítor. Não sei quanto a Emma, mas eu nunca magoaria aquela mulher, que foi tão gentil comigo desde que me conheceu.

Emma viu a verdade em mim, percebeu meus sentimentos por Vítor quando ele mesmo duvidava. Ela não me humilhou nem me atacou em momento nenhum, pelo contrário, foi minha amiga, e eu não queria machucá-la de forma alguma. Eu tinha mudado muito: o antigo Adam pouco se importaria de ser o motivo do rompimento de um casamento, quanto mais de um noivado. Vítor é bom, eu sou tóxico. Não sou a pessoa certa para ele.

Desde a minha adolescência, esse segredo podre percorreu minhas veias e me fez tomar diversos caminhos errados: fiquei com pessoas por ficar, transei com vários caras (a maioria eu nem sabia o nome), gastei muito dinheiro em boates, baladas, bebidas e drogas. Acordei muitas vezes na rua, sem saber como fui parar ali. Aos 22 anos, fui diagnosticado com sífilis e passei por um tratamento severo, que mexeu com todo o meu quadro imunológico, nutricional e psicológico. Fui acolhido por amigos, entre eles, Augusto – agora não tenho mais a amizade dele.

Contei para minha mãe sobre Vítor. Ela concordou que eu não deveria me envolver com alguém que estava noivo e que ainda por cima me deixava perturbado. Vítor faz com que minhas estruturas, que já eram instáveis, fiquem ainda piores. Eu queria viver aquilo, poder corresponder ao amor dele, porém não posso, e esse jogo entre nós dois tem que acabar. Sei que, consequentemente, perderei sua amizade; na verdade, nunca fomos amigos, nossa intenção sempre foi mais que isso. Não sei mais como fugir dessa situação.

Um dia antes de vir para a casa de praia, sonhei com meu pai no celeiro, enforcado. Quando me aproximei dele, vi meu próprio rosto em seu corpo. De uma forma inexplicável, eu encarava o Adam morto e sabia o motivo pelo qual "eu" tinha cometido suicídio: Adam amava Vítor, mas não podia tê-lo. No sonho, deixei o Adam morto para trás e corri, ouvindo pássaros na brisa da noite. Encontrei um carro desconhecido e dirigi em alta velocidade, sozinho à meia-noite, fugindo, deixando a morte para trás.

Durante toda a minha vida, tenho tentado com empenho não me meter em confusão, mas há uma guerra em minha cabeça. Então, faço o que estou acostumado: eu fujo.

Foi assim que meu pai fez da sua vida arte. Fugir é o resumo da biografia artística dele, e eu não seria mais como ele. Então, se eu não pretendia responder o "eu te amo" da mensagem de Vítor, pararia de fugir de quem sou para poder curar meu coração com outro amor. Para isso, preciso estar disposto a viver sem me esconder, preciso parar de fugir e fingir; foi assim que consegui conversar com minha mãe. Parece bastante embaraçoso, mas é como meus pensamentos estão há meses. E depois de conversar com minha mãe eles começaram a encontrar um feixe de luz, desembaraçando aos poucos.

Vítor, eu vou te deixar agora. Direi adeus, porém não se vire ainda, quero ver por mais algum tempo o brilho do seu olhar quando encontra o meu.

Ele me deixou embriagado e estou cansado de sentir como se fosse louco e culpado, cansado de fugir, e era assim que eu mantinha minha sanidade. Agora não mais.

O capítulo de minha história com Vítor encerraria e eu tinha um nome na cabeça para isso.

Christopher.

Retorno para minha cidade dias antes de acabar as férias e, como combinado, encontro Chris. Eu não iria usá-lo novamente, ele é muito fofo e não merece ser meu fantoche; além disso, eu não podia corresponder ao que ele sente por mim.

Nos encontramos em seu apartamento e ele é gentil como sempre. Oferece-me uma cerveja, enquanto conto que me assumi para minha mãe. A família de Christopher sempre soube da sexualidade dele e o apoiou. Abençoado! Como seria melhor se todas as famílias fossem como a dele...

– Chris, eu preciso confessar uma coisa.

– Você me traiu quando nós estávamos "meio" que namorando?

– Não! Não é isso, mas eu estava, ou melhor, estou apaixonado por um homem que não posso ter.

– Eu sei! É aquele pesquisador, não é, o tal de Vítor?

– Como você sabe?

– Adam, toda vez que fala dele você fica diferente, surge um brilho no olhar, um tom de voz eufórico. A gente sente essas coisas...

– Chris, me desculpa!

– Não há o que desculpar, nós não mandamos em nossos corações, certo? Uma hora eu sei que aparecerá o cara certo para mim.

Eu não tenho dúvida quanto a isso, Christopher é um cara incrível.

– Chris, eu preciso de você. Será que, depois de tudo que te fiz, ainda podemos ser amigos?

– Claro, bebê! Fala, em que posso te ajudar?

– Eu preciso dar um fora definitivo em Vítor. Acabar com esse jogo tóxico entre *eu*, *ela* e *ele*.

– Ela?

– A noiva dele, Emma.

– Ai, meu Deus! Não vai me dizer que você a conheceu...

– Não só conheci como também gostei muito dela.

– Meu Deus, Adam. Certo, o que você precisa de mim? Não entendi ainda.

– Vítor é bastante... Persistente. Ele só vai se dar conta de que não vai ter absolutamente nada entre nós quando eu estiver com alguém...

– E este alguém sou eu? De fachada?

– Era esse o meu pedido para você, eu sei que é muito...

– Eu topo!

Christopher e eu rimos.

– Como assim, você topa?

– Por que eu não toparia?

– Você não vai se sentir usado?

– Eu já fui usado, né? Quando você me pediu em namoro pensando nele. Agora é a minha vez de conhecer o famoso Vítor...

– Também precisa conhecer Emma, quero marcar um encontro antes de acabarem minhas férias, nós quatro. Um encontro de casais. O que acha?

– Baixou o nível, hein? Vai fazer Vítor tomar um murro bem no meio do estômago.

– Não, Chris, pelo contrário. Eu sei que isso irá magoá-lo, mas é a melhor decisão. Eu cansei de fugir dessa situação.

– Cansou de fugir dessa situação? Mas isso que você está propondo não é exatamente uma fuga?

– Não, é a solução.

– Então marque com esse Vítor, e como é o nome dela, Emily?

– Emma.

– Marque com eles. Mas já aviso: vou tirar umas lasquinhas de você durante esse encontro.

Brindamos e tomamos um gole de nossas cervejas.

Em seguida, ligo para Vítor. Porém, ele não me atende, o que me deixa preocupado e um tanto frustrado.

Vítor sempre me responde, sempre me atende.

Ele cansou de mim?

Não surte, Adam. É exatamente isto que você quer.

Meu celular vibra. É Vítor.

– Oi! – sua voz está radiante.

– Oi! E aí cara, tudo bem?

– Tudo bem? Adam você sumiu...

– Eu estava de férias... Minha mãe me consumiu todos os dias. Desculpa não te responder.

– Tudo bem – sua resposta é rápida, ele já esqueceu toda tensão e preocupação que sentiu, porque eu apareci finalmente.

– Vítor, minhas férias estão acabando...

– Eu sei – ele interrompe –, o hospital está muito chato sem você.

A vida está muito chata sem você, Vítor.

– Então, eu pensei em marcarmos um encontro em alguma pizzaria, o que acha?

– Eu acho ótimo! Quando? Amanhã à noite?

– Perfeito! Eu tenho novidades e quero dividir com você e Emma.

Um silêncio paira na ligação. É óbvio que ele estava pensando em um encontro apenas entre nós dois.

– Ah, a gente poderia sair a sós, igual àquela noite no Língua Solta. Não prefere?

Boa tentativa, Vítor.

– Na verdade, eu quero que vocês dois conheçam o Christopher! Nós reatamos nas férias, não é o máximo? Pensei em um encontro de casais!

Vítor fica mudo do outro lado da ligação, não consigo sequer escutar sua respiração. Chris olha para mim, a mão tapando a boca, escondendo um riso que estava entre pena e incredulidade.

– Vítor?

– Será ótimo – ele responde. – Depois marcamos certinho o horário e a pizzaria, preciso desligar, valeu!

– Vá...

Ele encerra a chamada, mas antes pude escutar um barulho, como se fosse um soluço.

Não aguento e, olhando para a foto de perfil de seu contato, começo a chorar.

Chris me abraça para me consolar.

– Você tem certeza de que está fazendo a coisa certa? Eu nunca vi você assim, e te conheço há anos. Quem diria que o safado do Adam iria se apaixonar?!

Eu não tenho certeza de nada, só sei que preciso colocar um ponto-final nessa história ou vou acabar pirando e tendo o mesmo fim que meu pai.

Droga, Vítor! Por que você foi aparecer na minha vida?

Nos braços de Chris, eu choro.

A tentação de continuar o jogo é grande, mas eu preciso parar.

Cansei de fugir.

Preciso encontrar o meu lugar.

E ele não é ao lado de Vítor.

Esse lugar pertence à Emma.

Vítor

CAPÍTULO XXII

Oh, it's such a perfect day
I'm glad I spent it with you
Oh, such a perfect day
You just keep me hanging on
You just keep me hanging on
Just a perfect day
Problems all left alone
We can do this on our own
It's such fun
Just a perfect day
You made me forget myself
I thought I was someone else
Someone good[26]

("Perfect Day" – Scala & Kolacny Brothers)

---

[26] Oh, é um dia tão perfeito / Estou feliz que passei com você / Oh, um dia tão perfeito / Você apenas me faz persistir / Você apenas me faz persistir / Apenas um dia perfeito / Problemas deixados em paz / Podemos fazer isso sozinhos / É tão divertido / Apenas um dia perfeito / Você me fez esquecer de mim mesmo / Eu pensei que era outra pessoa / Alguém bom ♪

Adam reatou com Christopher.

Depois de esperar semanas por qualquer sinal dele, recebo o pior que poderia me dar. Ele me ignorou nas férias porque estava ocupado reatando com Christopher.

Tudo estava tão perfeito. Nós saímos juntos, Adam gostou de Emma e ela gostou dele; nós seríamos felizes juntos. Mas parece que isso estava acabando antes mesmo de começar. Eu estava prestes a ter um ciclo perfeito em minha vida. Emma e Adam ao meu lado e entre nós o mais belo sentimento: amor. Seria um ciclo eterno e muito perfeito.

Adam me deixou de lado todos esses dias para, em apenas uma ligação, destruir o meu sonho, contando que retornou seu namoro idiota com Christopher. Se ele soubesse o quão perfeito seria ficar comigo, que ao meu lado todos os problemas seriam minimizados e que tudo seria tão divertido, ele jamais tomaria tal decisão.

Estou na sala de pesquisa do hospital elaborando um artigo sobre protocolo de segurança para cirurgias em pacientes obesos. Não consigo mais digitar uma palavra, meu raciocínio foi cortado, as palavras sumiram de minha mente e só consigo pensar em Adam, lembro de nossos momentos, quando nos abraçamos, ouço sua voz, sinto falta dele. É uma dor imensa, que não sei se suportarei. Eu quero sumir.

Desligo o notebook e saio da sala. Pelos corredores do hospital, passo pelos colaboradores e pacientes sem realmente vê-los. Minha visão está turva, meu coração bate como se fosse sair pela boca e ando tão rápido que quem me observava deve pensar que estou fugindo de alguém.

Mas não estou fugindo de ninguém. Estou fora de mim, sem controle. Saio do hospital, a avenida está lotada de pessoas em carros, motos, bicicletas e a pé. Meu carro está no estacionamento do hospital, mas não quero dirigir. Tenho vontade de correr, pôr para fora essa dor que está me sufocando e me arrastando para o fundo do poço.

Saio em disparada em direção à beira-rio e lá corro em meio a diversos pensamentos, todos envolvendo Adam: seu sorriso, seus lábios, seu olhar. Eu o queria tanto! Como ele pode jogar fora todo o meu amor? Em troca do quê? De Christopher? Adam me fez esquecer de mim mesmo. Eu pensei que ele fosse outra pessoa, alguém bom como Emma, mas não. Adam pouco se importa comigo e com meus sentimentos. Isso não pode estar acontecendo, não pode.

Choro em meio às passadas largas de minha corrida, minhas pernas começam a doer, latejar, mas eu sigo, quero a dor, quero sofrer, mereço esse sofrimento. Adam não me quer. Depois de tudo que passamos, ele fez uma escolha: ficar com Christopher. E vai colher exatamente o que está plantando, porque ninguém o amará como eu.

As pessoas passam por mim e me olham preocupadas. Eu não quero a preocupação delas, quero que Adam se preocupe comigo. Mesmo um terço do que me preocupo por ele já seria suficiente. Talvez, se eu tivesse Adam por um dia, obviamente o dia perfeito, ele perceberia o quanto nós dois somos completos juntos. Poderíamos resolver e sobreviver a qualquer problema. Não precisaríamos de ninguém. Com ele, eu me sentia de verdade, eu era de verdade, não precisava da minha família, de Joanne, de Clara, nem mesmo de... Emma.

Paro de correr, fito o rio e resolvo descer pelo barranco ao seu encontro. Observo o movimento da água e imagino meu corpo sem vida pairando sobre ele. Fico de joelhos na terra úmida e nas folhas das árvores caídas no chão, as quais mancham minhas calças.

Eu quero morrer.

Não consigo imaginar a vida sem Adam. É tudo muito louco, só o conheço há alguns meses, mas sei que somos predestinados a ficar juntos. Eu acredito em destino, apesar de trabalhar com ciência. Tenho fé e acredito no poder do destino, das estrelas, dos signos e em almas gêmeas.

Eu preciso morrer.

Como posso pensar que qualquer dia desta minha mísera vida eu não precisarei de Emma? O que Adam faz comigo a ponto de eu pensar tamanha idiotice? Emma é tudo para mim, não houve um dia durante esses oito anos em que não fui feliz ao lado dela. Mas eu não posso depender de Emma para ser feliz, posso? Tenho que ser feliz por mim, pelo Vítor que sou, mas estou muito longe disso. É inexplicável o que Adam provoca em mim e o fato de que eu ainda não consegui parar de chorar.

Eu tenho que morrer.

Joanne estava certa, não é porque me defino como bissexual que eu precisaria amar duas pessoas, muito menos que essas duas pessoas me amariam. Sempre soube sobre minha sexualidade, não foi Adam quem me fez descobri-la, mas nunca estive disposto a admitir isso para ninguém, nem mesmo para mim, porque nunca houve sentimento envolvido. Eu nunca havia amado um homem. Isso é tão confuso na minha cabeça que me deixa zonzo. Deito no chão, desorientado. Desde criança tenho atração por homens e mulheres, mas fui sempre condicionado a demonstrar apenas interesse por mulheres. O mundo é tóxico, preconceituoso e sufocante.

Eu desejo morrer.

O que me impede de me atirar ao rio? Eu escolhi um caminho que não tem mais volta: amar uma pessoa, enquanto estava amando outra. Feri, traí e exigi demais de Emma. Envolvi Adam em um problema que não tem solução, mexi com seu psicológico, deixando-o ainda mais complexado. Minha vida profissional está um caos: os artigos estão sendo rejeitados pelas revistas em uma quantidade muito maior do que antes, as férias da docência estão acabando e eu não estou com saudade de estar em sala de aula – lugar que sempre foi minha zona de conforto –, os projetos de pesquisa estão atrasados e minha responsabilidade como pesquisador no hospital está em último plano.

Pelos últimos meses, eu só respirei e vivi Adam.

Amanhã eu teria que encontrá-lo e vê-lo de mãos dadas com Christopher. Quem sabe os dois até se beijem na minha frente. É claro que se beijariam! Por que não o fariam? E eu teria de fingir estar feliz. De novo, a máscara que utilizei em muitos momentos da minha vida. A máscara da felicidade. Será que todo mundo é assim? Ou somente eu finjo ser feliz a todo momento, mesmo quando não sou?

Emma é o que me impede de me atirar nas águas sujas desse rio.

Ela é o único motivo para eu não ter coragem suficiente para acabar com minha dor.

Parafraseando um dos livros que já li inúmeras vezes, de Isabella Swan, no prólogo de *Crepúsculo*, de Stephenie Meyer: "Nunca pensei muito em como eu morreria, mas morrer no lugar de alguém que eu amo parece ser uma boa maneira de partir". Em meu caso, posso afirmar: nunca pensei muito em como eu viveria, mas viver por alguém que amo parece ser uma boa maneira de viver.

Não comi nada o dia todo, minha cabeça lateja e sinto tudo girar. Fico tonto e, antes de parar de chorar e conseguir levantar, tudo fica escuro.

Eu apago.

Lágrimas caem sobre minhas bochechas, mas fortes e furiosas demais para serem lágrimas. Abro os olhos e ainda estou no chão, todo sujo de terra e folhas de árvores. O que achei que fossem lágrimas caindo sobre meu rosto eram gotas de chuva, responsáveis pelo meu despertar.

Levanto-me da terra com a cabeça ainda girando um pouco. Eu preciso comer, mas não sinto fome. Me assusto com a hora que vejo em meu relógio: era noite. Emma e minha família devem estar preocupados comigo. Reviro os bolsos de minhas calças e encontro meu celular com várias chamadas perdidas.

Preciso ir para casa. Lucas vir me buscar é a melhor alternativa. Quando estou discando para ele, uma voz surge em meio às árvores e à chuva.

Aquela voz. Não podia ser.

– Vítor! – a voz me chama e repete. – Vítor!

Adam está de capa de chuva preta e botas e vem ao meu encontro.

– O que está fazendo aqui, seu louco? – pergunta.

– O que você está fazendo aqui? Como me achou?

Eu o questiono e não consigo disfarçar o quanto estou emocionado e feliz por ele ter me encontrado.

— Fiz todo o caminho do hospital, percorrendo a beira-rio até sua casa. Estão todos à sua procura. O que te fez vir parar aqui embaixo? Você tropeçou? Caiu? Vítor, você está todo sujo, vem aqui...

Adam me envolve em seus braços, abre um guarda-chuva roxo e me ajuda a subir o barranco do rio.

— Eu não caí.

— Eu te liguei várias vezes.

— Adam — eu o fito, quando chegamos à rua —, me deixe em paz. Não era para você estar me procurando. Por que está me procurando? Eu nunca fui prioridade para você!

— Do que você está falando? — indaga ele. — É claro que eu tenho que te procurar, você é meu amigo.

— Eu não sou seu amigo droga nenhuma — digo dando socos em seu peito e tentando me desvencilhar de seus braços, deixando a chuva cair sobre minha cabeça. — Você sabe que a conexão que temos é muito mais que amizade, você sabe, mas mesmo assim prefere ignorar tudo, prefere reatar com Christopher...

— Vítor, eu não reatei com Christopher. — Adam olha para baixo. — Eu estava mentindo...

— Por quê? — esbravejo. — Você quer me deixar louco?!

— Porque eu pensei que essa fosse a resposta, que seria a melhor forma de resolver nossa situação. Mas pelo visto eu estava enganado...

— Você acha? — pergunto, e a intensidade da chuva começa a diminuir. — Você acha? Você passou suas férias longe, me ignorando...

— Vítor, por favor, entenda que tudo isso é muito difícil para mim. Eu realmente não quero magoar a Emma.

— E eu, Adam? E eu? Alguém se importa se eu estou de coração partido? Você por acaso imaginou a dor que eu sinto cada vez que lembro que você está longe mim? Quando penso em você em qualquer lugar? Quando a noite vem, Adam, eu fico louco para dormir, sabe por quê? Para ter você nos meus sonhos. E aí a ansiedade para isso é tanta que eu não consigo dormir. Adam, você sempre está me afastando, eu faria de tudo para não te perder, mas não sei mais o que tentar...

– Vítor, dá para você me ouvir?

– Sabe o que é pior? Eu não durmo nada, o dia amanhece, e sou obrigado a deixar você ir. Sou obrigado a dizer que estou feliz em ver você reatar com Christopher, e agora você diz que estava mentindo?

– Vítor, dá para você calar a boca?

Adam se aproxima de mim e me beija.

A chuva passa, é como se o sol se abrisse. Eu podia ver Adam, ele é o meu sol. Ele é meu céu e mar, o céu e o fim, e o nosso amor é imenso. Seu hálito é quente e faz com que cada centímetro de minha pele arrepie. Sua mão segura minha nuca perto dele e nós nos devoramos, fogo encontrando fogo.

Adam percebe que fugir não resolveria nada. Não preciso mais impedi-lo de partir, eu o tinha! A nossa história não terminaria agora: está apenas começando, não há Christopher e a tempestade passou. Minhas mãos percorrem suas costas largas e eu não me importo se alguém está olhando.

Foi um dia perfeito.

Eu estou feliz.

Nós nos encaixamos perfeitamente, como tinha certeza de que seria. Adam realmente é meu sol, meu sonho. Quando não estamos juntos, é somente nele que penso. Eu gosto dele, eu gosto de ficar com ele, meu riso é tão feliz com ele. E é recíproco.

Nós nos amamos.

Lágrimas caem sobre minhas bochechas, mas fortes e furiosas demais para serem lágrimas. Abro os olhos e ainda estou no chão, todo sujo de terra e folhas de árvores. O que achei que fossem lágrimas caindo sobre meu rosto eram gotas de chuva, responsáveis pelo meu despertar.

Não entendo nada, há um minuto eu estava beijando Adam e agora estou deitado de volta no barranco do rio? Cadê Adam?

Minha mente demora um pouco para processar, mas de repente tudo vem à tona.

Não há Adam, tudo não passara de um sonho.

Infelizmente faz sentido; afinal, Adam nem sabia onde eu morava, então como percorreria o caminho do hospital em direção a minha casa?

Adam nunca esteve aqui.

Havia apenas a chuva e a dor em meu peito.

Há várias chamadas perdidas em meu celular, mas nenhuma dele.

Ligo para Lucas e, controlando o choro, peço para ele me buscar.

Não foi um dia perfeito.

Era minha insanidade mais que perfeita tomando conta do meu corpo.

Eu estava definhando.

Emma

CAPÍTULO XXIII

I will not make
The same mistakes that you did
I will not let myself
Cause my heart so much misery[27]

("Because Of You" – Kelly Clarkson)

Todos que me conhecem já comentaram, em algum momento, que admiram como sou evoluída, paciente e resiliente. Eu não me via com tais virtudes, mas, quando todos dizem a mesma coisa, você começa a acreditar ou pelo menos a pensar sobre o assunto. Hoje até me considero paciente e resiliente; quanto a ser evoluída, não sei ao certo.

Vítor está forçando minha paciência e resiliência.

Lucas e eu fomos buscá-lo e a cena era triste: ele estava todo encharcado de chuva e sujo como se tivesse rolado na terra por horas. Martina e Carlos tinham ficado extremamente preocupados, Lucas e eu enviamos mensagens e ligamos para os nossos conhecidos, mas ninguém sabia nada a respeito de Vítor, nem mesmo Joanne.

---
[27] Eu não cometerei / Os mesmos erros que você / Eu mesma não me deixarei / Causar tanto sofrimento ao meu coração ♪

Logicamente, entrei em contato com Adam, que disse que havia conversado com Vítor por telefone mais cedo, mas que estava tudo bem. Não comentei sobre o suposto desaparecimento, porque não queria envolvê-lo naquela situação. Mas eu, Joanne e Lucas tínhamos certeza de que Adam estava envolvido, mesmo sem saber.

Quando Lucas recebeu a chamada de Vítor, ficamos mais despreocupados. No caminho para buscá-lo, ficamos em silêncio. Estávamos aliviados, porém tensos com o que poderíamos encontrar. Vítor estava de carro, então por que pediu carona?

Tivemos de improvisar uma mentira bem descabida para Martina e Carlos. Contamos que Vítor havia caído na saída do hospital e que estava com muita dor, sem conseguir movimentar a perna; então, foi para a emergência e, após ser medicado, a dor melhorou. Lucas, como sempre, foi muito parceiro em não expor o irmão. Mas esse lance dos dois eu não consigo compreender, afinal eu não tenho irmãos.

Depois de acalmar todos, Vítor vai para o banho e eu fico em meu quarto sozinha.

Meu coração está partido.

Não consigo mais lidar com essa situação.

Entretanto, Vítor precisa de mim mais do que nunca.

Que tipo de noiva, ou melhor, que tipo de pessoa eu seria se o abandonasse nesse momento tão difícil. Sei identificar sinais de quando uma pessoa está com sua sanidade mental por um fio. No caso do meu noivo, esse fio está arrebentando gradativamente.

Sou capaz de reconhecer um quadro depressivo. Perdi minha mãe para a depressão quando eu tinha apenas 9 anos, mas, apesar da pouca idade, consigo me lembrar dos sinais clássicos: alteração de humor, tristeza recorrente, isolamento, ansiedade, insônia, perda de apetite. Estava tudo muito claro para mim e eu não deixaria Vítor ter o mesmo fim que ela. Eu poderia correr o risco de perdê-lo, doeria muito, com certeza, mas quero que ele tenha uma vida incrivelmente perfeita, pois ele merece, independentemente de estar ao meu lado ou não.

Eu me lembro do dia em que minha mãe partiu. Meu pai me buscou na escola e, quando chegamos para o almoço, ela estava no chão.

Lembro-me do meu pai correndo para o telefone e ligando para os bombeiros. Eu não consegui fazer nada. Fiquei perplexa, imóvel. Sabia que ela não estava mais entre nós e só conseguia chorar o mais silenciosamente que podia. Meu pai estava enfurecido e não se importou comigo, perdeu a cabeça e quebrou todos pratos e copos da cozinha até o corpo de bombeiros chegar. Ele não suportaria uma vida sem minha mãe, então, por qual motivo não a ajudara? Era nítido que ela estava fora de si, com algum transtorno mental, mas ele simplesmente ignorou. Dizia que era falta de Deus, que ela precisava de um bom trabalho, ter força de vontade e que logo aquela "depressãozinha" passaria. Bom, passou... Para sempre.

Depois do falecimento dela, meu pai se tornou ainda mais distante, começou a beber muito e fui praticamente criada pelas minhas vizinhas. Ele me olhava e dizia que eu me parecia com minha mãe e que isso doía nele. Tudo que me fez de mal eu entendia que não era por falta de amor, mas um jeito torto de demonstrar que sentia falta dela. Quando Vítor e eu começamos a namorar, meu pai ficou aliviado, pois sabia que estava prestes a se livrar de mim. Não é à toa que me expulsou de casa com a desculpa de que já estava na hora de me casar e sumir da vida dele.

Assim foi, e nunca mais o vi. Já faz um bom tempo desde nosso último contato. Eu o amo e o perdoo por suas atitudes. É por causa da minha própria história de vida que procuro ser paciente e resiliente.

Não vou me permitir cometer os mesmos erros que meu pai: ignorar os sinais depressivos de Vítor. Não sou capaz de conviver com tanto sofrimento em meu coração. Eu não mereço isso e Vítor não merece sofrer.

Não desmoronarei como minha mãe. Ela chegou com tanta força ao fundo do poço, que não conseguiu mais retornar. Aprendi da maneira mais difícil a nunca deixar chegar àquele nível, então, não deixarei Vítor ficar assim.

Aprendi a ser cautelosa para que eu não me machuque e a amar as pessoas como Jesus amou. Ao mesmo tempo, também percebi que é difícil confiar nas pessoas; geralmente confio somente em mim mesma.

Agora, com 25 anos, vejo Vítor se perdendo no seu próprio caminho. Escuto-o chorar todas as noites antes de dormir. Sou forçada a fingir um sorriso, uma risada, todos os dias por causa dele, enquanto tudo que eu queria era que nossa vida voltasse a ser como era.

Meu coração sempre esteve em pedaços desde meus 9 anos de idade, Vítor havia restaurado cada pedacinho dele com o maior cuidado possível; agora não pode partir mais uma vez! Vítor deveria saber que não deve se apoiar em mim. Eu sou frágil, o que não vejo como uma fraqueza, pois para reconhecer isso é preciso muita força. Ele não está pensando em ninguém, apenas em si próprio. Eu sei que somos capazes de cometer loucuras quando estamos apaixonados, mas isso não é paixão, é obsessão. Vítor está obcecado por Adam e só enxerga a própria dor. E agora eu estou chorando no meio da noite pelo mesmo maldito motivo.

A dor de Vítor é a minha.

– Você tem certeza disso? – observo Vítor procurando sinais que possam dizer o que devo fazer. Ele quer sair comigo, Adam e Christopher. Não sei o que está esperando desse encontro de casais, mas certamente há alguma intenção em sua cabeça.

– Tenho convicção, Emma. Adam nos convidou e já acertamos tudo, pizzaria, horário. Você não vai dar para trás agora, vai?

– Dar para trás de algo que eu fiquei sabendo duas horas antes de acontecer?

– Você me entendeu.

– Não, amor, eu não te entendi. Ontem você foi ao meu quarto todo depressivo porque Adam havia reatado com Christopher. Disse que não via mais sentido na vida, e nem vamos comentar sobre o que te motivou a ir até o barranco do rio. Não estou conseguindo te acompanhar...

– Ok! Você não me entende... Ninguém me entende...

Quando ele fala "ninguém", sei que se refere a Joanne. Ele deve ter falado para ela sobre o encontro.

– O que Joanne acha sobre isso?

– Joanne? Bom, ela acha tudo uma loucura.

– Vítor, é uma loucura, por isso ninguém te entende! Você está querendo sair com Adam e comigo outra vez?

– Mas não foi bom quando saímos nós três? Você não gostou dele?

– Eu gostei, mas essa não é a vida que planejamos, é?

– Não entendi...

– Vítor, eu não quero ser parte de um trisal.

– Mas você disse...

– Eu sei o que eu disse, mas preciso ser sincera com você. Não é o que eu quero... Eu não suportaria a ideia de te ver com outra pessoa, de ter que dividir você...

– Isso é possessão!

– Sério? É isso que você acha? E se fosse o contrário? Vamos, me responda!

Vítor não fala nada, pois nós dois sabemos muito bem a resposta.

– Bom, então fique satisfeita, porque entre mim e Adam só há amizade, Emma. Por isso que nós vamos conhecer o namorado dele.

– Mas você ainda gosta de Adam, vai ficar muito mal em vê-lo com Christopher!

– Não sinto mais nada por ele.

– Nossa, ontem você disse que pensou em tirar a própria vida porque havia perdido Adam e hoje já não sente mais nada por ele? O que mudou? Realmente não é normal! Vítor, depois de tudo que você passou ontem, de ter tomado sete comprimidos para dormir e de eu ter presenciado sua agitação a noite toda... Você não dormiu nem se alimentou o dia inteiro.

– Um bom motivo para irmos à pizzaria.

– Nós só vamos à pizzaria se você me disser qual é o real motivo de querer tanto isso. Por que é tão importante você ir hoje a esse encontro de casais?

– Porque eu preciso vê-lo, Emma – desembucha Vítor de uma vez. – Preciso vê-lo e abraçá-lo, mesmo que como amigo. Prefiro ter Adam como meu amigo a perdê-lo em todos os sentidos. Eu preciso dele em minha vida.

Suas palavras me ferem, mas pelo menos sei a verdade, apesar de ele não dizer com todas as letras. Eu sei a verdade por trás das palavras de Vítor. Agiria como melhor amigo de Adam, o mesmo que fez comigo, entraria na *friendzone* para que, no momento em que Christopher machucasse Adam, ele estivesse ali de prontidão como apoio.

Tudo bem, Vítor. Por você, eu faço tudo, inclusive esse plano diabolicamente louco.

– Beleza, vou me arrumar – é só o que digo.

O que eu não faço pelo amor da minha vida?!

O encontro é legal, com algumas ponderações, é claro. Conhecemos Christopher, ele é um cara muito bonito, simpático e solícito. Vamos a uma pizzaria em uma cidade vizinha e rimos bastante durante todo o percurso. A "máscara" de Vítor é impressionante, nem parece o mesmo de ontem. Ele dirige até o local de destino, comigo ao seu lado e o casal, no banco de trás.

Adam está impecável. Ele também é um homem muito bonito e, a princípio, penso que combina com Christopher. Porém, durante toda a noite, ele parece irritado com tudo que Vítor fala e o interrompe constantemente.

– Adam, deixa o cara falar – até Christopher pede gentilmente que pare de cortar a conversa.

Vítor, com sua "máscara", não deixa transparecer nada, como se não percebesse os cortes de Adam, e muitas vezes ri exageradamente. Christopher conversou muito com ele durante toda a noite; e eu acabo em vários assuntos aleatórios, porém divertidos, com Adam. Antes de retornar para nossa cidade, demos uma volta pela praça, caminhamos lado a lado e tiramos algumas fotos bobas; Christopher tirou uma de nós três, eu entre Vítor e Adam. Saímos sorridentes e penso que formamos um belo trio de amigos, uma pena que Vítor queira mais do que isso – ele quer um trisal, e Adam, bem, eu não consigo decifrar o que Adam quer. Para mim, é óbvio que ele está com Christopher apenas para provocar ciúmes em Vítor, e ele de fato está conseguindo.

Apesar de gostar de Adam, algumas atitudes dele me tiram do sério, pois não tem responsabilidade emocional com Vítor; esse jogo, esse morde e assopra, é tóxico para todos.

Depois de deixar os dois no apartamento de Adam, Vítor e eu partimos para casa e Vítor desata a falar bem de Christopher.

– Devo me preocupar? – questiono em tom de brincadeira.

– Se preocupar?

– Em você querer transformar o suposto trisal em um quarteto do amor?

Vítor ri e diz que não tem nada a ver.

– Chris é muito gente boa, ele fará Adam feliz, tenho certeza – ele comenta.

– Também gostei dele.

– Só espero que Adam não faça bobagem, Chris realmente é do bem...

– E você espera isso mesmo?

Chegamos em casa, Vítor desliga o carro, porém deixa as mãos pousadas no volante.

– De verdade... Eu espero... Eu realmente espero que Adam seja feliz com Christopher.

Sua fala é como um desabafo, um comentário sufocado.

– Mas eu notei algumas coisas esta noite – ele continua. – Por acaso você não achou que em alguns momentos Adam estava me interrompendo de propósito, além de parecer um tanto forçado em algumas atitudes com Christopher? Tipo, para provocar ciúmes?

Ah, Vítor, como eu gostaria de saber mentir para você, mas não consigo.

– Sim, eu também percebi. Para mim, ainda é nítido que Adam gosta de você.

Seu rosto se ilumina com minha afirmação, enquanto o meu se apaga, como um eclipse lunar.

Adam

CAPÍTULO XXIV

> All we need in this world is some love
> There's a thin line 'tween the dark side
> And the light side, baby, tonight
> It's a struggle, gotta rumble, trynna find it[28]
>
> ("If I Had You" – Adam Lambert)

Não, não era para ser assim...

A história com Christopher era para ser apenas uma fachada! Tudo deveria ser apenas um "faz de conta" para Vítor seguir seu caminho e eu, o meu. Mas, como sou um safado e não recuso nada, Christopher está deitado apenas de cueca em minha cama, com a mão direita no meu peito.

Sim, nós ficamos logo após o encontro de casais mais estranho da minha vida.

Ver Vítor e Emma agindo como namorados, ou melhor, noivos, incomodou-me muito. Ele não tirava a mão dela: passando por seus ombros, seus cabelos, sua perna, sempre acariciando-a. Vítor tentou me provocar durante todo o encontro e, segundo

---
[28] Neste mundo só precisamos de um pouco de amor / Há uma linha tênue entre o lado obscuro / E o lado da luz, amor, hoje / É uma luta, é preciso romper, tentando encontrá-lo ♪

Christopher, conseguiu, pois eu demonstrei sendo rude e algumas vezes até grosseiro com ele.

 Discordei. Não acho que tenha agido dessa forma, pelo contrário, me esforcei para evidenciar o quanto estava feliz ao lado do meu antigo e agora "novo namorado", porém Chris acha que esse de fato foi o problema, ou seja, que ficou forçado. Para ele, Emma e Vítor com toda certeza perceberam.

 Acabamos discutindo por isso e o resultado foram carícias, olhares, beijos e sexo. Não sei o que farei daqui para a frente. Christopher é fofo e tenho certeza de que para ele a noite significou muito mais do que uma ficada. Deve ter criado esperanças de que nós realmente podemos reatar.

 Como posso me envolver com alguém sem antes estar resolvido e envolvido comigo mesmo? Eu não posso continuar nesse jogo com Vítor. Achei que o encontro entre casais seria perfeito para ele perceber que entre nós só existiria amizade, mas parece que meu ego foi maior e fez transparecer o quanto ele é importante para mim.

𝄞

 – Bom dia, bebê! – Christopher acorda e mesmo sem escovar os dentes me dá um selinho. – Dormiu bem?

 – Uhum...

 – Eu dormi maravilhosamente bem, bebê! A noite de ontem foi maravilhosa. Adorei conhecer os dois, mas, sinceramente, Emma merece um prêmio de santidade por aguentar as faíscas que existem entre você e Vítor.

 – Você aguentou...

 – Porque era tudo de mentirinha, não era? – seu tom de voz soa um pouco desesperado e esperançoso.

 Reflito rapidamente sobre o que responder. Eu não quero usar Christopher, mas preciso me livrar de Vítor. E se eu tentasse gostar de Christopher como ele gosta de mim? E se fosse para

a gente ficar junto pra valer? E se o destino estiver conspirando ao meu favor e eu, ignorando todos os sinais? Talvez Christopher seja o meu par. Ele é um cara incrível, lindo – até mais do que Vítor –, gosta de mim, é simpático e inteligente. Do que mais eu preciso?
— Talvez nós devêssemos tentar... sabe...
— Adam, não! Não venha me dizer que podemos tentar reatar a nossa relação.
— Eu não falei em reatar – inclino minha cabeça em direção a sua boca. – Estou falando de um recomeço.
— É quase a mesma coisa...
Eu o beijo e ali selo meu destino pelos próximos dias, semanas ou meses...
Tomo uma decisão: em meu aniversário apresentarei Christopher para minha mãe. Será um grande passo, o qual ajudará a me manter na linha, sem fazer nenhuma bobagem.

𝄞

Fevereiro passa como um estalar de dedos e de repente... BOOM! Vinte e seis anos! Não sou muito de comemorar aniversários, mas este é diferente porque à noite vou até a casa de minha mãe apresentar Christopher. Trabalhar no dia do seu aniversário deveria ser proibido, mas, como eu nasci lindo em vez de rico, sou obrigado a seguir para o hospital.
Ao chegar à farmácia, alguns colegas me parabenizam, coisa que eu realmente detesto, porém disfarço e finjo agradecer todos de coração. Quando finalmente consigo despachá-los, entro na sala de farmácia clínica, e quem eu menos imaginaria estar ali está sentada em minha cadeira.
— Joanne?
— Oi, Adam!
— Não acredito que até você lembrou do meu aniversário.
— É seu aniversário?! Ah, meus parabéns!

Joanne enrubesce e fica claro que ela não sabia dessa informação, o que me deixa um pouco desapontado. Vai entender!

– Verdade, é seu aniversário, Vítor me contou...

Joanne para de falar abruptamente, levanta-se da minha cadeira, um pouco constrangida, e eu sigo sem entender o motivo de ela estar aqui.

– Temos alguma reunião marcada para o primeiro horário? Ai, meu Deus, não me diga que é hoje a reunião do Núcleo da Segurança do Paciente?

– Não, não, Adam! Está tudo bem... Eu só preciso checar uma informação com você...

– Ufa! Certo, pode perguntar, se eu puder te ajudar...

– Você faz os inventários hospitalares? Isto é, da contagem e da correção de estoque de medicamentos e materiais hospitalares?

– Faço, sim.

– Pensei que talvez, por ser farmacêutico clínico, você não entrasse na logística...

– Todos os farmacêuticos participam. Mas por quê?

– Adam, no último inventário vocês sentiram falta de medicamentos controlados?

– Nosso estoque nunca está 100% correto, a demanda é muito grande e sempre tem medicamentos e materiais sobrando ou faltando.

– Sim, disso eu sei, mas o que quero saber é se houve algum rombo muito grande de medicamentos de tarja preta?

Eu ainda não sei o interesse de Joanne em nosso inventário, ela é a enfermeira responsável pela integração da farmácia clínica com o corpo médico. O que o estoque de medicamentos tem a ver com essa integração? Penso no último inventário, realizado no final de janeiro, e lembro-me rapidamente de que houve um medicamento que foi um dos que mais faltou, um desaparecimento de mais ou menos seis mil comprimidos. Esther tomou medidas severas, passou a exigir a contagem diária em todos os plantões. Suspeitávamos de uma atendente de farmácia que já havia sido flagrada uma vez tomando medicamentos do hospital no setor de fracionamento.

– Joanne, pior que eu lembro que sim, um desfalque de cerca de seis mil comprimidos. Por quê?

– Adam, antes de eu responder a essa pergunta, preciso fazer outra, posso?

– Você já está aqui...

– Vítor se dá bem com o pessoal da farmácia? Ele está sempre em sua sala e, para vir até aqui, passa por toda a farmácia. Como ele é recebido no setor?

– Ah, o pessoal adora Vítor. Como não gostar dele, não é mesmo?

Arrependo-me ligeiramente do meu comentário quando noto um leve revirar de olhos de Joanne. Será que ela sabe sobre Vítor e eu?

Na verdade, não há o que saber, certo? Mesmo assim, será que ela sabe? É a melhor amiga dele. Será que comentou algo com ela?

– Adam, eu preciso da sua ajuda, não acho certo Vítor ficar andando pelo setor de farmácia. Ele é pesquisador do hospital, não há motivo para perambular por outros setores que não estão relacionados à pesquisa.

– Vítor tem projetos de pesquisa com vários outros farmacêuticos, e não apenas o de farmácia clínica. Ele está desenvolvendo um com Esther e Karoline sobre o uso racional de hipoglicemiantes no âmbito hospitalar, por exemplo.

– Certo, mas essas reuniões precisam acontecer na sala de pesquisa. Ninguém, além dos colaboradores de farmácia, deve ter permissão para acessar os setores de farmácia. Esther precisa ser mais rígida quanto a isso.

– Ok! Fale com ela, então.

– Não, eu não posso. Isso precisa partir de você...

– Não entendo.

– Adam, em resumo, Vítor, o nosso amigo, ou melhor, o meu amigo, está tomando, por noite, de seis a sete comprimidos para dormir, você acha que algum médico está prescrevendo isso para ele?

Não. Não pode ser! Será que ele pegaria medicamentos do hospital? Por que faria isso?

– Você está insinuando que o seu melhor amigo, Vítor, que é um baita profissional, está roubando medicamentos controlados da farmácia?

– Eu não estou insinuando nada, você que tirou suas próprias conclusões.

– Por que ele faria isso? Não compreendo!

– Primeiramente, quem disse que ele faria isso? Segundo, se fizesse, tem certeza de que você não sabe o motivo? Tipo, uma paixão avassaladora que leva a pessoa à loucura, em que o outro é como uma onda que te arrasta e te leva para um mar distante?

Joanne ergue a sobrancelha e eu a encaro.

– Você sabe!

Ela não me responde e dramaticamente sai da sala.

Joanne realmente sabe ser um tanto teatral e filosófica e acaba de largar uma bomba em minhas mãos.

Vítor está com sérios problemas e eu sou o motivo.

Pego minha prancheta com os prontuários dos pacientes do setor 5 para finalmente começar a trabalhar, porém Vítor esbarra em mim na porta e, para meu terror, há uma sacola preta com um laço prata em sua mão, que com certeza é um presente de aniversário para mim.

– Feliz aniversário!

Eu o abraço e, pela primeira vez no dia, não me sinto desconfortável com alguém me parabenizando por completar mais um ano de vida.

Ah, Vítor! Que droga!

– Cara, não precisava se incomodar! Você já me deu presente.

– Te dei presente de Natal, este é de aniversário, meu e de Emma.

Vítor me entrega a sacola e eu a abro.

É uma camiseta preta, simples, bem clean, como eu gosto.

– Não é nada demais, só para não deixar passar em branco...

– Nada demais? Eu adorei! É bem o meu estilo!

– Que bom que gostou!

– Eu amei!

Eu o abraço novamente e sinto seu perfume. Vítor está sempre perfumado, o que me deixa louco.

Resolvo experimentar a camiseta e, só depois que tiro a azul que estava vestindo, percebo o quanto é estranho ficar sem blusa na presença de Vítor. Ele tenta desviar o olhar, mas sem sucesso. Eu sei que uma parte de mim, a tóxica, gosta daquela olhada, mas meu coração sabe que é errado.

– Ficou ótima! – eu digo e sinto minhas bochechas vermelhas.

– Uhum... – Vítor está bem corado, e isso o deixa ainda mais lindo.

– Já vou tirar uma selfie com ela!

Pego meu celular e faço a foto, com o fundo da parede da sala de farmácia clínica. Meus olhos estão brilhando e meu sorriso é largo.

Posto no Instagram com a legenda: **2.6**!

– Obrigado, Vítor! Vou enviar uma mensagem agradecendo a Emma também.

– Imagina. Agora, preciso retornar.

– Eu também, preciso ir ao setor 5.

Ficamos em silêncio, pois nós dois queremos continuar trancafiados naquela sala para sempre, fazendo todas as coisas possíveis.

– Vai indo, eu ainda preciso checar umas coisas aqui...

Vítor sorri e, quando se vira para sair, eu o chamo para mais um abraço.

Abraço-o forte.

O abraço mais forte que já dei nele.

– Você tem planos para hoje à noite? Poderíamos comemorar seu aniversário.

– Eu irei comemorar com Chris e minha mãe na casa de praia...

– Ah, certo! Mande um abraço para Chris.

Nas últimas semanas, Vítor estava sempre mandando um abraço para Christopher. Ainda disse que Chris era um ótimo rapaz e que eu não poderia vacilar com ele. Não sei o quanto de sua fala é verdadeira, pois, por mais que suas palavras sejam sinceras, seus olhos me cobiçam.

Ele abre a porta para ir embora.

– Claro... – Eu me lembro da visita de Joanne. – Vítor, está tudo bem com você?

– Sim!

Não, Vítor. Não está!

– Você sabe que pode contar comigo, certo?

Ele assente e vai embora.

Apesar de eu dizer que pode contar comigo, não sei se realmente pode. Se realmente contasse comigo, meu psicológico ficaria ainda mais bagunçado. Qual seria minha prioridade: ele ou eu?

À noite, eu tenho o melhor aniversário de todos: o irmão de Christopher teve uma emergência e eles tiveram que ir para o hospital, minha mãe ligou me desejando feliz aniversário e que eu tivesse uma ótima noite com o meu namorado. Ou seja, ela não estava pronta para conhecê-lo.

Nada de comemorações. Adoro!

Em minha cama, sozinho, olhando para as paredes, penso em Vítor. Ainda estou com a camiseta que ele me deu; aliás, que ele e Emma me deram. Se dependesse de Vítor, a esta hora eu estaria comemorando, algo que nunca quis antes, mas percebo que hoje, sim, eu queria estar comemorando com ele.

Fico rolando os posts do Instagram e vejo a foto que postei de manhã. Há vários comentários desejando felicidades, sucesso e essas coisas clichês de aniversário. Há um comentário de Emma e de vários outros amigos e familiares. Eu curto todos, exceto o de Vítor, que eram apenas dois emojis: um bolo de aniversário e um coração preto.

Vítor não comentava minhas fotos. Curtia todas, mas não comentava nenhuma, isso já era demais, todos perceberiam. Onde ele estava com a cabeça? Cogito excluir o comentário, mas lembro de Joanne e penso que ele poderia se dopar ainda mais se percebesse. Decido simplesmente não curtir, mas deixo lá. Se alguém reparasse e perguntasse para mim, eu poderia dizer:

– Nem sei por que Vítor comentou na minha foto, nós nem somos tão próximos...

Eu saí do armário para minha mãe, e não para o mundo. No meio corporativo hospitalar, ainda tenho uma carreira a zelar.

Ah, Vítor! O que eu vou fazer com você?

Há uma linha tênue entre o lado obscuro e o lado da luz. Hoje, todos esses sentimentos lutam dentro de mim, é hora de romper, eu preciso romper, mas estou tentando encontrar uma forma de não fazer isso abruptamente.

Não consigo deixar de pensar que, se Vítor fosse só meu, eu não precisaria de mais nada. Minha carreira não importaria! Dinheiro, fama e fortuna nunca competiriam se estivesse com ele. A vida seria uma verdadeira festa, um perfeito êxtase.

Se eu tivesse Vítor, tudo poderia ser tão bom, mas a realidade é bem diferente. Eu comemoro meu aniversário sozinho, como sempre quis. Mas desta vez percebo que não queria, porque tenho Vítor preso em minha mente.

Se eu tivesse Vítor, nada mais competiria. Eu estaria completo.

Mas jamais o terei.

Então, preciso tomar medidas drásticas.

Custe o que custar.

A prioridade precisa ser eu.

Desculpe, Vítor! Mas acho que aquele forte abraço que demos pela manhã foi o último.

Vítor

CAPÍTULO XXV

> It's time to try
> Defying gravity
> I think I'll try
> Defying gravity
> Kiss me goodbye
> I'm defying gravity
> And you won't bring me down![29]
>
> ("Defying Gravity" – Glee)

Depois do aniversário de Adam, as coisas mudaram e ficaram um pouco estranhas.

Ele não responde mais minhas mensagens com o mesmo entusiasmo de antes, não recebo mais áudios pelo WhatsApp. Nos corredores do hospital, eu sou ignorado de todas as maneiras possíveis:

"Desculpa, tenho uma reunião urgente..." ou *"Correria, né? Tudo certinho?"*

---

[29] É hora de tentar / Desafiar a gravidade / Acho que vou tentar / Desafiar a gravidade / Me dê um beijo de adeus / Estou desafiando a gravidade / E você não me deixará pra baixo! ♪

Ele não parava mais na sala de farmácia clínica, o que dava a impressão de que estava fazendo isso para eu não o encontrar. Isso tudo fazia com que eu não conseguisse mais dormir e, quando caía no sono, muitas vezes acordava assustado sussurrando seu nome.

Eu não estou entendendo o comportamento dele, considerando que estava tudo bem até o dia de seu aniversário. Não deixei de reparar que ele não curtiu meu comentário em sua postagem no Instagram, apesar de ter curtido todos os outros, inclusive o de Emma.

Ela diz que estou surtando e que provavelmente ele está sobrecarregado de muito trabalho, principalmente agora que o Brasil está recebendo as primeiras notificações de casos de uma possível pandemia de COVID-19.

Não tenho dado muita importância aos noticiários (como a mais nada nos últimos meses), mas parece que o primeiro caso de COVID-19 aconteceu na cidade de Wuhan, na China, e agora está se propagando mundialmente. A doença consiste em uma infecção causada pelo coronavírus da síndrome respiratória aguda grave 2. Os casos notificados são de pessoas que estão apresentando febre, tosse seca e cansaço, além de congestão nasal, conjuntivite e perda do olfato e do paladar. A situação parece ser bem grave, pois não se sabe o tratamento adequado e a mortalidade está começando a assustar os governantes e a população em geral.

Eu discordo de Emma – que Adam está ocupado com a pandemia –; afinal, eu também trabalho no hospital e não vejo tantos comentários a respeito disso. Entretanto, ela, que acompanha mais os noticiários do que eu, diz que a situação é bem séria e que o Ministério da Saúde está entrando em colapso, inclusive com a preocupação do desabastecimento de medicamentos e materiais hospitalares.

Pode ser imaturidade da minha parte, considerando que o mundo está prestes a explodir em uma pandemia e eu preocupado com as reações de Adam. Mas não consigo controlar, penso nele a cada segundo do meu dia. Não tenho mais apetite e só pego no sono com seis ou sete comprimidos para dormir. Ainda bem que tenho um bom estoque desse remédio em casa! Sei que o que eu estou fazendo é errado, mas é pelo bem de minha sanidade mental. Se tomando comprimidos eu ainda não consigo dormir, imagina sem?

Ouço duas suaves batidinhas na porta da sala de pesquisa e Joanne adentra.

— *Buenos días*, meu docinho de maracujá!
— *Buenos días*, meu *amore*!
— Como você está?
— Estou bem.
— Dormiu bem? Conversei com Emma hoje, ela disse que você teve uma noite agitada...
— Todas as minhas noites são agitadas. Jo, ele está me ignorando todos os dias...
— Amigo, isso uma hora tinha que acabar, você não acha?
— O que tinha que acabar? Nós éramos amigos, eu até gostava de Christopher... Disse para Adam não vacilar com ele...
— Sim, mas essa montanha-russa ultimamente só está caindo. E sem freios, meu amigo, além disso eu tenho te observado há algum tempo, eu não sou tola... Eu vejo as coisas, e, por mais que não queira acreditar, elas estão bem diante dos meus olhos. Vítor... Eu sei o que você está fazendo aqui no hospital e você sabe que não está certo.

Tenho medo do que ela pode falar, mas finjo que não entendi, afinal, não tem como Joanne saber que eu estou pegando medicamentos do hospital escondido.

— Eu estou fazendo um ótimo trabalho. Finalmente, por causa da indiferença de Adam comigo, consegui focar nos projetos.
— Não é sobre isso que eu estou falando, me refiro a suas visitas ao setor de farmácia...

Olho para ela com o semblante de quem não está entendendo.

— Não se faça de desentendido, Vítor. Eu te conheço há quinze anos. Você pode me contar tudo.
— Joanne, eu não sei do que você está falando.

— Amigo, eu sei o que você está fazendo e tudo que te peço é: para com isso! Vá procurar ajuda! Você pode se dar muito mal se a gerência ou a direção do hospital souber que você está roubando medicamentos controlados.

— Quem disse que estou fazendo isso? — pergunto rispidamente. — Joanne, você está louca!

— Estou?

Não consigo olhar para minha melhor amiga e mentir, mas também não posso confirmar suas suspeitas.

— Tudo bem, você quem sabe. Só digo uma coisa: isso uma hora vai estourar e se eu for questionada direi o que sei.

Assinto com indiferença.

— Eu detesto Adam! — diz Joanne.

— Ele não te fez nada — rebato. — Detesta por qual motivo?

Joanne fita-me e não me responde de imediato, depois ela me abraça:

— Porque estou vendo um casal que amo acabar, tudo por uma idiotice...

— O que sinto por Adam não é idiotice. Além do mais, Emma e eu estamos bem.

— Sério? Você está bem? Roubando medicamentos para se dopar e conseguir dormir? Sério que você acha isso mesmo? Sério que você acha que Emma está realmente bem? Saindo de casal com o cara que você gosta e o namorado dele?

— Nós achamos que esse namoro dele com Christopher é só fachada...

— Você está levando Emma junto em sua obsessão. O que mais me preocupa é que, por ela te amar tanto, acho que uma hora ela vai ceder, vai aceitar viver em meio a todo esse rolo.

— Jo, por favor, me deixa em paz, eu preciso trabalhar... Nós ainda temos que preparar as apresentações para o Stewardship de Antimicrobianos, lembra?

Joanne não gosta de que eu mude de assunto, mas, como toco em um tema que ela adora, eu a conquisto.

— Claro que eu lembro. Minha parte está pronta, e a sua?

— Faltam apenas alguns detalhes e estará pronta.

— Uhul! São Paulo, aí vamos nós!

Joanne deixa de ser a amiga chata e começa a comentar tudo que faremos em São Paulo. O Stewardship de Antimicrobianos será no III Simpósio Internacional de Antimicrobianos, no qual Joanne e eu tivemos cinco trabalhos aprovados para apresentação oral, abordando vários assuntos relacionados a essa classe medicamentosa. A viagem será na primeira semana de março e estou muito empolgado, mas não deixo de pensar que seria ainda melhor se Adam fosse com a gente; afinal, ele é farmacêutico, teria tudo a ver ir junto.

— Adam poderia ir com a gente, não é? Ele é farmacêutico...

— De jeito nenhum, Vítor! Meu Deus, você é inacreditável!

Sem olhar direito para mim, ela sai da sala e não bate à porta. Mesmo brava, Joanne não desce do salto.

𝄞

Estou em casa me arrumando para ir à universidade, quando Emma chega da Unidade Básica de Saúde e não está com uma boa expressão.

Será que sou o motivo?

— Oi, meu amor! — Eu a beijo, tentando fazê-la sorrir. Sempre conseguia um sorriso dela após um beijo.

— Vítor, nós precisamos conversar.

Não, não, não! Emma iria terminar comigo, Joanne estava certa.

— Emma, você não pode me deixar — eu adianto a conversa. — Eu te amo!

— Eu não vou te deixar, meu amor. Mas... Adam veio falar comigo hoje. Na verdade, ele enviou uma mensagem.

— Adam enviou uma mensagem para você? Como assim? Por que ele não responde às minhas mensagens e entra em contato com você? Ele está bem?

— Sim, ele está bem, eu acho. Para suas outras perguntas, talvez seja melhor você ler a mensagem que ele me enviou.

Arranco o celular de suas mãos, como se fosse um tesouro perdido, e meus olhos percorrem a mensagem como se minha vida dependesse disso:

> Oi, Emma! Tudo bem? Então, não sei como o Vítor tem estado realmente, mas imagino que ele não deva estar bem. Eu pensei muito em toda a situação e cheguei à conclusão de que isso tudo já foi longe demais. Não há nada entre nós dois, ele é apenas um colega de trabalho. Claro que eu continuarei tratando-o como tal, mas, fora isso, eu não quero mais a companhia dele. Você, sim, é minha amiga. Você é incrível! Mas o Vítor é apenas meu colega e está confundindo tudo, inclusive complicando meu trabalho e o dele. Desculpa te incomodar, mas precisava falar com você para pedir para ele parar de me procurar e enviar mensagens de assuntos que não sejam profissionais. Te agradeço muito e espero que a amizade entre nós dois continue!

— Vítor, você sabe que ele está sendo um babaca, não sabe?
— Eu preciso ir – digo enquanto jogo uma pilha de papéis dentro da pasta que levaria para a universidade. – Senão, vou me atrasar...
— Amor, calma! Adam é todo complexado, deve ter enviado a mensagem no impulso.
— Impulso? Eu aqui há noites sem dormir, sofrendo, e ele me define como "apenas um colega de trabalho". É isso que sou para ele depois de tudo?

Não sei em que momento comecei a chorar desesperadamente, sem fôlego, sem parar.

Eu o perdi. Eu o perdi antes mesmo de tê-lo.

Fui um idiota ao achar que Adam gostava de mim.

"*Apenas um colega de trabalho.*"

"*Apenas um colega de trabalho.*"

"*Apenas um colega de trabalho.*"

Essas palavras percorrem minha mente, Emma tenta me abraçar, mas eu desvio e corro para a garagem.

– Você deve estar feliz agora, né? – eu digo aos prantos, calçando os sapatos.

– Vítor, não seja injusto.

Meu coração aperta ainda mais com suas palavras, pois sei que são verdadeiras. Emma está infeliz com minha tristeza, está estarrecida com meu desespero.

Ligo o carro e a escuto gritar algo que parece "Se cuida!"; mas sem olhar para trás eu parto.

Eu perdi Adam.

Estava certo o tempo todo: Adam não gostava de mim. Deixei-me levar pelos comentários de Joanne e Emma que ele, sim, gostava, mas não, fui apenas um brinquedo para ele.

"*Apenas um colega de trabalho.*"

"*Apenas um colega de trabalho.*"

"*Apenas um colega de trabalho.*"

Dirijo sem cuidado algum pelo trânsito até a universidade. Como daria aula naquele estado, eu não fazia ideia, mas provavelmente meus alunos seriam minha força. Quando estaciono o carro, ainda estou chorando, sufocado, e meu coração parece que não irá bater mais. Eu quero morrer. Eu o perdi. Ele sequer teve coragem de se despedir de mim de forma decente.

Tudo foi uma ilusão.

Eu fui um idiota.

Solto as mãos do volante e choro ainda mais.

Desde que conheci Adam, algo mudou dentro de mim. Cansei de viver de acordo com as regras e resolvi seguir meu coração, minha intuição. Hoje, neste momento, sinto vergonha por tudo ter sido em vão. Ouvi meu coração e minha intuição para nada. Fui apenas um brinquedo nas mãos de Adam.

Eu estava lá quando ele precisou de ajuda na mudança de apartamento.

Eu estava lá quando ele chegou bêbado para trabalhar.

Eu estava lá quando ele terminou e reatou com Christopher.

Eu estava o tempo todo para ele.

Eu estava apenas inflando seu ego, e agora ele cansou.

Eu estive esse tempo todo jogando o jogo de Adam. Ele deu as cartas e eu fui o idiota que caí, tropecei, tombei e agora vou para o fundo do poço.

É tarde demais para repensar em tudo que eu poderia ter evitado para dormir as noites que perdi por causa dele. É tarde demais para continuar confiando em meus instintos. Eles só me levaram a este momento cheio de dor, sufocamento e vontade de morrer.

Por Adam, pensei que era a hora de tentar ser quem eu gostaria de ser. Por ele, eu estava disposto a perder tudo, desafiar a sociedade, minha família, qualquer obstáculo; nada seria um impeditivo.

Por Adam, eu teria coragem para desafiar a própria gravidade.

Lembro-me do forte abraço na sala de farmácia clínica. Aquilo foi um adeus?

Ele estava querendo me alertar que iria "terminar" tudo comigo? Ele estava mandando sinais de que me colocaria para baixo?

Cansei de aceitar tantos limites impostos, porque alguém sempre me disse que eu deveria aceitar. Só que há coisas dentro de mim que não posso mudar. Tentei arduamente, porém nunca vou saber o que é ser feliz ao lado de Adam.

Durante todo esse tempo, tive medo de perder a conexão mágica que tinha com ele. E agora tudo acabou, como uma avalanche, de uma vez só, por meio de uma mensagem enviada não para mim, mas para Emma.

Pobre, Emma!

Eu ainda choro desesperado no carro, os vidros até embaçam. Isso é amor? Eu estou louco?

Bem, se for amor, posso dizer que estou pagando um preço muito alto por ele.

Não sei qual é a intenção de Adam. Se quer me deixar para baixo, conseguiu com êxito, pois não vejo mais motivos para viver.

Se age dessa maneira achando que eu não ficaria triste, ele errou feio e lá na frente se arrependerá. Não me vingaria, jamais teria coragem de fazer algum tipo de mal a Adam, mas sei que somente eu poderia desafiar a gravidade por ele, mesmo agora, enquanto estou em frangalhos. Eu faria qualquer coisa por ele.

Conhecer Adam me mudou e mudanças não podem ser desfeitas.

Eu sei que não posso viver essa mudança sem Adam.

Definitivamente, a gravidade me venceu.

Emma

CAPÍTULO XXVI

> Like a bird locked up in a cage called love
> He clipped her wings when she was born to fly
> He said: A pretty bird, you can't sing
> But I'll buy you diamonds and ruby rings
> Like a bird locked up in a cage[30]
>
> ("Birdie" – Avril Lavigne)

Eu respondi o idiota do Adam apenas com um emoji de "joinha". Apenas um colega de trabalho? Ele era um total babaca sem coração. Desde o começo, correspondeu aos sentimentos de Vítor por mensagens, áudios, abraços, entre outras formas de demonstração. Eu realmente não esperava essa atitude dele. E desde quando *eu* sou amiga de Adam? Conversei com ele o quê, quatro vezes? Adam deu um pé na bunda de Vítor por meio de uma mensagem enviada para mim. Covarde!

Sempre vi a paixão obsessiva ou talvez o "amor" que Vítor tinha por Adam, e isso se tornava mais claro a cada dia. Eu ainda

---

[30] Como um pássaro preso em uma gaiola chamada amor / Ele cortou as asas dela quando ela nasceu para voar / Ele disse: um pássaro bonito, você não pode cantar / Mas eu vou te comprar diamantes e anéis de rubi / Como um pássaro preso em uma gaiola ♪

tinha esperanças, dentro de mim, de que Vítor cairia na real e perceberia que sua paixão e seu amor eram somente meus, mas, quando vi o sofrimento dele com a mensagem de Adam, essa esperança estagnou, como um pássaro preso em uma gaiola.

Estou muito preocupada com Vítor, troco mensagens com ele para saber se chegou bem à universidade. Quando me garante que está bem, eu bolo um plano de contingência: Vítor não pode ter acesso ao seu estoque de medicamentos para dormir; tenho certeza de que ele iria fazer uma baita idiotice.

Enquanto Martina e Carlos estão na cozinha, subo as escadas e procuro a caixinha de comprimidos que Vítor deve ter guardado. Reviro roupas, papéis da universidade, pastas com documentos, fotos, artigos de decoração, todas as gavetas e não encontro nada. Deixo tudo exatamente do jeito que estava para ele não notar. Provavelmente, perceberia da mesma forma, mas não custava a tentativa. Estou quase desistindo, não acho nada neste quarto e ele não guardaria no banheiro, por medo de Martina descobrir.

– Procurando por algo? – Lucas surge no quarto deles.

– Lucas, desculpa!

– Imagina, Emma! De boa. Quer ajuda?

Penso por um instante e chego à conclusão de que ele poderia me ajudar.

– Lucas, você é o melhor amigo de Vítor...

– Sim, aguento ele desde que nasci.

– Eu sei que você sabe pelo que ele está passando, e hoje, digamos, foi um dia bem difícil para ele...

– Os dias dele não estão sendo fáceis ultimamente, não é mesmo?

Lucas sabia! Ele sabia de tudo, mas eu não entregaria Vítor. Lucas e eu nunca conversamos sobre Adam ou o fato de Vítor ser bissexual.

– O cara deu um pé na bunda dele?

Assinto com a cabeça.

– Meu Deus, imagino que ele esteja surtando...

– Sim, ele saiu chorando...

– E você, Emma, como está?

– Eu preciso ajudá-lo, tenho que encontrar os medicamentos para dormir. Sinto que Vítor pode fazer uma idiotice quando chegar em casa.

– Ok! Mas eu perguntei como você está, e não o que você precisa fazer...

Sento na cama de Vítor, e Lucas senta na dele, de frente para mim, e me encara.

– Você sabe que pode contar comigo, não sabe? Você não está sozinha.

Eu nem sei como agradecê-lo. Esse carinho, essa preocupação... Lucas é o irmão que eu nunca tive.

– Obrigada, Lucas. Eu estou bem, quer dizer, dentro das circunstâncias, estou bem...

– Eu não teria a sua paciência com toda essa situação. Ele é meu irmão e eu o amo, vou apoiá-lo sempre, mas quero que saiba que você sempre pode contar comigo, Emma.

Lágrimas brotam de meus olhos e eu as afasto com as mãos.

– Me ajuda a procurar os remédios? – pergunto.

– Não, pois não precisa. Vítor sempre esconde as coisas de todo mundo, menos de mim.

Lucas vai até a estante repleta de livros e tira alguns do lugar e eu fico horrorizada com o que vejo: não há uma caixinha de medicamentos, há no mínimo umas trinta caixas! Pego uma e reparo que cada caixa contém mais ou menos duzentos comprimidos, sem dúvidas são daquelas vendidas apenas para hospitais. Com toda certeza, Vítor não os estava comprando, ele estava...

– Oh, meu Deus! – exclamo. – Vítor está completamente doente.

– Eu estava louco para contar para alguém, mas nós nunca entregamos os segredos um do outro, então... E ele me garantiu que sabia o que estava fazendo.

– Há quanto tempo ele vem tomando esses medicamentos?

– Há meses, desde que conheceu...

– Adam – completo.

A raiva que sinto por Adam aumenta ainda mais.

Vítor não estava apaixonado por Adam; ele estava obcecado de uma forma extremamente doentia.

Perda de apetite.
Oscilação constante de humor.
Insônia.
Tolerância e dependência química.
O dia do seu desaparecimento.

Recolho todas as caixas e ajudo Lucas a organizar os livros.

– Lucas, precisamos esconder estas caixas de Vítor. A casa é de vocês, eu sou só a noiva intrometida que o pai tocou para fora de casa e que dorme no quarto de hóspedes. Onde nós podemos esconder isto dele?

– Primeiro, você não é a noiva intrometida que o pai tocou para fora de casa e que dorme no quarto de hóspedes. Segundo, podemos esconder em meu carro. Vítor jamais mexeria no porta-malas. Mas ele vai surtar quando vir que sumiu.

– Eu direi que encontrei sozinha. Vamos, me ajude a levar estas caixas, sem seus pais perceberem.

Carregamos todas as caixas até a garagem e jogamos dentro do porta-malas do carro de Lucas sem cuidado algum.

– Eu não quero nem estar por perto – diz Lucas, fechando a porta – quando meu irmão for dormir e não encontrar os comprimidos...

– Você diz que não sabe de nada, ele vai até o meu quarto e eu me resolvo com ele.

Lucas assente.

– Emma, obrigado por estar ao lado do meu irmão. Ele não poderia ter pessoa melhor ao seu lado.

– Ele tem você!

– Mas você, Emma, é o amor dele. Eu sei disso, acompanhei tudo que meu irmão fez e enfrentou para ficar com você. Ele te ama, só está confuso... Talvez precisando de ajuda ou de se descobrir, sei lá. Então, obrigado! Não é qualquer pessoa que faria o que você está fazendo por ele.

Sorrio para Lucas.

– Como você disse, eu sou o amor dele. Se não o ajudar, quem eu ajudaria?

Lucas retribui com um sorriso torto e volta para seu quarto. E eu vou para o banheiro e escovo os dentes.

Fico me olhando no espelho e me lembro de uma das minhas histórias favoritas: *Alice através do espelho e o que ela encontrou por lá*, do magnífico Lewis Carroll. Se eu fosse como Alice e atravessasse esse espelho, o que eu encontraria lá?

Durante muito tempo, acreditei que estava no País das Maravilhas. Eu havia vencido a Rainha de Copas e era dona de um coração, o de Vítor. Como toda magia tem seu preço, eu também paguei por ganhar o coração dele: não era mais dona do meu próprio coração, que era de Vítor. E sempre fui feliz com isso, porque esse preço não era nada comparado com o que eu tinha.

Amar Vítor era tão fácil.

E ser amada por ele era como viajar no tempo, encontrar apenas as melhores lembranças do passado e ir para o futuro realizando os melhores sonhos.

O amor pode ser uma gaiola às vezes. E eu, como um pássaro preso nessa gaiola, tive minhas asas cortadas assim que entreguei meu coração para Vítor.

É como se ele tivesse dito "um passarinho muito bonito, eu vou cuidar de você, vou te comprar diamantes e anéis de rubi" e, de repente, mudado de opinião. Queria se livrar de mim, porém eu não tenho mais asas. Como poderei voar? Como posso escapar deste lugar e ir mais alto? Como posso evitar as chamas do amor que sinto por ele?

Vítor e eu somos dois passarinhos e não posso segurá-lo, assim como ele não pode me puxar para baixo. A vontade que tenho é dizer para ele: "Voe para longe, cada vez mais alto, meu amor. Voe a ponto de eu nunca mais te prender nessa nossa gaiola".

Eu choro, choro copiosamente, porque isso vai contra todos os meus sentimentos. Nunca pensei no amor como uma prisão.

Vítor está me prendendo? Ou eu o estou prendendo?

Nós entregamos o coração um ao outro e agora não sabemos o que fazer com essa troca.

Estou farta de me perder dentro desse labirinto todo santo dia! As atitudes e palavras retorcidas de Vítor sobre a idealização dele por Adam chegam a minha mente e eu só penso: *preciso ser forte, estou lutando pelo nosso final feliz.*

Mas será que no "felizes para sempre" todos estão realmente felizes?

Será que Alice teve seu feliz para sempre? Mesmo deixando para trás seus amigos, como o Chapeleiro, e todas as aventuras vividas no País das Maravilhas?

O amor não pode ser uma prisão. Eu não sou uma prisioneira, Vítor não seria meu prisioneiro. Ninguém está nos obrigando a viver dentro dessa gaiola. Vou provar para mim mesma que tenho meu valor e recuperar o que eu mereço.

Nada mais me acorrentará.

Isso vai doer, droga!

No fundo, eu sei que não consigo voar sem Vítor.

Eu preciso dele, assim como ele precisa de mim.

Adam

CAPÍTULO XXVII

> Here's the thing
> We started out friends
> It was cool, but it was all pretend
> Yeah, yeah, since you been gone[31]
>
> ("Since You Been Gone" – Kelly Clarkson)

Conforme os dias passam, tenho certeza de que tomei a decisão certa.

Vítor não me procurou mais, nem pessoalmente, nem por mensagens, áudios ou ligações.

Eu definitivamente parti o coração dele, mas estou bem, estou ótimo, pois sei que seu coração será curado rapidamente por sua noiva, Emma, certo? Não há motivo para sentir culpa ou remorso. Vítor pode estar sofrendo agora, mas vai perceber que foi a melhor decisão a ser tomada.

Para me afastar ainda mais dele, resolvo mudar minhas atividades no hospital. Após uma longa conversa com Esther, ela permite que eu troque de setor e fique responsável pela farmácia da UTI,

---

[31] Aqui estão os fatos / Nós começamos como amigos / Foi legal, mas era tudo fingimento / Yeah, yeah, desde que você foi embora ♪

enquanto Karoline assume o setor de farmácia clínica. Todos sabem que eu amava ser farmacêutico clínico, Esther não compreende meu pedido, mas eu estou determinado e fico muito grato por conseguir convencê-la. Quando acertamos a mudança, antes de sair de sua sala, sou pego de surpresa por uma pergunta dela:

– Você já comunicou o Vítor?

– Não. Eu deveria?

– Não, não. Eu sou sua chefe. – Ela ri de uma maneira amigável e um tanto infantil. – É que eu tinha impressão de que ele gostava de trabalhar com você. Vocês formavam um bom cas... Uma boa dupla!

Ela ia falar casal.

Eu tenho certeza.

Será que Esther sabe de alguma coisa?

Como ela poderia saber?

Sinto minhas pernas enfraquecerem. O medo percorre toda a minha corrente sanguínea. Suas palavras fazem com que me falte raciocínio lógico para tentar responder. Desatinado, eu sorrio de soslaio e saio agradecendo novamente sua compreensão.

Será que havia boatos sobre mim e Vítor no hospital?

Será que os rumores de que sou gay se confirmaram sem nem ao menos ter acontecido algo de fato com Vítor? Como a diretoria do hospital veria esse relacionamento dentro da empresa?

Isso não é ético nem moral.

É tóxico, como eu.

Eu ficaria com fama de gay.

Na verdade, eu já tenho a fama, agora talvez seja confirmada.

Não entre em pânico, Adam.

Não faz sentido, todos do hospital sabem que Vítor está para casar daqui a menos de um ano, não há como suspeitarem de algo entre nós dois.

Eles podem criar teorias, por exemplo, de que eu sou amante de Vítor, um gay destruidor de um noivado tão lindo, como o de Vítor e Emma.

Ainda bem que nunca curti suas fotos no Instagram nem seu comentário naquela minha foto de aniversário. Eu posso contornar essa história, se alguém me perguntar, direi: "Gente, o cara cismou comigo!".

Vítor não vai prejudicar minha carreira. Já basta ele ter mexido com toda a minha estrutura psicológica e vida pessoal. Se eu estou novamente em um relacionamento com Christopher, a culpa é dele.

Karoline me repassa as atividades e atribuições da farmácia de UTI. Não é nada tão complexo ou apaixonante como o que eu fazia em farmácia clínica, mas é a decisão certa para minha carreira, minha sanidade mental e, principalmente, para o meu coração.

Por mais difícil que seja admitir, tenho sentimentos por Vítor. Claro que tenho, mas realmente não quero falar isso em voz alta – tornaria o sentimento ainda mais real, e jamais poderei vivê-lo. Apenas Greice sabe do envolvimento entre *eu, ela* e *ele*. Por mais que meus sentimentos sejam apenas por Vítor, Emma está sempre lá, como uma sombra, lembrando-me: "Ele não te pertence. Ele é meu. Ele é meu noivo".

A realidade é que Vítor e eu começamos como amigos, foi tudo muito legal e até um tanto mágico, mas tudo não passava de mero fingimento. Desde que me afastei de forma abrupta dele, reparei que estava dedicando uma grande parte da minha vida a algo sem futuro. Ele estava tomando o meu tempo. Demorei muito para perceber que realmente esse jogo entre nós não levaria a nada, porque nunca poderia chamá-lo de meu. Esses últimos dias afastado de Vítor estão sendo dolorosos. Principalmente quando o encontro no refeitório do hospital, em algum evento ou até mesmo nos corredores. Não há mais aceno, sorrisos, muito menos abraço.

Ele deve estar muito triste. Imagino que sim porque eu estou.

Decisões difíceis exigem atitudes ainda mais difíceis. Eu sei que isso é o melhor não somente para mim, mas para Vítor também. Tudo que ele ouviu falar de mim, que ele imaginou que viveria comigo e que nós vivemos... Isso é tudo que ele teria de mim.

Apenas lembranças.

Eu gostaria de ter uma conversa franca com ele, dizer que eu o imaginei como meu namorado. Mas isso está fora de cogitação. Desde que me afastei, sinto que finalmente posso respirar, e eu não estava conseguindo fazer isso nos últimos meses. Estou seguindo em frente, apesar de não saber o que estou respirando nem para onde estou indo. Entretanto, a sensação é bem mais leve do que não respirar. Vítor tirava meu fôlego, estar perto ele apertava meu coração de uma forma irracional.

Graças a Vítor, agora sei o que quero. Eu quero um amor. Eu quero ser melhor. Chega de baladas e ficadas inúteis. Eu quero deixar de ser vazio. Eu quero dormir de conchinha com alguém. Eu quero alguém para entrelaçar os dedos e chamar de meu. Eu quero poder ter mais contato com meu filho. Vítor despertou o melhor de mim e eu jamais teria conhecimento disso. É estranho pensar que uma pessoa tão importante na minha vida simplesmente desapareceria para sempre. Como vai ser quando eu não souber mais nada sobre ele?

Tudo o que eu mais queria era ficar com ele, mas acho que ele nunca sentiu o mesmo. Senão, por que insistia em Emma? Ele sempre irá amá-la.

Eu preciso seguir em frente.

Nós tivemos nossa chance, mas estragamos tudo. Não há como competir com um amor verdadeiro.

Tudo isso foi muito louco e fugiu do controle.

É tão bom não receber mais mensagens de Vítor, e também é ruim.

Para falar a verdade, é bem ruim.

Tantas vezes eu quis dizer para ele: "Cala a boca, eu não aguento mais esse ciclo se repetindo ininterruptamente. Nos aproximamos, flertamos, surtamos: de novo, de novo e de novo!".

Eu nunca quis magoá-lo.

Somos tão complicados e não seria assim se ele não amasse outra pessoa.

Nunca foi difícil perceber quem de nós dois diria que seria impossível o amor acontecer. Vítor, no final, optaria por Emma, ele sempre deixou isso muito claro! Como ele queria que eu tomasse uma decisão diferente? O que ele queria de mim?

Se disser que hoje não sinto nada, que estou bem, seria hipócrita. O caminho sem Vítor é mais seguro, mas não me importo com a insegurança, eu gostaria de viver esse sentimento. Infelizmente, esse caminho não tinha saída e no final, quando ele estivesse casado com Emma, riria da minha cara.

Eu digo isso para mim mesmo, mas quando o vejo, mesmo que às espreitas pelos corredores do hospital, tenho consciência de que não é verdade. Sei que Vítor e eu sempre lembraremos um do outro e que muitas vezes ficaremos tristes por não termos vivido o que poderia ser uma bela história.

Vítor jamais riria da minha cara. Ele é bom, é puro.

Eu já conheço o sorriso dele, leio muito bem o seu olhar e sei que toda aquela risada entre os colegas de trabalho e as fotos que posta com Emma são apenas disfarce.

Entre nós dois não cabia mais nenhum segredo, além do que já combinamos. No vão das coisas que a gente disse, não cabe mais ser apenas amizade, e quando penso que me afastar foi a melhor saída. Mas me pergunto: a melhor saída para quem?

Eu fico do avesso de tanto que remoo isso dentro de mim. Quando finjo que esqueço, eu não esqueci nada: nossos toques, o dia da mudança, a noite com caipirinhas de vinho no Língua Solta, o seu jeito desengonçado e corajoso de se declarar para mim no Le Bistrot, nossas risadas, seu olhar penetrando o meu, a visita surpresa no apartamento de Augusto depois da extração do meu siso – ele sendo todo carinhoso levando sorvete para mim –, nosso projeto de farmácia clínica que está recebendo ótimos feedbacks da diretoria do hospital e nossos abraços, que levavam segundos, até minutos, e que eu eternizava em meus sonhos.

Quanto mais eu fugia de Vítor, mais ele se aproximava. E eu, fraco e tóxico, não conseguia não corresponder. Mas isso tudo é passado, eu vou perder Vítor de vista e será ruim demais. Farei das lembranças um lugar seguro.

Não é que eu não queira reviver nosso passado, nem revirar esse sentimento inexplicável. Só que eu não posso mais ser fraco e tóxico. Eu procurei várias saídas, mas todas que planejei para ninguém se machucar faziam eu entrar sem querer ainda mais na vida dele Vítor ou ele entrar na minha.

Estou com Christopher agora. Ele sabe que ainda tenho sentimentos por outro, apesar de eu mentir descaradamente que Vítor não me interessa.

Sim, este sou eu, mais uma vez, vivendo às escondidas, contando meias verdades.

Por ora. Tudo leva tempo.

Adeus, Vítor.

Bem-vindo, novo Adam.

Vítor

CAPÍTULO XXVIII

> There's a possibility
> All I'm gonna get is gonna be yours then
> All I'm gonna get is gonna be yours still
> So tell me when you hear my heart stop
> You're the only one that knows
> Tell me when you hear my silence
> There's a possibility I wouldn't know[32]
>
> ("Possibility" – Lykke Li)

Não estou dizendo que não há possibilidade.

Assinei alguns papéis no hospital, participei de uma reunião e não consegui ficar mais um segundo lá, porque sabia que poderia encontrar Adam.

Não estou dizendo que não há possibilidade.

Essa foi a resposta de Adam quando eu vulneravelmente me despi emocionalmente, mostrei os meus sentimentos, e agora parece que foi alucinação.

---

[32] Há uma possibilidade / Tudo o que eu conseguir vai ser seu também / Tudo o que eu conseguir vai ser seu também / Então me avise quando você ouvir meu coração parar / Você é o único que conhece / Me avise quando ouvir meu silêncio / Há uma possibilidade de eu não saber ♪

Se existia a possibilidade, por que ele não nos permitiu viver?
Não estou dizendo que não há possibilidade.
Se existia a possibilidade, por que ele não conversou comigo antes de concluir que me considerava apenas um colega de trabalho?
Não sei o que fui para Adam nos últimos meses, mas sei o que ele está sendo para mim neste exato momento: o motivo de meu torpor, a razão de eu antecipar as férias da universidade e me afundar em minha depressão com um grande vazio no peito e sua voz dentro de mim.
Não estou dizendo que não há possibilidade.
Não tenho mais vontade de fazer nada, choro todas as noites: a madrugada é minha amante.
Eu simplesmente não consigo entender o desfecho de tudo que vivemos. Por que eu tive que viver isso? Por que eu tive que fazer Emma sofrer? Qual é o sentido de tudo?
Eu pareço um adolescente de 16 anos, foi isso que Adam proporcionou em mim. Retornei no tempo, joguei-me de um penhasco em direção a ele, que não estava lá; só havia o sofrimento e a dor.
Não estou dizendo que não há possibilidade.
Eu fui um brinquedo esse tempo todo na mão de Adam?
Não estou dizendo que não há possibilidade.
Joanne tenta me animar, diz que há um ponto positivo nessa situação: essa história tinha acabado e em breve nós estaríamos em São Paulo aproveitando muito.
Eu mantenho um sorriso falso estampado diante de todos. Emma acredita que finalmente estou bem. Minha família nem sonha sobre a depressão que estou enfrentando. A insônia é minha melhor amiga sem os medicamentos para dormir, que Emma descobriu e jogou fora.
Todas as noites, olho o perfil de Adam no Instagram. Sua última postagem é a foto com a camiseta que eu dei a ele de aniversário. Eu nunca vou esquecê-lo.
Todas as noites, sinto-me me afogando, naufragando na dor, sem adormecer. Todos os dias, levanto-me automaticamente, sem acordar. Eu ainda lembro, vejo, sinto o olhar de Adam. Será que

algum dia ele vai saber o quanto foi importante para mim? Será que ele está chorando e sorrindo ao pensar em mim? Será que eu estava em seus pensamentos?

Não estou dizendo que não há possibilidade.

Ele não pode ser tão frio e calculista assim. Meu coração sente, por mais que esteja imerso em escuridão.

Já não sei quem sou nem quem quero ser. Isolo-me vendo a vida sem Adam. Porém, todo dia devo levantar, recolher meu pranto em vão e seguir utilizando a "máscara da felicidade" para o bem de todos: Emma, meus pais, Lucas, Joanne...

Eu acredito que no meu coração, minha alma, fez-se solidão. Estou tentando virar a página, mas Adam me persegue nos pensamentos. Seu rosto na foto postada no Instagram parece um milagre, uma verdadeira perfeição. Eu a vejo e fico com vontade de beijar sua boca e falar bobagens em seu ouvido.

Fixação.

Adam é minha assombração.

Eu só precisava de uma chance para tocá-lo, captar a vibração se nós dois estivéssemos juntos.

Eu quero muito ficar sozinho. Não quero ser consolado por ninguém. Quero dormir. Quero meus medicamentos, mas nem isso tenho mais.

Em meu canto, sozinho, escuto a playlist de Evanescence repetidas vezes. *My Heart is Broken* já deve ter tocado um milhão de vezes – o mesmo número de lágrimas que involuntariamente saem por meus olhos. Eu vagarei até o fim dos tempos dilacerado por Adam. Ele se afastou de mim e eu não sei o motivo. Talvez seja para enfrentar a própria dor ou apenas porque cansou de mim.

Fecho meus olhos e reflito sobre o medo de nunca encontrar uma maneira de curar minha alma. Adam a fragmentou em pedaços.

Eu não tenho mais motivos para viver.

Tudo o que mais quero é morrer.

E eu rezo, suplico para que Deus me conforte, leve-me deste mundo, livre-me da custódia desse sofrimento. Não posso continuar vivendo dessa maneira nem consigo fingir que Adam

não existiu em minha vida. A paixão que sinto por ele é um caminho sem volta.
Não estou dizendo que não há possibilidade.
Adam, se existia uma possibilidade, por que você fugiu?
Meu coração está partido.
Havia uma possibilidade. Como eu queria viver essa possibilidade.
Não procurei mais por Adam, por mais que queira confrontá-lo. Ainda tenho um pouco de dignidade. Queria ouvir de sua boca que tudo que passamos foi unilateral, que não foi recíproco, que eu definitivamente errei ao pensar que existia uma possibilidade.
Todas as minhas conquistas seriam de Adam também.
Assim como são com Emma.
No final de minhas orações, peço a Deus que, se eu não for levado deste mundo, que Ele me avise quando Adam ouvir meu coração parar, quando ouvir meu silêncio.
Deus é o único que me conhece realmente e sabe que estou sem alma e sem coração, perdido na escuridão.
Quando Adam se afastou daquela forma ridícula, não fazia ideia de que em minha mente ele andaria por aí como um ladrão.
Ele roubou meu coração.
Estou no fundo do poço desde que ele se foi.
Adam é o motivo do meu torpor, de eu estar fechado sem querer viver.
De repente, é como se ele nunca tivesse existido.
Como se nós nunca tivéssemos existido.
Só que essa não é a verdade.
Ele existe. Nós existimos. E sempre houve uma possibilidade.
E eu tenho certeza de que a possibilidade de eu ser feliz não existe mais.

Emma

CAPÍTULO XXIX

> Nobody said it was easy
> It's such a shame for us to part
> Nobody said it was easy
> No one ever said it would be this hard
> Oh, take me back to the start[33]
>
> ("The Scientist" – Coldplay)

Vítor pensa que eu acredito que ele está bem, mas sei que não está.

Joanne e eu conversamos por dias sobre o que fazer para tirá-lo dessa depressão.

Novamente, eu tinha que ser Emma, a Salvadora.

A verdade é que estou cansada de ter que resgatar Vítor.

Quando o beijei pela primeira vez e aceitei o pedido de noivado, eu jamais imaginaria que um dia estaria nessa situação.

Vítor está definhando diante de meus olhos, com um sorriso falso em seu rosto.

Criei uma história em minha cabeça, linda e mágica, digna de Branca de Neve e o Príncipe Encantando, como na série

---

[33] Ninguém disse que seria fácil / É uma pena nos separarmos / Ninguém disse que seria fácil / Mas também ninguém nunca disse que seria tão difícil / Oh, me leve de volta ao começo ♪

Once Upon a Time. Só que a vida é bem diferente dos contos de fadas infantis. Acho que por isso gosto tanto dessa série. Ela mostra que, apesar dos finais felizes, nunca há realmente um final feliz; a história continua, e novos problemas, obstáculos e barreiras surgem. Só há uma coisa em que devemos acreditar fielmente: na esperança.

Eu tenho fé, preciso acreditar que tudo isso vai passar.

Todas as noites, Vítor tenta me enrolar, diz que superou Adam e que na verdade o que ele queria era poder voltar no tempo e se descobrir.

– O que quer dizer com se descobrir?

Depois que faço centenas de perguntas, Vítor fala sobre sexualidade. Nunca abertamente, ele não consegue ser franco comigo sobre o que quer de fato. Mais uma vez, preciso ser a pessoa que fala por ele.

– Vítor, você quer ficar com homens? É isso?

– Não sei...

– Como você não sabe? O fato de você não saber já diz que você quer... Não?

– Talvez – ele responde e chora, como todas as noites. – Talvez essa seja a maneira de eu esquecer Adam.

Vítor esmaga meu coração com essas palavras. Ele realmente exige demais de mim. Porém, eu não me importo, faço qualquer coisa por ele. Ao mesmo tempo, dói pensar que não sou suficiente para que ele esqueça toda dor que Adam causou.

Há alguns dias, em uma conversa com Joanne, ela disse que eu estava sendo muito forte e guerreira, mas que com toda a certeza Vítor estava tirando forças de onde ele nem sabia existir, porque sei quem eu sou e quem quero ser, mas ele não. Vítor está totalmente perdido e confuso, descobrir-se e assumir-se bissexual não é tarefa fácil para ninguém. Joanne e eu sabemos que uma hora ele precisa viver isso, de uma maneira ou de outra, mas isso não significa que precisa amar duas pessoas.

– Vítor, me diga, o que você quer?

Depois de longos minutos, ele desabafa.

– Emma, vou para São Paulo na próxima semana, um estado bem longe daqui, o que eu quero é...

– O que você quer é...? – encorajo-o.

Vítor se contorce, como se não conseguisse dizer as palavras.

– Vida, eu estou com você e sei o que quer, só fale, por favor.

– Eu quero experimentar sair com uns caras durante minha estadia em São Paulo... Mas não farei isso se você não permitir.

Finalmente ele desembucha.

– Eu não tenho que permitir nada, Vítor.

– Claro que tem, você é o amor da minha vida.

– Você acha que ficar com outros caras vai tirar você dessa depressão?

– Tenho certeza!

Eu não acredito nele nem acho que esteja mentindo de propósito. Conheço Vítor melhor do que ninguém e sei que essa crise depressiva está longe de passar. Além disso, tenho certeza de que ele sentirá remorso ao retornar para casa depois da viagem. Ou, para o meu pior pesadelo, descobrirá que sua vida não é comigo. Ao mesmo tempo, se eu pedir para que ele não viva essa tal experiência, isso vai atormentá-lo ainda mais. Eu não posso fazer isso com a pessoa que mais amo; tenho que o deixar viver, experimentar. Preciso torcer para que, independentemente do que aconteça em São Paulo, essa experiência não impacte nossa vida.

– Vítor, tudo bem. Vamos chamar isso de "passe livre".

– Mas eu não quero te dar um "passe livre" – ele rebate.

É claro que não, Vítor, você só quer ganhar um, não quer que eu tenha um também. Você é um tanto egoísta e machista.

– Eu não preciso, porque sei o que quero.

– Isso não vai mudar a forma como você me vê? Não abalará nosso amor?

– Acho que, com tudo que passamos nos últimos meses, é sem dúvida alguma o menor dos fatores que poderia abalar nosso sentimento.

Eu o beijo, segurando o choro.

Não quero mais conversar. Só quero beijá-lo e ser beijada, enquanto seus lábios ainda são apenas meus.

Todos os "sim" que eu disse a Vítor, eu não me arrependo de nenhum deles.

Talvez aceitar esse "passe livre" seja o primeiro "sim" que me arrependerei amargamente.

Ninguém disse que seria fácil. Mas também ninguém nunca disse que seria tão difícil.

Relacionamentos são difíceis até mesmo nos contos de fadas.

Vítor não sabe o quão adorável é. Ele tem que se encontrar. Não basta eu dizer que preciso dele ou que o escolhi. Será uma pena se no futuro nos separarmos, pois tenho certeza de que pertencemos um ao outro.

Toda a ciência, todas as guerras, todas as descobertas, nada se compara aos gritos que minha mente exclama da certeza de que nós dois nos completamos. Nada neste mundo é capaz de falar tão alto quanto meu amor.

Enquanto o beijo, desejo que Vítor diga que me ama e mais: que volte a me amar como quando éramos adolescentes. Tudo que mais quero é o Vítor que eu conheci.

Meu coração ficará agoniado todos os dias em que ele estiver em São Paulo, mas tenho esperança de que depois dessa viagem recomeçaremos e seremos como éramos. Apenas Emma e Vítor.

Adam

CAPÍTULO XXX

'Cause you're hot then you're cold
You're yes then you're no
You're in then you're out
You're up then you're down
You're wrong when it's right
It's black and it's white
We fight, we break up
We kiss, we make up[34]

("Hot N Cold" – Katy Perry)

Vítor está se sentindo a última bolacha do pacote. A cada hora tem uma nova foto dele e Joanne curtindo o III Simpósio Internacional de Antimicrobianos e outros lugares na incrível cidade de São Paulo. Era como se esse Vítor das fotos fosse um que nunca conheci. Eu quero estar lá com ele, agarrado em seu pescoço e brindando juntos, como Joanne está fazendo em vários vídeos.

---

[34] Porque você é quente, depois é frio / Você é sim, depois é não / Você está dentro, depois está fora / Você está por cima, depois por baixo / Você está errado quando está certo / É preto e é branco / Nós brigamos e terminamos / Nós nos beijamos e voltamos ♪

Como Emma pôde deixar Vítor viajar com Joanne? Essa mulher é bonita, eles formariam um belo casal. Vítor gostou de mim, por que ele não poderia gostar de Joanne?

Sei lá, adoro o trabalho dela, mas não vou com a sua cara.

Christopher e eu rompemos, para sempre. Ele me flagrou vendo o Instagram de Vítor mais de uma vez e isso o irritou. Rebati dizendo que não devia satisfação a ninguém, e ele disse estar cansado e ainda me acusou de ser uma pessoa instável.

Adeus, Christopher. Graças aos céus consegui me livrar de você.

Grande pé no saco.

Muito fofo, porém sempre com muito nhe-nhe-nhem.

Christopher não era Vítor. E eu não era instável, era?

Até posso ser tóxico, mas instável?

Eu sou instável por qual razão?

Porque mudo de ideia facilmente? Sim, eu mudo de ideia como mudo de roupa. Isso não é ser instável, é estar em evolução.

Sou bastante irritável, mas isso também não me faz ser instável. Também sou ansioso e, por sinal, estou fazendo terapia duas vezes por semana. Inclusive, as últimas sessões estão voltadas para eu compreender minha ansiedade diante dessa pandemia de COVID-19, que parece que vai levar todo mundo à morte. Tenho meus tiques, o que também não me faz instável, apenas uma pessoa preocupada.

Eu deveria saber que nem Christopher nem ninguém me entenderia. Meu próprio pai preferiu se matar a me entender. Eu penso demais? Sempre falo enigmaticamente?

Pois bem, a vida me fez assim.

Eu sempre soube que Christopher não era o meu par, que ele não era bom para mim.

Agora, Vítor, quem sabe... Não, o lance com Vítor é passado.

Esse lance, sim, é a coisa mais instável que alguém pode presenciar.

Uma hora tudo estava muito quente e cheio de paixão; de repente o frio tomava conta de todos os sentimentos, pensamentos e atitudes. E a culpa não é minha, não sou eu quem está noivo.

Vítor é sim; depois, não.

Ele estava dentro; depois, fora, esbanjando seu amor por Emma.

Ele estava por cima, agradando-me e inflando meu ego; depois, por baixo, mandando mensagens e áudios como um cachorrinho abandonado.

Obrigado, musas deusas Britney e Beyoncé, por ouvirem meus chamados e fazer com que Vítor sumisse da minha vida.

Ele sempre estava errado, mesmo quando estava certo.

Christopher, coitado, sempre esteve errado, nunca esteve certo.

Eu e Christopher brigamos e terminamos, beijamo-nos e voltamos, mas agora esse ciclo está interrompido.

É muito prazeroso saber que estou me livrando de todos esses fantasmas.

Vítor nunca quis realmente ficar comigo. Vejo pelo seu belo sorriso nas fotos em São Paulo, parece que nunca esteve tão feliz. Não fui nada para ele. *Obrigado, Vítor, por me fazer pagar várias sessões de terapia!* Ele nunca quis realmente ficar comigo, mas também não quis deixar isso claro e continuou flertando comigo.

Vítor, sim, era instável. Não eu.

Fui tolo e cheguei a pensar que seríamos um par, que estávamos sintonizados na mesma energia. A verdade é que pode até ter acontecido isso por um breve momento, talvez somente na minha imaginação, porém agora não havia mais energia alguma, a bateria acabou. Eu tinha provas disso, era só olhar a foto dele segurando uma caipirinha nas mãos com aquele maldito e belo sorriso.

Ele esqueceu de mim.

Vítor me fazia rir, mas, agora, vendo suas fotos, percebo o quanto é sem graça.

Ele jamais mudaria, nunca sairia do armário e assumiria algo comigo. Talvez ele nem viva em um armário – não é porque eu vivo que todos vivem.

Vítor nunca teve a intenção de mudar, de deixar Emma.

Sempre seria ela.

A perfeita Emma.

Alguém chame um médico, um psiquiatra para fazer uma intervenção.

Não para Christopher, Vítor, Emma ou a sonsa da Joanne.

Quem precisa de intervenção sou eu.

Estou tendo um caso de amor bipolar. Preso em uma montanha-russa da qual não consigo descer.

Estou verde de inveja de Vítor. Como ele pode estar feliz, enquanto eu não?

Estou morrendo de ciúmes de Joanne por estar ao lado dele.

Estou cruelmente imaginando Emma bem longe daqui. Será que assim Vítor não correria atrás de mim?

É, Christopher, seu merda! Você está certo.

Eu sou a droga de um gay tóxico e completamente instável.

Talvez deva aumentar de duas para três sessões de terapia por semana. É algo a se discutir com Greice.

Vítor

CAPÍTULO XXXI

> Fuck you, fuck you very, very much
> 'Cause we hate what you do
> And we hate your whole crew
> So please don't stay in touch[35]
>
> ("Fuck You" – Lily Allen)

Os dias no Stewardship de Antimicrobianos do III Simpósio Internacional de Antimicrobianos estão sendo incríveis. Estamos no início de março e eu mal posso esperar pelo que vem pela frente. Muitas informações, anotações e fotos. Joanne e eu apresentamos nossos trabalhos e recebemos um prêmio por um deles, "Melhor Protocolo de Controle de Infecções em Procedimentos Cirúrgicos".

As noites em São Paulo são muito divertidas. Nada parecia abalar as noites de março da cidade paulista, e nem era fim de semana. Joanne sabe do meu combinado com Emma, o famoso "passe livre". E, apesar de achar uma loucura, está sendo a melhor parceira que eu poderia ter para viver essa experiência.

---

[35] Foda-se, foda-se muito, muito mesmo / Porque nós odiamos o que você faz / E odiamos toda a sua corja / Então, por favor, nem mantenha contato ♪

Buscamos por baladas que poderíamos ir.

– Vítor, como pesquisamos? Baladas gay? Baladas LGBT? Baladas GLS?

Eu rio com suas perguntas.

– Jo, GLS? Sério? Essa sigla não é utilizada há anos...

– Sei lá, meu amor. Não sou da bandeira, apenas a estou apoiando, é diferente.

– E você acha que eu sei como pesquisa? – indago. – Logo eu, o cara que beijou apenas uma mulher na vida.

– Vítor, Vítor... Balada alternativa?

Nós passamos mais algum tempo no hotel e encontramos um local para ir, o qual julgamos ser o mais adequado, se comparado a vários que consideramos um tanto exóticos para nós.

Assim, começamos a nos arrumar, Joanne no banheiro e eu no quarto.

Visto uma calça skinny preta, camiseta branca e um par de mocassim branco. Estava faltando algo, até que eu lembro e reviro a mala, retirando as roupas e encontro um cordão preto com a pedra azul estelar. Coloco em meu pescoço e me sinto diferente, é apenas um cordão em volta do pescoço, mas é estranho estar vestido assim, ao mesmo tempo que me sinto livre.

Segundo minha amiga Clara, que me deu o cordão, a pedra estelar é um cristal espiritual repleto de vibrações muito positivas. Além disso, ajuda a nos conectar com as energias do cosmos, eleva nossos pensamentos e nossas emoções e fortalece muito o nosso brilho pessoal.

Eu estava realmente precisando de brilho para esta noite.

Pesquiso um pouco mais na internet sobre a pedra, enquanto Jo finaliza a maquiagem. De acordo com um site esotérico, a pedra é mágica e estimula a intuição e a visão espiritual, afasta energias e vibrações negativas e desperta nosso lado místico.

Ou seja, eu devo seguir minha intuição para esta noite. Ótimo!

Lá vamos nós!

Joanne sai do banheiro e eu olho para ela, esperando algum tipo de comentário.

– Nossa, que pedra linda. Você está um gato, Vítor!
– Mesmo? Não estou muito poc?
– Poc, o que é isso? É tipo pop?
– Não, Jo. Poc é um termo para se referir aos gays mais afeminados e chamativos.
– Isso não é um tanto preconceituoso?
– Antigamente, sim. Poc era utilizado de forma pejorativa, fazendo alusão ao barulho de salto alto batendo no chão. Hoje, o termo foi ressignificado e a comunidade gay tem orgulho dos gays pocs, pois geralmente são eles que estão à frente dos manifestos e também os que mais erguem a bandeira em prol dos direitos LGBTQIAPN+.
– Ok! Compreendido.

Joanne gargalha com minha explicação.

– Do que você está rindo? Isso sim é preconceito...
– Não estou rindo de poc. Mas da sua preocupação de estar parecendo um. Primeiro, você não está nem um pouco poc. – Ela solta uma risadinha cada vez que fala a palavra. – Segundo, se estivesse parecendo um, qual é o problema? Alguém paga as suas contas? Vítor, você só deve satisfação a uma pessoa: Emma. Está tudo certo entre vocês dois, então... Vamos para essa balada alternativa. Nunca imaginei que diria uma frase dessas...

No táxi, rimos o trajeto todo. Joanne não consegue superar o termo poc e, para ser sincero, nem eu. Eu não sabia o que era até meses atrás. Foi Adam quem me explicou.

Nada de Adam, eu não pensaria nele nesta viagem.

Nem Adam, nem Emma.

Nesta viagem, eu me colocaria em primeiro lugar, seria a minha prioridade.

O motorista do táxi nos deixa em frente ao nosso local de destino. Parece ser tudo! Compramos as entradas, colocamos nossas pulseiras e somos revistados dos pés à cabeça. Depois, finalmente entramos.

Eu, Vítor, estou em uma balada gay!

Joanne e eu com toda certeza somos as pessoas mais deslocadas do lugar. Todos estavam em grupinhos dançando as melhores músicas das divas pop: Britney Spears, Madonna, Katy Perry, P!nk, Dua Lipa, Taylor Swift e as mais tocadas do momento.

Sério que existia um lugar assim?

Eu não estava alucinando?

Fomos direto ao bar para pedir um drink ou, no meu caso, coragem.

– Acho que vou pedir uma caipirinha tradicional – comenta Jo. – E você?

– Sabe o que estou pensando em pedir? Um coquetel! Bloody Mary! Sempre vi essa bebida em filmes e séries, quero experimentar.

Fazemos nossos pedidos para o barman, que flerta tanto comigo quanto com Jo. Ele veste um look totalmente gótico.

– Quem inventou isso? – Eu quase vomito no primeiro gole. – Quem disse que Bloody Mary é bebível?

Joanne ri e pega meu copo para experimentar.

– Meu Deus – ela concorda. – Tem gosto de tomate e...

– Tomate e sal – completo. – Não vou beber isto. Jesus! Quem bebe isto?

– Talvez o Bloody Mary dos filmes e das séries seja diferente...

Deixo o bendito Bloody Mary na bancada do bar e peço uma caipirinha igual à Jo. Chega de experiências alcoólicas baseadas em filmes e séries norte-americanas.

Joanne e eu dançamos bastante, mas meu foco nesta noite não é dançar. Começo a reparar nos rapazes à minha volta e, apesar de achar alguns atraentes, não sinto uma conexão. Não digo conexão no sentido meloso, amoroso, mas parece que os caras não estão interessados em mim.

– Jo, meu cabelo está ok?

– Sim. – Ela bebe um gole de sua caipirinha. – Está perfeitamente na sua cabeça.

– Jo, você sabe o que eu estou perguntando...

– Amigo, você está lindo. Você é lindo! Chega de paranoia.

Algo está estranho nesta festa, eu sinto, mas continuo dançando e reparando nas pessoas, até que chego a uma conclusão rapidamente!

Não estava vendo nenhum casal de homossexuais ou qualquer envolvimento LGBTQIAPN+: essa balada é alternativa, os héteros que curtem pop tomaram conta dela.

Enquanto analiso as pessoas, percebo que Joanne está recebendo uma bela de uma cantada de um homem.

Sério, Joanne estava paquerando em uma balada alternativa, e o máximo que cheguei próximo disso foi com o barman – que deveria fazer isso com os frequentadores do bar.

Isso é muito a minha cara. A primeira balada gay que vou está infestada de heterossexuais.

Após Joanne se livrar do cara, ela se aproxima de mim.

– Amigo, vamos com calma na bebida... Essa é a quarta ou quinta caipirinha?

– Sinceramente, amiga? Não me interessa! O que você estava fazendo com aquele carinha?

– Estava tentando fazer o seu lado, seu besta.

– Sério?

– Não! – Ela gargalha. – Ele estava interessado em mim, mas daí eu apontei pra você e disse que meu namorado era muito ciumento.

– Jo, esta não é uma balada gay!

– Eu acho que não...

Nós rimos da nossa idiotice sob efeito do álcool.

– Pelo visto, nem toda balada alternativa é GLS – comenta, Jo.

– GLS? De novo?

– Deixa de ser zangado, vamos aproveitar que estamos aqui e dançar.

Sou grato pelo que Jo está fazendo por mim.

Eu jamais teria coragem de ir a uma balada gay sozinho, apesar de esta não ser uma.

Neste momento, queria ter Emma aqui comigo. Ela saberia o que fazer e o que me dizer.

Eita, Vítor, quantas bolas-fora! Enquanto danço, eu reflito. Olho para dentro de mim, da minha pequena e limitada mente. Então, vou um pouco mais profundamente e percebo o quanto evoluí nos últimos meses. Vivi numa montanha-russa, mas foi bom, porque isso me trouxe a este momento. O Vítor antes de Adam estava sem inspiração, enjoado e cansado de ser quem ele não era, ou melhor, de nem saber quem ele realmente era e viver cultivando um ódio sem saber que esse ódio estava dentro dele mesmo.

Como é bom dançar com uma melhor amiga! Como é bom ser adolescente, nem que seja apenas por uma noite.

Jo e eu retornamos para o hotel, mais pra lá do que pra cá. Quando chegamos ao quarto, bebo bastante água e Jo desaba em sua cama. Minha mente está muito acelerada ainda, estou sem sono algum. Não estou satisfeito com o resultado da noite. Foi ótima, mas não era para isso que eu tinha um "passe livre".

Fico mexendo no celular buscando uma balada gay. Nada de balada alternativa.

Encontro uma que parece legal e fica a vinte minutos do hotel. Insisto muito para Jo ir comigo, mas ela está cansada e diz para deixarmos para a próxima noite. Mas não posso esperar pela próxima noite.

– Vítor, você não cansa?
– Não!
– Eu sei que você é intenso e que nunca desliga, mas parece que quer provar algo, não sei...
– Nada a ver...
– Ok! Vá sozinho, então. Mas promete que me liga se acontecer qualquer coisa, ficarei com o celular ao lado do travesseiro.
– Pode deixar, amiga!

Dou um beijo em sua bochecha e chamo o táxi.

Sim, Jo. Eu tinha algo para provar.

Eu tinha algo para provar para mim mesmo.

O táxi chega ao meu destino e o local não é tão legal quanto o que fui com Joanne. Na verdade, é um tanto decadente.

Mas, ok, sigo em frente.

Está bem tumultuado, as paredes são de salpico. O lugar claramente não tem a preocupação de ser bonito, as músicas são maravilhosas e fica ainda melhor quando vejo vários caras ficando, mulheres se beijando, beijo triplo, homens sem camisa...

Isto sim é uma balada gay!

A música "Don't Start Now", da Dua Lipa, leva todos à loucura!

Enquanto toca, dançando, vou me aproximando de alguns grupos e me afastando de outros nos quais o cheiro de maconha está pesadíssimo. Quando encontro um grupo legal, fico dançando com eles.

A música de Dua Lipa se encaixa como uma luva para mim.

Eu dancei na história com Adam, entrei em uma montanha-russa desenfreada. Mas, neste momento, estou dando meia-volta, pensando no jeito que eu era. O coração partido me mudou? Talvez! Mas olha onde eu terminei? Dançando e recebendo olhadas de caras lindos, e nem sei como reagir.

Ou seja, quem é Adam na fila do pão?

Eu me sinto bem pela primeira vez em meses.

Então, posso supor que segui em frente, e isso é assustador. Mas pelo menos não estou onde Adam me deixou, no fundo do poço.

Todos cantam euforicamente:

> If you don't wanna see me dancing with somebody
> If you wanna believe that anything could stop me
> Don't show up, don't come out[36]

É, Adam, não comece a se importar comigo agora. Pode ir embora. Na verdade, você já foi. Você não é o cara que tentou me machucar com as palavras "apenas colega de trabalho"?

Pois então, neste momento, um cara lindo está vindo em minha direção. Não sei como reagir, mas quando percebo já estou beijando-o.

Meu primeiro beijo gay!

Não sei se estou gostando, mas não me afasto. Penso em Adam enquanto beijo o rapaz, e depois em Emma. Tudo é muito confuso. O cara para de me beijar, pisca para mim e se afasta.

---

[36] Se você não quer me ver dançando com alguém / Se você quer acreditar que qualquer coisa poderia me parar / Não apareça, não saia ♪

Não sei o que isso significa e muito menos o que acabou de acontecer.

Entretanto, o sorriso em minha cara está estampado.

Não preciso de espelho para saber.

Embora tenha levado algum tempo, eu finalmente me sinto bem. Creio que significa que segui em frente, o que é ótimo e tenebroso ao mesmo tempo.

Outros caras me beijam. Gosto de alguns, enquanto de outros fujo o mais rápido que consigo. Realmente meu "passe livre" está esgotado, preciso ir embora, estou me perdendo. Ao sair da balada, tomo a pior decisão: ligar para Emma.

Ela me atende após várias chamadas.

– Emma, meu amor, desculpa te acordar...

– Vítor?

– Oi, Emma, sou eu.

– Vítor, está tudo bem? – sua voz é doce, sonolenta e preocupada. – Aconteceu algo? São quatro da manhã!

– Emma, eu fiquei com vários caras, você precisava saber disso, você é a pessoa mais importante na minha vida. Eu te amo tanto...

Depois que falei, percebi a merda que estava fazendo. Eu estava ligando para minha noiva, para dizer que tinha ficado com vários homens.

Emma pigarreia e diz:

– Que bom! Como foi?

– No começo, senti nojo, para falar a verdade. – Começo a refletir e realmente eu senti um pouco de desconforto, nojo, sei lá. – Mas, depois, eu curti... Acredito que sou bissexual mesmo.

– Que bom. – Ela não parece tão feliz quanto imaginei que ficaria.

– Emma, meu amor, eu só fiz isso porque você...

– Vítor, eu sei... Estou feliz por você, mesmo!

– Sério? Emma, teve um cara que era lindo e entendia tudo sobre filmes...

– Vítor, eu não quero saber dos detalhes e preciso trabalhar amanhã...

– Ah, sim, ok! Desculpa te incomodar. Eu te amo, Emma!

— Eu também te amo, Vítor.

A ligação encerra e sinto um vazio enorme. É como se toda a noite de balada evaporasse e eu me sinto a pior pessoa de todo o universo.

𝄞

No dia seguinte, enquanto caminhávamos em direção ao hotel, Joanne ouve os relatos de minha noite, abismada.

— Você vai fazer o que hoje à noite? — pergunta Jo, incrédula.

— Vou sair com um cara que fiquei ontem. O nome dele é Hugo.

— Vítor, como ele te achou?

— Nós trocamos nossos números...

Joanne arranca meu celular de minhas mãos.

— Nossa, ele é bem bonito! Mas um encontro? Vítor, e se ele for um psicopata? Um assassino em série?

— Ele não é nada disso. Para falar a verdade, foi o único cara que gostei de ficar. Nós conversamos sobre filmes, séries e várias outras coisas. Ele até me ensinou a falar o nome daquela atriz que eu adoro, mas descobri que pronunciava o nome errado.

— Quem? Não se pronuncia Emma Watson?

— Eu não adoro a Emma Watson, eu a amo. Mas não é ela, estou falando da Saiorse Ronan.

— Ah, sim! Concordo, bem mais difícil a pronúncia.

Nós dois rimos.

— Você vai mesmo se encontrar com esse tal de Hugo, então?

— Claro.

— E Emma? E não estou falando da Emma Watson agora...

— Eu sei, mas ainda estou no meu "passe livre", não estou?

— Eita! Ainda não assimilei tudo isso. Você foi do cara que só tinha beijado uma mulher e se apaixonou para o cara que pegou vários boys em uma noite só e marcou um date com um que parece ser intelectual por saber pronunciar corretamente Saiorse Ronan. E, como se não bastasse, Emma está sabendo de tudo. Isso me preocupa, Vítor...

No elevador do hotel, chegando ao último dia do Simpósio, Joanne e eu começamos a perceber os impactos da pandemia:

– A gente devia se preocupar é com a pandemia de COVID-19. Emma me enviou uma mensagem dizendo que os hospitais em nossa região estão superlotados e que os governos estaduais e municipais estão pensando em decretar quarentena e *lockdown*.

– Meu Deus! Será que a situação é séria assim? Não ouvimos nada no Simpósio, e olha que é sobre antimicrobianos, infecções...

– Pelo que estou vendo na internet, o governo federal está fazendo pouco-caso da pandemia...

– E do que o nosso excelentíssimo presidente não faz pouco-caso? – zomba Joanne.

Nós rimos e, antes de sair do elevador, já ficamos perplexos com a quantidade de panfletos colados nas paredes pelo andar do nosso quarto.

RECOMENDADO O USO DE MÁSCARAS

UTILIZE ÁLCOOL EM GEL

LAVE AS MÃOS E NÃO SE ESQUEÇA DE UTILIZAR ÁLCOOL EM GEL

NÚMERO DE ÓBITOS AUMENTA CONSIDERALVELMENTE NO BRASIL

– Jo, acho que estávamos tão deslumbrados com o Simpósio e com São Paulo, que ficamos meio que em uma bolha e não reparamos no que está acontecendo.

– Meu Deus do céu! Isso será aterrorizante...

– Eu acho que já está sendo...
– E mesmo assim você vai se encontrar com o tal de Hugo? Não é o melhor momento para aglomerações, certo? Não era nem para estarmos aqui, o Simpósio deveria ter sido cancelado...
– Pelo visto, a bomba estourou de uma hora para outra.

Mesmo assim decido ir me encontrar com Hugo. Quero aproveitar a minha última noite na cidade. Resolvo ignorar por um momento o que está acontecendo, assim como várias coisas que tenho ignorado.

O encontro com Hugo foi perfeito. Ele me levou a um restaurante árabe e, como um cavalheiro, apresentou-me cada prato, pois eu não conhecia comida árabe. Hugo é engenheiro civil e é muito simpático, educado e lindo.

O restaurante é aconchegante e bem familiar. Hugo é o oposto de Adam, nada complexado por ser gay. Andamos pelas ruas de São Paulo de mãos dadas, entramos no restaurante juntos e nenhuma família ou casal nos olhou diferente. Isso foi um tanto surpreendente.

Ele é o tipo de homem que passa segurança. Depois de comer, damos uma voltinha pelas quadras próximas do restaurante e ele me mostra alguns pontos turísticos daquele bairro. Andamos pelas ruas como se fôssemos namorados e eu não queria que o passeio acabasse nunca. Hugo não sabe que eu tenho uma noiva nem que me chamo Vítor, ou qualquer coisa sobre mim. Inventei um personagem para ele: sou Enzo, formado em Medicina Veterinária. Nós paramos várias vezes em alguns jardins e trocamos muitos beijos. As coisas estavam ficando um tanto mais quentes.

– Hugo, acho que a gente deve ir com calma...
– Eu concordo, Enzo.

Seu beijo é firme, assim como os músculos.
Nós ficamos sentados em um banquinho de uma praça qualquer.

– Eu tenho a sensação de que um dia ainda vamos nos ver novamente – diz Hugo, sendo um verdadeiro fofo.

Eu não respondo nada, pois sei que isso não acontecerá.
Hugo é apenas um ficante..

– Você volta para sua cidade amanhã, certo?

– Sim, sou obrigado, ainda mais com essa situação da pandemia... Parece que vão cancelar os voos.

– Verdade...

Caminhamos e Hugo me deixa em frente ao hotel.

Com certeza ele queria ser convidado para subir. E obviamente eu queria convidá-lo, mas estava dividindo o quarto com Jo, que deveria estar me esperando sedenta por novidades ou dormindo profundamente, como uma perfeita taurina.

– Obrigado pela noite, Hugo.

– Eu que agradeço, Enzo. Você deveria me agradecer por eu te ensinar a pronunciar Saiorse Ronan.

– Saiorse Ronan – eu repito.

– Bem melhor.

Ele sorri e me beija.

Nosso último beijo.

– Melhorou ainda mais – ele diz.

Entro no hotel, ainda olhando para Hugo.

No elevador, eu choro um pouco.

O que é bom sempre acaba.

Adeus, Hugo.

Estava na hora de eu retornar para minha vida, para Emma. Ela não é apenas algo "bom", é "excelente" e, o melhor, não terá fim.

Assim eu acredito, pelo menos.

Ao chegar ao quarto, Joanne está dormindo profundamente e eu faço o mínimo possível de barulho para não a acordar. Penso em Hugo e Adam, comparo-os e percebo o quão a mente de Adam é perturbada e complexa. Hugo é tão seguro de si, feliz por ser quem é. Por que Adam não é igual a ele? Bem, por vários motivos: criação, aceitação, estado em que mora, cultura... Não há como comparar. A vida de Adam, pelo que ele me contou, foi bem difícil. E não sei como foi a de Hugo.

Para Hugo, é normal ser gay. Para Adam, é um sofrimento. Eu só acho que ele está sendo um pouco preconceituoso quando pensa que ser gay é sofrer. Ele se torna, infelizmente, uma pessoa incapaz de amar a si mesma. É claro que, ao ficar trancado dentro do armário, escondendo quem ele realmente é, não consegue medir as consequências disso. Obviamente, o processo de autoaceitação e de se assumir não é fácil, mas não invalida que seu ponto de vista é um tanto difícil de compreender.

Assim como o meu.

Enfim, foda-se, Adam.

Eu tenho pena dele. Eu poderia ajudá-lo, nem que fosse como amigo. Sei que poderia ajudá-lo a parar de viver sufocado, mas ele não quis minha ajuda, então foda-se! Foda-se muito, muito mesmo!

Odeio o que Adam fez comigo.

Eu não preciso dele, muito menos manter contato com ele, porque suas palavras não condizem com seu comportamento. Seus sentimentos são bagunçados.

E de bagunçado já basta eu.

Será que Adam se sente um pouco deslocado por ter uma mente tão pequena? Será que ele queria ser como o pai dele, extremamente homofóbico? Será que é aprovação que ele busca?

Bem, não é assim que Adam a encontrará.

Aaaaaaah, droga! Chega de pensar nele!

Foda-se, Adam! Eu finalmente te superei.

Emma

CAPÍTULO XXXII

And then I can tell myself
What the hell I'm supposed to do
And then I can tell myself
Not to ride along with you
I had all and then most of you
Some and now none of you[37]

("The Night We Met". – Lord Huron)

Uma semana.

Há uma semana Vítor retornou de São Paulo e as coisas nunca estiveram tão difíceis.

Vítor levou o "passe livre" que combinamos ao pé da letra, e até aí tudo bem porque realmente eu queria que ele vivesse essa experiência. Só não imaginava que ele fosse se apaixonar e cogitar ir embora para São Paulo.

Hugo.

O novo crush de Vítor.

---

[37] Então eu posso dizer a mim mesma / Que diabos devo fazer / Então eu posso dizer a mim mesma / Para não andar ao seu lado / Eu tive tudo, e então a maior parte de você / Um tanto, e agora nada de você ♪

Apesar de eu falar mais de mil vezes que não queria saber de nada, Vítor me contou todos os detalhes da perfeita noite que os dois tiveram: o restaurante árabe, os beijos, as carícias, a piada da pronúncia correta do nome da atriz Saiorse Ronan.

Todos os nossos dias estão sendo maravilhosos, porém todas as noites são como socos em meu estômago.

Vítor combinou com Hugo de se ligarem todas as noites. Resumindo, Hugo era a última pessoa que Vítor conversava antes de dormir.

Eu não estou aguentando essa situação.

Antes era Adam. Agora é Hugo.

Eu não faço mais parte da vida dele.

Isso está cada vez mais claro para mim. Dói, mas é a verdade, eu não tenho mais como ignorar.

Em minha cabeça, eu já monto um plano: não continuarei vivendo na casa dos pais de Vítor, não faz sentido algum, nem retornarei para casa de meu pai. Vou alugar um lugar para mim, talvez procurar alguma faculdade para tentar dar aulas e ganhar um dinheiro extra. Não tenho medo de trabalhar, poderia até ser garçonete em pizzarias todas as noites, mas sei que darei um jeito de sobreviver.

Eu terminarei tudo com Vítor.

Por amor a ele.

Por amor a mim.

Eu não sei viver nessa escuridão, neste mundo que Vítor está criando, em que uma hora estamos entrosados e rindo no sofá sobre besteiras e de repente ele se despede de mim para ligar para sua paixonite.

Meu coração está ficando gelado. Não sei como continuar vivendo assim.

Parece que eu não tinha noção de que a vida que eu vivia não servia mais. Vivendo de migalhas, entregando-me ao escuro.

Eu sempre segui Vítor sem questionar. Não tinha motivo para questionar o amor da minha vida. Era assim que eu pensava.

Neste exato momento, Vítor está em seu quarto conversando com Hugo, e meu coração está tão frio, apertado; lágrimas desesperadas molham meu travesseiro. Eu preciso de alguém. Eu preciso conversar com alguém.

Penso em desabafar com Joanne, mas reflito um pouco melhor e chamo Clara no WhatsApp. A cada mensagem que trocamos, eu choro ainda mais, contar toda aquela situação faz que se torne mais real.

Eu nunca me vi tão sozinha e não sei como fazer para me erguer. Clara diz que sou forte, que eu consigo passar por isso e que tenho todo o apoio dela. Mas eu duvido de suas palavras, porque duvido de mim. Não sei como agir, mas sei que devo seguir em frente, fazer o que é melhor e viver.

Se eu continuar como estou agora, acabarei definhando como minha mãe. Não sei mais se haverá um amanhã nem o que mais me resta. Não acho meu caminho sozinha aqui, porque a minha estrela-guia me deixou.

Sem Vítor, não sei o que sou, o que farei.

Mas sou forte e preciso me erguer e lutar. Vou fazer o melhor, apesar de não saber o que virá. Não consigo imaginar outra saída, não há outra saída. Eu o perdi para sempre.

Por mais que eu queira, o meu amor por Vítor não consegue ir além.

Assim, do meu jeito, vou tentar encarar, enfrentar e ser forte pelo futuro que me espera. Eu sei que no escuro encontrarei uma luz para me guiar. Mas qual será o final?

Eu só sei que as nossas vidas, a minha e a de Vítor, nunca mais serão iguais.

Resolvi, finalmente, ouvir a mim mesma e me colocar em primeiro lugar.

Clara me ajuda muito a decidir o que é melhor fazer.

Estou chorando desesperadamente e a porta do meu quarto se abre.

É Vítor.

– Emma – sussurra ele, espantado –, por que você está chorando? Com quem estava conversando?

Ele fecha a porta e me abraça forte, sentando-se na cama.

Ah, Vítor! Por qual motivo eu estaria chorando?

– Emma, o que está acontecendo? Nós estávamos dançando *Just Dance* e fomos dormir tão bem... Quando vi você on-line no WhatsApp, sabia que alguma coisa estava acontecendo. É o seu pai?

Não consigo falar, apenas aceno que não.

– Emma, você precisa falar comigo. Um sempre contou tudo ao outro.

Engulo o choro e me despeço de Clara, agradecendo toda sua atenção e carinho.

– Eu não aguento mais!

– Como assim? – ele pergunta.

– Vítor, você não me ama mais...

– É claro que eu te amo! Você sabe!

– Não, eu não sei! Você está conversando com um cara de outro estado, pensando em morar lá por causa dele. O que te impede de pegar um avião e encontrá-lo amanhã?

– A pandemia.

– Sério? A pandemia é o que impede você de estar com o seu novo amor? Vítor, como acha que eu me sinto todas as noites sabendo que você está ao telefone com ele?

– Emma, ele não é Adam. Quando você o conhecer, vai ver o quanto ele é...

– Eu não quero conhecê-lo, Vítor! – interrompo-o em meio a lágrimas. – Eu não quero fazer parte de um trisal. Você é o suficiente para mim e queria que eu fosse o suficiente para você.

– Emma, eu não sabia que você estava se sentindo assim...

– Sim, porque não posso ser egoísta e dizer o que realmente quero.

– Você pode me dizer qualquer coisa!

– Vítor, larga toda essa história. Eu te amo incondicionalmente, a ponto de me deixar levar por essa loucura, de até cogitar ir com você para São Paulo, de entregar inteiramente meu coração e minha alma a você, de rir das suas besteiras, mesmo quando elas não têm graça alguma. Tudo que odeio em você faz que eu te ame ainda mais. Então é simples, me escolha, me ame! Me ame como eu amo você!

Vítor chora com minhas palavras, me abraça ainda mais forte e depois seca minhas lágrimas.

— Eu nunca vou deixar você, Emma.

— Eu não estou pedindo isso.

— Você não precisa pedir nada...

Vítor pega seu celular e sei que ele está fazendo alguma besteira, sendo impulsivo, como sempre.

— O que você está fazendo? – pergunto.

— Não estou fazendo, eu já fiz. Bloqueei e deletei o contato de Hugo. Emma, meu amor, você nunca precisa pedir para eu te escolher. Eu já te escolhi há muito tempo.

— Isso não quer dizer que você não possa mudar de ideia, de vida...

— Eu estou fazendo isso por mim, Emma, não por você. Simplesmente não sei viver sem você. Se eu soubesse que estava exigindo tanto assim de você, eu já teria parado com tudo isso...

— Você não devia ter bloqueado Hugo... Está agindo por impulso!

— Não acho. E se estiver? Este sou eu. Você me conhece. Eu me apaixonei por você num ato de impulso. Eu te amo, Emma. Eu te amo de verdade, porque você é perfeita, você poderia estar com qualquer outra pessoa deste universo e resolveu ficar comigo.

— Isso não tem nada a ver...

— Emma, me perdoa. Era só um "passe livre" e eu misturei tudo... Não sei ficar só por ficar, sou um idiota que se "apaixona" rápido demais... Você é a minha certeza. Me perdoa por ser bissexual...

— Você não tem que se desculpar por ser bissexual...

— Mas, se eu não fosse, nada disso estaria acontecendo com a gente.

— Você ser bissexual não significa que precisa amar e estar com duas pessoas, Vítor.

— Sim, Jo já me disse isso... Acho, ou melhor, eu sei que misturei tudo... Foi como se de repente eu voltasse a minha adolescência e tivesse um leque de oportunidades. Mas não há como retornar à adolescência. Não quero retornar ao passado, eu quero um futuro com você... Só há você em meu futuro, por favor, acredite em mim!

Ele segura minhas mãos com força.

— Emma, estive buscando um caminho para seguir, mas me perdi. Então, por favor, eu te peço, me leve de volta para quando nos conhecemos...

— Vítor, você tem certeza?

— Absoluta. Eu nunca tive nada que pudesse ser comparado com o que tenho com você. Você é tudo e agora estou vendo que estou te perdendo. Quando entrei aqui e vi seus olhos cheios de lágrimas, tudo o que mais quis foi arrancar todo esse sofrimento de você. Me dê essa chance, me escolha, Emma. Eu prometo que não irei te decepcionar. Você é meu lar, e lar é o único lugar que deixa saudade, que faz falta. Imaginar não ter você faz que eu queira morrer. Eu me sinto um menininho perdido.

— Você sempre será minha escolha, Vítor.

Nós choramos tanto, até soluçar.

— Eu te amo, Emma.

— Eu te amo como minha própria vida, Vítor!

Nós nos beijamos, ambos com os olhos marejados, e adormecemos abraçados.

Adam

CAPÍTULO XXXIII

> The dog days are over
> The dog days are done,
> The horses are coming
> So you better run[38]
>
> ("Dog Days Are Over" – Florence + The Machine)

Os últimos meses estão sendo uma loucura devido à pandemia de COVID-19. Apesar de o mundo todo estar caótico e ser tudo muito triste – famílias estão perdendo seus entes queridos e muitas vidas sendo interrompidas pelo vírus e pela ignorância do nosso governo federal –, eu estou me sentindo feliz.

As sessões de terapia voltaram a ser apenas uma vez por semana.

Não falei mais com Vítor.

Silenciei ele e Emma nas redes sociais por alguns meses, mas agora voltei a ver seus perfis normalmente.

Dói ainda, mas pelas postagens deles percebo que estão felizes.

Tomei a decisão correta. Estou me tornando uma pessoa melhor e sei que Vítor tem grande parcela de participação nessa minha mudança.

---

[38] Os dias de cão acabaram / Os dias de cão terminaram / Os cavalos estão vindo / Então é melhor você correr ♪

Apesar de todos os receios com a pandemia, eu precisei viajar para a Itália. Juan se acidentou gravemente (foi atropelado por um ônibus), e precisou de transfusão de sangue. Advogados e médicos emitiram laudos solicitando meu comparecimento no país europeu, e com o coração nas mãos eu parti. Não foi nada fácil, mas, depois de várias recusas e negativas das agências de viagens e das fronteiras europeias, além da diminuição dos casos de COVID-19, finalmente consegui.

Quando soube que Juan não corria mais riscos graves, consegui respirar novamente.

Durante a minha estadia na Itália, marquei vários encontros com meu filho, que agora estava perfeitamente bem. O garoto é parecido comigo fisicamente e muito simpático. No início, tratou-me muito bem, até que sua mãe, Giovana – casada há três anos com um italiano ridículo chamado Luigi – resolveu contar para o garoto de apenas 8 anos que seu pai (no caso, eu) é gay.

Juan se afastou de mim e, apesar de eu estar muito feliz ao seu lado, ele não estava mais feliz com as minhas visitas. Portanto, resolvi fazer um passeio turístico longo por toda a Itália. Eu gostaria de fazer isso ao lado dele, mas sempre soube que não se pode ter tudo na vida.

Logo, sigo sozinho.

De tudo que visitei, o que mais amei e o local no qual refleti muito sobre a vida foi o passeio de lancha no Belvedere Dona Roma, e ainda deu tempo de aproveitar a incrível Praça de Itá.

Eu não estou com ninguém. Nunca tive Vítor de verdade, nem mesmo Christopher. Quando achei que criaria um laço com meu filho, Giovana estragou tudo.

Todos caminham pelo país tomando muitos cuidados: máscara, álcool em gel, restrição do número de pessoas nos restaurantes e em outros locais fechados. A situação está igual no Brasil e não se sabe se está no fim. Os estudiosos alertam sobre uma segunda onda de casos da doença de forma ainda mais severa para o início do próximo ano.

Vítor foi desligado do hospital, o que facilitou para eu não falar mais com ele. O caso todo foi abafado, mas, pelo que se comenta nos corredores, descobriram que ele estava afanado medicamentos controlados do hospital e que Joanne teria confirmado a história para Esther. Mas parece que isso não abalou a amizade deles. Pelo que acompanho no Instagram de Vítor, os dois estão mais amigos do que nunca. Então, ele deve tê-la desculpado ou entendido o motivo pelo qual a amiga o dedurou.

A esperança é que os dias de cão estejam acabando.

Que a pandemia cesse.

Esperança é uma coisa tola. Mas o que nos resta se não a mantermos?

A felicidade atinge as pessoas tolas. Veja só, fui um tolo ao pensar que teria pelo menos o amor do meu filho. Pensei que com isso eu colocaria o trem nos trilhos, indo na direção certa. Mas não, o trem freou na primeira parada, a parada do sofrimento, e não havia como retornar.

Esta é a vida real.

Eu me escondi pelas esquinas da vida e debaixo das camas. Meu filho não aceita quem eu sou, o que mais importa? Minha mãe me "aceita", mas não fala do assunto comigo. Com ela é pior, pois me cobria com beijos e abraços falsos de acolhimento.

Parei de conversar com ela há muitos meses, fugi dela. Não me interessa ter um acolhimento mentiroso de alguém que finge me amar. Ela nunca aceitará quem eu realmente sou.

Mas eu a procurarei quando retornar ao Brasil? Com certeza; afinal, mãe é mãe.

Estou rompendo a merda da bolha. Quero dizer que sou gay para todo mundo. Foda-se o meio corporativo, foda-se todo nosso país preconceituoso, machista e homofóbico. Na Europa as coisas são tão mais fáceis, diferentes. Meu filho é criado por Giovana, por isso tem a mente quadrada igual à da mãe.

Neste momento, estou me afundando em um belo Aperol, sem máscara para poder beber meu drink em paz. Meus pensamentos são de revolta, liberdade e ao mesmo tempo de saudades.

Saudades de Vítor.

Saudades de Juan.

Mas isso é passado. Esses dias de cão acabaram.

A vida me ensinou a fugir, a correr. A vida sempre me disse:

Corra por sua mãe!

Corra por seu pai!

Corra por seu filho!

Corra por sua empresa!

Estou cansado de correr, exausto de deixar toda a minha vida e meus pertences para trás. Ninguém pode carregar a minha vida por mim. Se quero sobreviver, preciso ter força para carregá-la sem me esconder.

Nunca quis prejudicar ninguém. Não quis nada com Vítor. Não desejei ter um filho aos 18 anos. Nunca quis que meu pai fosse fraco a ponto de se matar por não me aceitar.

Nunca quis nada, porque eu achava que tinha tudo.

Mas eu não tenho nada.

Os dias de cão podem ter acabado.

Mas o cão continua abandonado e sozinho.

Quando cogitei ter alguma coisa com Vítor, a felicidade me atingiu como uma bala nas costas. Fui atingido de uma grande distância por alguém que deveria ter me compreendido mais. Vítor não podia ter feito isso comigo.

Eu o amo, mas eu o odeio.

E se tem uma coisa que eu sinto é orgulho.

Aos 26 anos, tenho orgulho de ser gay, de ser quem eu realmente sou.

Vítor

CAPÍTULO XXXIV

> And it's over and I'm goin' under
> But I'm not givin' up
> I'm just givin' in[39]
>
> ("Never Let Me Go" – Florence + The Machine)

A pandemia de COVID-19 provocou mudanças que ficarão eternizadas. Mesmo quando tudo isso passar, o mundo nunca será como antes. Emma e eu tivemos de adiar o casamento, pois as festas estavam proibidas. Eu me questionei se isso não era um sinal do universo dizendo-nos que estávamos cometendo um grande erro.

Bem, aparentemente o universo não estava mandando nenhum sinal sobre o meu questionamento, pelo contrário, estava afirmando que Emma e eu somos perfeitos um para o outro. Os meses passaram rapidamente. Após meu desligamento do hospital – assunto que evito pensar e comentar com qualquer pessoa –, eu me concentrei muito na universidade, que passou por várias mudanças: as aulas presenciais passaram a ser remotas ou híbridas.

---

[39] E está acabado e eu estou afundando / Mas não estou desistindo / Apenas estou me entregando ♪

Muitas pessoas não saem de casa para nada. Outras deixam seus lares apenas para trabalhar. Os hospitais passam por um novo colapso, pois a segunda onda da COVID-19 está acontecendo e o medo é estampado nos noticiários e nas redes sociais.

Meu apartamento e de Emma ficou todo pronto: mobiliado e decorado, apenas esperando a vida dos recém-casados. Estava tudo pronto, não havia razão para esperarmos mais um ano até a nova data do casamento para irmos morar no apartamento.

Sair da casa dos meus pais foi mais difícil do que imaginei. Era algo que sempre quis, para ter mais liberdade e, principalmente, meu canto com Emma. Mas quando a mudança foi finalizada e me despedi de meus pais e de Lucas, todos choraram. Parecia até que estávamos indo morar em uma terra distante e que nunca mais nos veríamos. Na verdade, mesmo morando em nosso apartamento, Emma e eu estamos toda semana visitando o senhor Carlos, dona Martina e Lucas. A relação com minha mãe só melhorou após a mudança e finalmente enxerguei que ela sempre me amou mais que tudo, que todo o esforço em não ter surtado e ter saído de casa quando era apenas um adolescente fez valer muito a pena.

Passamos uma borracha em todos os nossos conflitos. Tudo está bem entre minha família e eu, o que me faz ser tão grato e até pensar, em muitas noites antes de dormir, se tudo não é um sonho, pois não há mais brigas, só carinho.

Consegui parar com os medicamentos para dormir. Afinal, não estava fazendo nenhum tipo de tratamento psicológico ou psiquiátrico, não havia prescrições e não tinha mais como conseguir medicamentos.

Tempos que ficaram para trás, mas que deixaram várias marcas cravadas em minha alma. Nunca mais falei com Adam. Coloquei todas as minhas energias e emoções na relação que construí com Emma e percebi o que estava na minha cara o tempo todo: Emma é a minha felicidade.

Quando olho para tudo que passamos, é como se olhasse para o passado e me deparasse com reflexos que ainda pareciam os mesmos para mim. Eu a amo como antes de me afundar na obsessão por Adam. Nada mudou, sem invalidar o que Adam provocou em mim, ele fez eu me aceitar, talvez de forma não intencional, mas fez. Minha autoaceitação como bissexual foi divisora de águas para eu me tornar quem eu sou hoje, inclusive melhorou minha relação com Emma.

Há quem acredite que não precisa rezar, falar nem expressar os próprios sentimentos. Mas não acredito que seja o melhor caminho. Isso fez com que eu me sentisse inferior e que o mundo se quebrasse sobre mim em mil pedaços em direção ao fundo do mar. Quando me aceitei, rezei e expressei para quem eu amo a verdade sobre minha identidade, achei um lugar para descansar minha cabeça. Não tenho mais insônia. O nosso apartamento é o meu refúgio e amo cada cantinho do nosso novo lugar.

Estou entregue totalmente e apenas para Emma.

É claro que tenho medo de um dia ela se arrepender de estar com alguém como eu, um homem bissexual. Mas tenho fé e esperança no nosso amor. Se um dia ela quiser ir embora, vou implorar para não me deixar. Até mesmo se eu quisesse outra vida, sei que Emma nunca me deixaria partir. Nós estamos conectados.

Quando estamos juntos é como se os braços do oceano me carregassem para o paraíso. Eu tenho certa devoção por Emma. Devoção que avança sobre mim de forma arrebatadora.

Ainda sou o Vítor que muitas vezes usa a "máscara" da felicidade. Quando me deparo com uma foto de Adam nas redes sociais, os braços do oceano me largam e eu enfrento uma pressão interna muito difícil de aguentar. Um torpor que dilacera meu coração. Só que agora tenho uma vida nova: Emma não sabe do meu sofrimento, Joanne e Lucas nem desconfiam – tudo está bem, Adam é passado.

Isso não é verdade. Eu não esqueci Adam, apenas o perdi em um mar de esperanças e hipóteses.

Não era para ser.

Não tinha como ser.

Poderia até ser. Em um momento diferente. Em um contexto diferente.

Em um mundo que Emma não existisse nem fosse minha órbita gravitacional.

É nela que penso quando escrevo a sequência de *Atroz* e trabalho nas aulas e pesquisas.

É o único jeito de escapar do torpor e das cicatrizes deixadas por Adam.

Ser feliz por mim ou pelos outros? Parece uma escolha difícil de fazer. Mas, se quem você ama está feliz, você acaba se sentindo feliz também.

Para quem já esteve por baixo e teve o mundo partido sobre a própria cabeça, como eu, sabendo que tudo com Adam acabou, sei que poderia ter afundado, mas jamais desistiria de fazer Emma feliz.

Apenas me entrego a esse destino.

Eu amo amar Emma e ser amado por ela.

Emma

CAPÍTULO XXXV

> Merrily we fall out of line, out of line
> I'd fall anywhere with you, I'm by your side
> Swinging in the rain, humming melodies
> We're not going anywhere until we freeze
> I'm not afraid anymore
> I'm not afraid[40]
>
> ("I Wouldn't Mind" – He is We)

Tenho me sentido muito feliz nos últimos meses.

Morar com Vítor é o que sempre quis. Depois de tudo que passamos, parecia mentira que estaríamos vivendo essa conquista juntos.

Quantas vezes pensei que perderia Vítor. Quantas noites fiquei bolando planos de como seria minha vida sozinha. Mas agora tudo isso ficou para trás.

Eu não tenho mais medo.

Estamos em outubro de 2021, e a pandemia de COVID-19 está cessando aos poucos, então pudemos organizar o lançamento da

---

[40] Felizmente, saímos da linha, fora da linha / Eu me encaixaria em qualquer lugar com você, eu estou do seu lado / Balançando na chuva, cantando melodias / Não vamos a lugar nenhum até que congelemos / Eu não tenho mais medo / Eu não estou com medo ♪

sequência do livro *Atroz*. Vítor e eu estamos empolgadíssimos com o evento. Vai ser bom ver várias pessoas reunidas depois de meses isoladas em suas casas. O uso de máscara é ainda recomendado, mas não obrigatório. Seria fantástico poder ver mais sorrisos no lugar de máscaras.

Eu não estou mais com medo.

Infelizmente, Vítor e eu saímos da linha, mas graças a Deus retornamos ao caminho certo. Eu estaria em qualquer lugar com Vítor e, hoje estando ao seu lado, não me arrependo de nenhuma lágrima derramada.

Não desistimos um do outro. Não iríamos a lugar algum até que partíssemos deste mundo.

Eu tenho muito cuidado com nosso destino e me questiono se Vítor ainda sente falta de Adam, mas parece que ele está feliz, finalmente estamos em paz. Eu, como dona do coração de Vítor, seguro-o em minhas mãos com extrema cautela. E o segredo para estarmos juntos e felizes é que eu não mantenho esse coração preso, eu o liberto para que faça as próprias escolhas.

Cada "bom-dia!" que ele deseja ao me acordar toda manhã é tão caloroso. Eu sei que para sempre é muito tempo, mas não me importaria nem um pouco de ficar ao lado dele para sempre se soubesse que acordaria com aquele sorriso.

É tanto amor que eu mal consigo respirar.

Adam

CAPÍTULO XXXVI

> I stay out too late
> Got nothing in my brain
> That's what people say
> I go on too many dates
> But I can't make them stay
> At least that's what people say[41]
>
> ("Shake It Off" – Taylor Swift)

"Adam, você tem que deixar as coisas pra lá, só assim você conseguirá seguir em frente". Greice fala isso toda semana.

Mas como eu vou deixar de lado o que eu acabo de ver em meu celular? É como se deparar com o passado retornando.

Uma notificação fez com que meu coração parasse. Quer dizer, ele não parou de verdade, mas é como se naquele segundo eu tivesse sido eletrocutado.

Era uma notificação no Instagram, uma mensagem de Vítor.

Não conversávamos nem nos víamos havia tempos.

---
[41] Eu fico fora até tarde / Não tenho nada na minha cabeça / É isso que as pessoas dizem / Eu vou a muitos encontros / Mas não consigo fazer eles ficarem / Pelo menos é isso que as pessoas dizem ♪

Eu até parei de acompanhar as postagens dele e de Emma nas redes sociais. Tenho mais com o que me preocupar. Se bem que, na verdade, não tenho.

Minha vida está um saco.

Rotina normal de trabalho, tolerando uma mãe homofóbica, tentando me conectar com meu filho, que, mesmo a quilômetros de distância, faz com que eu sinta sua rejeição como se ele estivesse ao meu lado. No hospital, saí do armário e nada mudou, porque pelo visto todos os colaboradores já sabiam e comentavam.

As pessoas cuidam mais da vida dos outros do que de suas próprias.

Eu fiquei aliviado por nada mudar na empresa após assumir que sou gay, mas ao mesmo tempo fiquei frustrado, pois imaginava algum tipo de retaliação e estava pronto para atacar.

Descobri que as pessoas já falavam muito de mim. Adoravam fofocar e criar teorias: que eu tinha mais de um namorado, que andava com homens casados, que já tinha ficado com metade dos médicos do hospital, que não tinha nada na cabeça. Ou seja, pelo simples fato de suspeitarem de que eu era gay, eu já era difamado.

É isso que as pessoas dizem: que eu vou a muitos encontros, mas que não consigo fazer nenhum homem gostar realmente de mim. Eu nem ligo, deixo que digam, que pensem, que falem, deixo isso pra lá e continuo seguindo em frente, pois não posso parar, é o que Greice diz.

Nada de pânico, Adam! Nada de pânico!

Mas agora há uma mensagem de Vítor.

Do nada! Como assim?

Eu achava que ele nem pensava mais em mim.

Abro a mensagem e é a foto de um convite. Por um momento penso que é o convite de seu casamento com Emma. Mas respiro, concentro-me e vejo que é para o lançamento do seu segundo livro. *Atroz* teria uma sequência!

Vítor, o que você quer com esse convite?

O que isso quer dizer?

Eu tomo coragem e respondo com dois áudios. O primeiro agradecendo o convite e dizendo que será uma honra ir ao lançamento de seu livro. No segundo, eu me empolgo e afirmo que estou ansioso pelas atrocidades que o novo livro aborda e que admirava muito a sua escrita – o que é verdade, já li Atroz três vezes.

Após enviar os áudios, arrependo-me imediatamente. Mas percebo que ele já visualizou, porém não respondeu.

Foda-se! Sempre temos que deixar as coisas pra lá, de qualquer jeito.

Tudo vai ficar bem. A vida é assim: pessoas como eu serão sempre crucificadas, na minha opinião, porque, além de as pessoas serem preconceituosas, também são invejosas.

E os invejosos vão invejar e eu apenas tenho que deixar pra lá.

Eu sabia que mandar áudios para Vítor era como acender uma chama: era um flerte, uma paquera. Mas é assim, os paqueradores vão paquerar mesmo e nós temos apenas que deixar pra lá.

Adam, você tem que deixar as coisas pra lá, só assim você consegue seguir em frente, me lembro da fala de Greice.

Eu sou da paquera e sou um safado. Tento mudar, mas o mundo me arrasta para as mesmas armadilhas de sempre e sou obrigado a deixar pra lá. Logo, vou iludir os homens, um a um. Vou pisar em alguns. Acabo sempre sendo falso, como quando disse que vou ao lançamento do livro, sendo que eu jamais faria isso. Mas é assim, os falsos vão fingir e todos os enganados são obrigados a deixar pra lá, caso contrário, nós todos entraríamos em guerra.

Vítor responde-me com três áudios e escutar sua voz faz minha pele arrepiar. Basicamente, no primeiro áudio ele diz que era legal conversar comigo depois de tanto tempo e que não sabia se deveria enviar o convite para mim, pela maneira como as coisas acabaram entre nós. No outro, fala que está morando com Emma, como se isso fosse alguma resposta a algo, mas que não perguntei. E, por último, pergunta o que eu acho da ideia de almoçarmos qualquer dia no Le Bistrot para conversar, já que se passaram quase dois anos desde que nos afastamos.

Eu reflito demoradamente antes de responder.

Vítor quer se encontrar comigo! O que eu faço? Por que ele quer isso?

Quer esfregar sua felicidade na minha cara? Mostrar para mim o quanto está feliz com Emma? Sinto muita inveja dele, mas esse é um sentimento natural do ser humano, aprendi isso nos últimos anos.

Será que ele vai estar do tipo "Ai, meu Deus, cara, minha vida está perfeita!"?

Eu incorporaria uma perfeita mona recalcada?

Eu poderia evitar tudo isso!

Mas minha vida está tão pacata e foi ele quem veio atrás de mim...

Sendo assim, respondo que seria ótimo encontrá-lo, solto uma risadinha e completo dizendo que não é um encontro, um date, mas que ele entendeu o que eu queria dizer com encontrar.

Tentei ficar na minha, mas do que adiantou? Está na hora de pagar para ver. Eu penso que, enquanto estive chateado e decepcionado com a vida, Vítor esteve por aí, vivendo livremente com Emma.

Ele estava bem? Ele me esqueceu?

Nós seríamos uma música perfeita. Eu precisava colocar esse sentimento à prova mais uma vez. Podíamos estar acabando com uma melodia incrível.

Se as pessoas já falam de mim, vou dar motivo para que falem mesmo!

Vítor

CAPÍTULO XXXVII

> Up with your turret
> Aren't we just terrified?
> Shale, screen your worry from what you won't ever find[42]
>
> ("Roslyn" – Bon Iver)

É hoje! O *big day*! O reencontro, a reconexão. Nada pode dar errado, exceto que tudo pode dar errado. Eu acho que Adam cancelará o nosso reencontro dando alguma desculpinha, mas no fundo acredito que não. Estou convicto de que ouvirei mais áudios seus, com a mesma voz serena e descontraída de sempre, emitindo aquela risadinha um pouco debochada que acelera meu coração, dizendo que não poderá me reencontrar. Entretanto, na região mais interna do meu coração, a esperança e toda expectativa estavam criadas para este dia.

Despeço-me de Emma tranquilamente. Ela me deseja um ótimo dia e, com os olhos sonolentos, diz "Eu te amo!". Dou um beijo em seu rosto perfeito, ainda com marcas da fronha do travesseiro e, a passos rápidos, com a chave do carro na mão, sigo para o elevador do prédio.

---

[42] Levante sua fortaleza / Não estamos apenas apavorados? / O quadro mostra sua preocupação com algo que você nunca encontrará ♪

Não costumo ir de carro para a universidade, mas hoje, considerando que meu reencontro é às 13h30 e eu sairia às 13h, seria arriscado voltar a pé até o apartamento, trocar de roupa, dar uma checada no visual, ir para o restaurante e achar uma vaga para o carro perto do local marcado. Não poderia perder a chance de me reconectar com Adam porque me atrasei ou por qualquer tipo de desencontro. Horário britânico, este é meu lema para todas as ocasiões. Assim, planejo estar no restaurante às 13h15 (o meu modo britânico é antecipado e, para não dizer ansioso, prefiro precavido).

Na universidade, tudo ocorre como sempre: primeiramente dou uma aula sobre farmácia clínica para a turma de Enfermagem, o que é irônico, considerando toda a minha história. Depois tenho uma reunião com os membros do núcleo docente estruturante do curso de Estética e Cosmética, na qual traçamos algumas estratégias para a visita do MEC que estava para ocorrer nos próximos meses. A manhã está tão corrida que mal tive tempo para comer ou beber qualquer coisa. Na verdade, devo ter tomado metade de uma garrafa de água durante a aula com a turma de Enfermagem.

Esse era um dos efeitos Adam: a dieta Adam. Ele não sabe, obviamente, e não há como responsabilizá-lo, mas percebi que, desde que voltei a conversar com ele, já havia perdido quatro quilos em pouquíssimos dias. Na época em que nos conhecemos, cheguei a perder quatorze quilos.

Enquanto finalizo a correção de um TCC do curso de Odontologia, assusto-me ao checar as horas na tela do notebook: 12h40. Eu preciso voar! A manhã foi tão atarefada que não fiquei conferindo as horas o tempo todo nem criando mil expectativas em torno desse reencontro. Acho que é porque sei que nada pode dar errado, é só uma conversa, sem nenhuma intenção, apenas uma conversa estratégica para depois ter primeiras, segundas e terceiras intenções, com as quais não consigo lidar agora: um passo de cada vez.

Minha amiga Jo teria orgulho de mim se soubesse que estou agindo com a razão, e não com a emoção.

Dirigindo ao som de Fleetwood Mac, olho meu celular e não há mensagem de Adam, o que é um alívio. Ele não cancelou o encontro. Tenho duas mensagens no WhatsApp, uma de Emma e outra de Joanne. Emma quer saber como foi minha manhã, eu a respondo com um áudio contextualizando meus passos e comento que a manhã foi corrida, mas boa. Antes de encerrar, peço que me deseje sorte em meu reencontro com Adam e falo sinceramente que a amo. Ela responde que tem certeza de que tudo vai dar certo com Adam e escreve:

> Eu te amo muito!

A mensagem de Jo não poderia ser diferente:

> Psssiu!
> Bom dia, docinho de maracujá!
> Estou na torcida!
> Boa conversa!

Eu sorrio com sua mensagem e respondo que estou com frio na barriga. Finalmente estou nervoso. Chego a tremer, e não é do frio inexplicável e surpreendente que está fazendo em pleno outubro nesta região. Agradeço mentalmente por isso, não precisarei tomar banho para tirar todo o suor que geralmente é provocado por essa época do ano. Chego ao apartamento e faço tudo muito rápido, escolho uma calça preta slim, uma camiseta caramelo, meias sapatilha e sapatos caramelo. Perfumado, cabelo com a pomada no ponto certo, topete no ponto adequado, nada exagerado e um pouco descontraído, como quem diz "Acabei de sair do trabalho, não tive tempo para me arrumar".

Escovo os dentes, considerando que tudo pode acontecer, e sorrio com meu pensamento, pois, como vamos almoçar, se algo acontecer, provavelmente terá gosto de brócolis e suco de maracujá.

Nada vai acontecer! Repito mentalmente enquanto dirijo em direção ao restaurante.

É só uma conversa para me reconectar com o "meu amigo".

Eu o amo, conclui desde que o conheci. Mas não posso tê-lo dessa forma. Só que posso tê-lo como amigo, certo? É para isso que quero conversar com ele. Prefiro mantê-lo próximo como amigo a nunca mais tê-lo em minha vida. Emma está errada, eu não embarcarei novamente naquele ciclo vicioso de amor e sofrimento, uma montanha-russa desgovernada. Como diz minha amiga Jo, eu estou agindo plenamente, mais maduro, vivendo outro momento, novas circunstâncias. Na pior das hipóteses, colocaria um ponto-final. A verdade nua, crua e dolorosa é que eu desejo colocar vários pontos de exclamação.

Estaciono o carro a algumas quadras do restaurante. Caminho a passos vagarosos, para não chegar suado ao restaurante, com marcas embaixo das axilas. Agradeço a Deus novamente pelo ótimo clima. Ao chegar ao Le Bistrot, escolho uma mesa isolada, longe das poucas pessoas que finalizam seus almoços.

13h15.

Tenho ainda mais quinze minutos de espera. Peço um suco de maracujá sem açúcar, pois é o meu preferido e o de Adam também. Boas lembranças, mas sem segundas intenções, certo?

Será que estou mentindo para mim mesmo?

Emma está errada, aquele sentimento não existe mais. Quando contei que tinha marcado um encontro com Adam, ela ficou preocupada, disse que tudo se repetiria e que ela não acreditava que conseguiríamos passar por tudo novamente.

Eu sei o que quero, já fiz a minha escolha durante a pandemia. Não há motivo para passar por tudo aquilo novamente, há? Na verdade, eu fiz minha escolha há muitos anos, quando conheci Emma, a dona do melhor par de olhos, da boca mais linda e do melhor coração deste mundo.

Envio uma mensagem para ela dizendo que já estou no restaurante. Me deseja boa sorte e logo corrige, desejando boa conversa.

Jo, no mesmo instante, me manda uma mensagem pedindo para eu dar um "oizinho" quando encerrasse o encontro. Eu bebo o suco, quase gota a gota, para disfarçar enquanto não me sirvo no buffet.

13h20.

Ele vem, tem que vir, é impossível não vir.

Converso com Jo para me acalmar enquanto espero. Ela diz que Adam é assim mesmo: não é pontual, é perdido.

Eu rio, mas o medo invade cada partícula do meu corpo.

13h25.

Vou ao banheiro dar mais uma checada no visual, vai que o topete saiu do lugar ou sei lá, e tenho certeza de que quando sair do banheiro irei dar de cara com ele entrando no restaurante. O melhor: ele poderá ver o Vítor versão 2.0; nada de calças largas, cabelo de pai de família e tênis de mola. O Vítor 2.0 é uma salvação. Tiro a máscara em frente ao espelho e está tudo ok, cabelo ok, barba feita, tudo perfeitamente ok. Nunca estive tão confiante quanto ao meu físico. Coloco a máscara, respiro fundo e abro a porta do banheiro.

Pela conexão que tenho com Adam, sei que ele estará lá. Eu sinto, não consigo explicar, simplesmente sei. Dito e feito. Ele está entrando no restaurante, um pouco atrapalhado, olhando sobre os ombros, desconfiado (como sempre) do ambiente e de todos (não havia mais ninguém no restaurante, a não ser os funcionários). Nossos olhares se cruzam e meu coração dispara como fogos de artifício.

Mas é tudo uma miragem.

Adam não está lá.

13h30.

Ele não virá. Eu sinto. O meu maior medo se realizará. Ele me dará o maior bolo da história. Na verdade, talvez esta seja a cereja do bolo, acompanhada de um delicioso suco de maracujá.

Bebo mais um pouco. Apesar de azedo, desce bem amargo.

Checo o Instagram, não há mensagem de Adam.

Falo com Jo.

> **Ele não virá.**
> **Eu sinto.**

> **Caaaaalma! Ele não é pontual.**

> **Não estou bem, sério.**

> **Ele estará aí em cinco minutos, confia.**

Volto ao banheiro para passar o tempo mesmo. Novamente imagino que ele estará entrando no restaurante quando eu voltar para a mesa.

E desta vez acontece.

Ele entra ressabiado e sorri para mim, com aquele sorriso branco perfeito, mas tímido. Indico a mesa em que estava sentado e, antes de sentarmos, escuto sua voz, a voz que sinto tanta saudade:

– Desculpa o atraso, me chamaram para uma reunião de última hora. – Ele está constrangido, é tudo muito estranho para nós dois. É nítido.

Mas eu não sou o Vítor do passado, hoje tenho mais iniciativa. Eu me redescobri e me aceitei.

Eu o abraço e sinto o seu calor. Sinto seu corpo junto ao meu e é como se eu nunca tivesse saído daquele abraço desde a madrugada em que caminhamos até as 2h da manhã de bobeira, após algumas caipirinhas de vinho e dois X-saladas.

De novo, isso não está acontecendo. É o que eu queria que acontecesse, mas Adam não está lá.

Sento diante do copo, agora vazio, e quase caio no choro.

Resolvo chamar Jo, mais uma vez:

> Não vou mandar mensagem para ele, né? Ele não é criança, ele que marcou para hoje...

> Manda mensagem, sim. Não desesperado nem nada do tipo. Só diz: E aí, cara, aconteceu algo?

13h35.
Uma pessoa entra no restaurante e eu nem olho, porque sei que não é ele.
13h40.
Tento mais uma ida ao banheiro, quem sabe desta vez. Outra frustração.
13h45.
Adam não está lá.
13h50.
Combino com Jo que esperarei até 14h.
13h55.
Atualizo a página do Instagram várias vezes, não consigo acreditar que ele simplesmente vai me dar um bolo. Ele nunca fez isso. Seu tom de voz em nossa breve conversa era de aproximação, não de sacanagem ou indiferença. Será que interpretei tudo errado?

Será que está no trânsito? No entanto, o hospital é em frente ao Le Bistrot, só basta ele atravessar a rua. Não há desculpa para o trânsito.

Jo diz que tem certeza de que ele esqueceu. Sei que ela está preocupada comigo e me sinto culpado por estar alugando-a com essa história.

Não me sinto bem, porque sei que ele não esqueceu. Optou por não ir, não visualizou minha mensagem no Instagram, sendo que é a pessoa mais conectada ao celular que eu conheço, exceto, talvez, meu irmão.

Ele ficou com medo. Amarelou. Tenho certeza.

Parece que meu coração irá romper a caixa torácica e explodir para fora do meu corpo.

Ele não virá.

Eu pago o bendito suco de maracujá e saio do restaurante olhando para o hospital, na esperança de que ele esteja caminhando em direção à entrada, mas não.

Dou mais uns passos perdidos, bambos, como se um verdadeiro torpor tomasse conta de mim e me sento em um ponto de ônibus. Tiro os óculos e desabo em lágrimas.

Deixei Adam me enganar mais uma vez. Eu não posso deixar que alguém me trate assim. Ele deve estar rindo da minha cara, talvez até com um novo namorado, contando sobre o trouxa em quem ele deu um bolo hoje.

Meus ossos, sangue e dentes estão corroídos. Sinto que desmoronarei. Nem mesmo asas me ajudariam a subir. O chão é denso e a gravidade debocha da minha cara.

Quando Adam se tornou uma pessoa tão fria?

Não, não, não, não!

Não vou deixar que esses pensamentos me convençam de que Adam é uma má pessoa.

Quero ser firme, mas não consigo e choro ainda mais.

Sou imaturo quando se trata de Adam.

Gosto de me entregar e me perder. Isso é doentio.

Já estava imaginando implicar com todas as maneiras esquisitas de Adam.

Estava tão iludido e isso é porque eu sou fraco, frágil, estúpido e ainda ouso falar de amor. Esse é o efeito Adam: se for com ele, eu vou!

Emma estava certa. Eu estava retornando ao ciclo vicioso.

Emma

CAPÍTULO XXXVIII

> I think I know what's on your mind
> A couple words, a great divide
> Waiting in the wings, a small respite
> Crowding up the foreground from behind[43]
>
> ("Slow Life" – Grizzly Bear)

Eu acreditei que estava tudo bem.

Mas me iludi porque estávamos vivendo uma fantasia. Vítor não esqueceu Adam.

Quando o encontro em nosso apartamento, ele está todo encolhido na cama, com os olhos vidrados fitando o nada. Apesar da raiva e da vontade de deixá-lo para trás, meu coração não permite. Vagarosamente deito ao seu lado e o abraço.

– Amor, você sabia que isso podia acontecer – começo. – Adam sempre teve esses comportamentos nada saudáveis...

– Sim.

Ele não quer falar sobre o assunto, está aqui do meu lado e é como se não estivesse. É como se sua alma tivesse sido sugada por algum espectro e só havia um corpo inerte em nossa cama.

---

[43] Eu acho que sei o que está em sua mente / Um par de palavras, uma grande divisão / Esperando nos bastidores, um pequeno descaso / Rastejando do primeiro plano para o plano de trás ♪

Eu tenho vontade de chorar, mas não posso ceder. Preciso ser forte, por ele e por nós. Sei que valeria a pena lutar por nós.

– Vamos pedir uma pizza? – tento apelar para algo que desperte seu interesse. – Uma pizza de camarão e quatro queijos com borda de catupiry?

– Não... Estou sem fome...

– Ok! Podemos assistir *Once*...

– Não... Prefiro ficar aqui...

Estou quase perdendo a paciência, mas não posso, preciso aguentar.

– Eu vou tomar um banho – informo. – Depois, a gente vai fazer algo...

Debaixo do chuveiro, minhas lágrimas se misturam com a água que cai. Como eu pude me iludir tanto? Passaram quase dois anos e Vítor ainda tem aquela obsessão por Adam.

Será que é realmente uma obsessão? Será que Vítor está sofrendo por amor?

Acho que sei o que está na mente dele: é um misto de sentimentos e palavras de amor, um grande conflito.

Mesmo que Vítor seja o único que eu veja, eu não sou a única que ele vê.

É uma catástrofe.

Ok, Adam, pegue o que quiser, tudo bem. Eu vou me virar, sou uma mulher forte. Mas pare de fazer Vítor sofrer, porque vê-lo dessa forma é a pior coisa que acontece em minha vida.

Eu tento seguir a vida em ritmo normal, mas é impossível, Vítor retornou ao ciclo vicioso chamado Adam.

Então, Adam, pegue Vítor de uma vez por todas, acabe com esse sofrimento! Pegue-o e não o devolva, porque uma vez que ele for seu, eu irei recusar quando você pensar em devolvê-lo. Eu irei embora, sumirei do radar dos dois e deixarei vocês serem felizes para sempre. Eu me sinto como um ruído constante o tempo todo entre vocês.

Estou cansada de tudo isso, prestes a casar com um homem que tem sentimentos por outro. Eu preciso colocar um ponto-final nessa história.

Os meses se passaram e Vítor teve diversas crises depressivas. O lançamento do livro *Atroz: volume 2* foi um sucesso. O dia estava ensolarado apesar dos dias nublados que estávamos tendo. Vítor retornou à terapia e ao psiquiatra, mas eu sei que é um processo longo que temos que enfrentar.

Lucas e Joanne são os alicerces de Vítor, e Clara, o meu. Ela está convicta de que preciso terminar com ele e seguir minha vida, mesmo eu o amando ainda. Não posso concordar com essa hipótese, pois como poderia deixar o homem que fez, e ainda faz, tudo para mim desde a adolescência? Vítor me ama, sei disso. Talvez seja poliamor. Na verdade, sei que é, só não quero fazer parte dele. É uma escolha minha.

Comemoramos mais um Natal com a família de Vítor e, dessa vez, ele bebeu todas. Sua família não está acostumada com esse seu lado, porém ele não fez nada demais, ficou ainda mais extrovertido e fez todos darem boas gargalhadas. Inclusive eu. Naquele momento, esqueci que Vítor estava mascarando sua tristeza com a bebida e aproveitei para participar de sua energia e alegria contagiantes.

Vítor voltou a tomar medicamentos, desta vez prescritos por sua psiquiatra. Segundo ela, Vítor tem transtorno depressivo bipolar, por isso as oscilações de humor e suas crises depressivas.

Seus pais não sabem de nada que estamos passando. Joanne é uma amiga incrível para mim e para Vítor, muito preocupada não apenas com o estado psicológico dele, mas também com o fisiológico. Ele bebe todas as noites, não se alimenta adequadamente e todo domingo à noite fica imóvel na cama, com os olhos paralisados. Sussurra bem baixinho que tudo o que ele mais quer na vida é morrer.

Eu converso com Vítor, mas não adianta. Sendo assim, só me resta rezar por ele.

Eu jamais perderei a esperança.

No entanto, há dias em que ela se esvai rapidamente, como na noite em que acordei de madrugada com Vítor caindo pelos cantos do quarto. Levei alguns minutos para processar tudo que estava vendo: ele não tinha conseguido dormir e bebeu uma garrafa de vodca. Ao lado da cabeceira da cama, havia uma caixa vazia de comprimidos para dormir, e tenho certeza de que ele tomou tudo de uma vez.

Como se não bastasse, ainda admitiu que saíra de carro depois de beber e tomar os medicamentos e que se encontrara com rapazes que conheceu no Grindr. Eu nem sabia que ele tinha esse aplicativo no celular. Mas, naquela hora, isso não importava, só pensava em fazer um chá de boldo para ele e colocá-lo no chuveiro.

Ele estava completamente fora de si.

Enquanto tomava uma ducha e vomitava dentro do box, peguei seu celular para tentar entender o que havia acontecido. Pelo que pude notar, Vítor foi se encontrar com rapazes desconhecidos debaixo da ponte. Ele se colocou em risco! Era óbvio que as fotos dos perfis eram falsas, mas como ele estava dopado de medicamentos e bêbado, não teve discernimento algum. Ele havia baixado o aplicativo naquela madrugada e pegado o carro para se encontrar com o primeiro com quem conversou.

Vítor podia ter morrido, era o que ele queria.

Não estava tentando me trair, queria se expor ao risco e morrer.

Eu não sei mais o que fazer, fico com o coração em pedaços.

Vítor está melhor nas últimas semanas, mas não sou eu o motivo de sua melhora. Pelo que parece, sua nova psicóloga, Jéssica, colocou uma meta para ele: tentar se encontrar novamente com Adam e conversar com ele, explicando detalhadamente seus sentimentos e suas intenções. Independentemente do que Adam demonstrasse, o que Vítor devia guardar desse momento é o que Adam falaria para ele: "não" é "não", não importando se o olhar, o sorriso ou os toques dessem a entender que o "não" é "sim". Eu fiquei com medo dessa meta trabalhada por Jéssica, mas, como Vítor conseguiu marcar um novo encontro, tenho que ter fé e acreditar que isso, de uma vez por todas, encerrará o caso.

– Eu não vou me encontrar com Adam para ficar com ele, nem nada do tipo – Vítor me explica. – Eu preciso entender o que foi tudo que vivemos. Enquanto eu não conseguir enxergar a razão de ter vivido essa montanha-russa, jamais serei feliz. Mas não fique preocupada, Emma, é com você que eu quero passar todos os dias da minha vida.

É difícil acreditar, mas o que posso fazer? Vítor é tudo que eu consigo ver. Se ele precisa disso para seguir em frente, eu também preciso, caso contrário, não casarei com ele. Faltam apenas sete meses para o casamento.

Chego à conclusão de que, se eu sobreviver a toda essa situação e não explodir, devo ser imortal.

Adam

CAPÍTULO XXXIX

> I was born sick, but I love it
> Command me to be well[44]
>
> ("Take Me to Church" – Hozier)

Eu não sei por que dei um bolo em Vítor naquele dia no Le Bistrot. Estava pronto para sacudir as coisas, para pagar para ver o que significávamos um para o outro. Entretanto, no dia, eu amarelei. O medo tomou conta de mim, não consegui ir ao seu encontro, fui para casa e chorei dia e noite.

Seria minha toxicidade?

Seria minha instabilidade?

Será que eu nasci doente? Nasci para sofrer e fazer as pessoas sofrerem?

Por que eu não poderia ser feliz com Vítor?

Será que eu sou um vilão? Vilões são conhecidos por não terem finais felizes.

Se eu nasci doente, ordeno: Universo, me cure!

Eu não quero mais ser assim, quero ser plenamente o que Vítor despertou em mim, sem morrer com meu próprio veneno fresco.

---

[44] Eu nasci doente, mas adoro isso / Ordene-me que eu me cure ♪

Dessa vez, não vou amarelar, vou encontrar com Vítor, ouvir o que ele tem a dizer, expressar meus sentimentos e simplesmente deixar as coisas acontecerem.

Tinha decidido que não viveria mais escondido, tinha me aceitado e aprendido a me amar sendo quem sou: gay. Saí do armário. Agora preciso correr atrás do que pode ser minha felicidade. Vítor tem humor, eu o amo. Mas esse humor pode ser uma verdadeira risadinha em meu funeral. Todos desaprovariam nós dois e teriam pena de Emma. Eu mesmo tenho pena dela, não quero fazê-la sofrer. Vítor é tão importante para mim que chega a doer e faz com que eu cometa loucuras.

Eu devia tê-lo venerado antes, não desistir dele tão facilmente.

Eu fui fraco e tóxico.

Minha mãe não oferece absolvições, jamais aprovará isso, como se ela fosse Deus. Mas foda-se! Como será o paraíso para onde irei quando morrer? Acredito que exista uma vida após a morte. Hoje, depois de muita terapia, decidi não desistir de Vítor. O paraíso pode ser aqui mesmo, na Terra, enquanto todos estamos vivos e podemos bater em nossos peitos orgulhosos, ir à parada LGBTQIAPN+ e proclamar o amor. O paraíso será quando eu estiver sozinho com Vítor.

Desculpe-me, Emma.

Mas os dias de cão não acabaram. No santuário de minhas mentiras, louvarei como um cão, pedindo o seu perdão. Emma sabe dos meus pecados.

Perdoe-me, Emma, por amar o seu amor.

Vítor é a luz do sol e mantê-lo ao meu lado exige um sacrifício.

Esse sacrifício é você, Emma. Mas eu só te desejo o melhor deste mundo. Desejo que você drene todo o mar e pegue algo brilhante como sua bondade e coragem.

Na loucura e imundície desta minha mísera e triste vida, cometi muitos erros. Espero que agora eu esteja agindo de forma adequada.

Eu sou apenas humano.

Perdoe-me, Emma.

Dessa vez, vou me encontrar com Vítor. Ele me chamou, disse que é questão de sanidade mental e eu concordo com ele. Fiquei surpreso que, mesmo depois de eu ter sido um idiota e ter dado um bolo nele no final do ano passado, ele ainda esteja disposto a conversar comigo.

Ou seja, não sou apenas eu que penso nele. Ele também pensa em mim.

Acredito que Emma nunca me perdoará, mas esta noite não vou vacilar com ele, vou ao seu encontro, custe o que custar.

Vítor

CAPÍTULO XL

I never meant to fall for you but
I was buried underneath and
All that I could see was white
My salvation[45]

("Salvation" – Gabrielle Aplin)

Adam é como uma avalanche, um mundo distante, meu faz de conta enquanto respiro. Em outros momentos, ele é apenas um truque de luz que me conduz para me trazer para perto novamente com aqueles olhos selvagens e a silhueta psicodélica.

Tudo aquilo novamente: a adrenalina, a energia, a espera da próxima notificação no celular. Acontecerá, não? Ele falou, marcou, não me dará outro bolo. Não é? Eu seria tão tonto a ponto de ir até a cidade da mãe dele para dar de cara com o nada? Não, dessa vez vou confirmar antes. Que fique - soe - mal, não ligo. Estou desesperado? Sim, estou.

Com a cara amassada e os olhos pedindo para dormir mais, pego o celular na escrivaninha e envio uma mensagem de bom dia perguntando se está tudo ok para hoje.

---
[45] Eu nunca quis me apaixonar por você, mas / Eu estava enterrado(a) e / Tudo o que eu conseguia ver era branco / Minha salvação ♪

Eu o amo tanto que só o fato de falar com ele é como se tivesse encontrado minha salvação. Emma está ciente, eu não a estou traindo. Estou? O que estou fazendo com o amor da minha vida? Ela é o amor da minha vida, certo? Quem é o amor da minha vida? Quem sou eu? O que estou fazendo da minha vida?

Não raciocino direito, dormi apenas três horas.

Afasto todos os pensamentos, não posso colocar Emma neles. São eles os responsáveis pela minha insônia: a culpa, a angústia, a dor, o sofrimento de estar me sentindo mal por todos estarem sofrendo. Na verdade, sou eu quem está sofrendo sozinho, com olhos arregalados e uma boa quantidade de álcool e tranquilizantes. Noite passada eu pensei em suicídio – *again* –, mesmo querendo viver, ser livre, planejar e ter tantas coisas lindas para fazer. Esse coração, que não consegue sossegar e bate inquieto e um tanto obcecado por resolver esse triângulo amoroso, está perdendo a força. Dói. Cada batida parece corroer toda a minha alma, como se eu fosse algo podre, desesperado para ser jogado fora, descartado. Não sei o que será do meu eu amanhã, se a noite de hoje não for o que espero que seja.

Adam responde à mensagem, depois de quarenta minutos, e não fiz absolutamente nada nesse meio-tempo. Desde que "acordei", não fiz nada, não tenho vontade de fazer nada, apenas aguardo inquieto pela resposta se vamos ou não nos encontrar na praia.

Ele manda um áudio! Eu só mandei uma mensagem de texto, bem despretensiosa, e ele envia um áudio! Penso alguns segundos, que pareceram minutos, se ouço ou não sua resposta, e a voz serena e grossa dele chega aos meus ouvidos fazendo meu coração acelerar a cada palavra. Ele pede desculpas pela demora para responder porque estava dirigindo e confirma nosso encontro.

Fico intrigado e feliz ao mesmo tempo.

Intrigado com a informação de que ele estava dirigindo. Não sei por que, mas achei estranho.

Feliz porque ouvi sua voz e, a princípio, estava tudo certo.

Entretanto, senti algo no "estava dirigindo" como uma deixa para que por algum motivo nosso encontro fosse desmarcado mais tarde.

Ansioso, digito rapidamente o horário do nosso encontro: 18h. A mãe de Adam mora na cidade vizinha, que é litorânea. Combinamos de nos encontrar lá. Prefiro ir até essa cidade e levar outro bolo a ouvir ou ler qualquer desculpa para ele desmarcar. Faz quase dois anos que não o vejo. Preciso vê-lo. Preciso de respostas. Preciso olhar naquele par de olhos apenas mais uma vez, dizer o que sinto por ele. Preciso ter certeza de que eu surtei sozinho, ou que não, que o que sentimos foi real. Esse ciclo vicioso terá um ponto-final ou um belo recomeço. Eu não sei de nada, minha cabeça está mais agitada do que nunca. Mando mensagem para Jo e para meu irmão.

Jo é Jo, ou seja, prática. Ela me acalma e diz que vai dar tudo certo.

Mas eu preciso de alguém aqui, agora. Sei que estou prestes a jogar tudo para o ar e ir atrás do que acredito ser o meu amor verdadeiro. Nunca quis me apaixonar por Adam, mas ele era o meu conto de fadas mais obscuro.

Crio várias expectativas em minha mente sobre o encontro. Estou surtando. Insisto para Lucas vir até o apartamento, mesmo sabendo que ele está no meio do expediente. Exponho o assunto e, para me acalmar, ele diz que está a caminho.

Eu não seria absolutamente ninguém sem Lucas.

Emma

CAPÍTULO XLI

> I can't win, I can't reign
> I will never win this game
> Without you
> I am lost, I am vain
> I will never be the same
> Without you[46]
>
> ("Without You" – Glee)

A esta hora, Vítor está a quilômetros de distância de mim e a centímetros de Adam.

Diante de tudo, só consigo pensar que nenhum momento de minha vida será comparado aos que vivi ao lado dele. Nada será suficiente. Tento controlar minha respiração e pegar no sono, mas não consigo, porque não posso deixar esses momentos acabarem. Ele despertou um sonho em mim, levou-me ao céu. Qualquer pessoa da Terra poderia escutar o meu sonho ecoando. Como eu queria que ele pegasse minha mão e decidisse compartilhar a vida

---

[46] Eu não posso ganhar, eu não posso reinar / Eu nunca vou ganhar este jogo / Sem você / Eu estou perdido(a), eu sou inútil / Eu nunca vou ser o(a) mesmo(a) / Sem você ♪

comigo. Eu sei que sem ele nada será suficiente. Todo o brilho de mil holofotes, todas as estrelas que roubamos do céu nunca serão suficientes. Estas mãos podem segurar o mundo, mas ainda assim nunca será o suficiente.

Tento dormir, mas algo toma conta do meu corpo e, sem pensar direito, levanto e organizo minhas coisas. Minhas malas estão prontas, o hotel reservado por um aplicativo. Passarei as primeiras noites lá até alugar um imóvel. Eu sairia noite afora. Penso em Martina e Carlos, que a esta hora devem estar assistindo *Friends* e escrevo uma carta agradecendo a família que eles foram para mim, nada nem ninguém pode apagar o laço que construímos. Eles foram a família que eu nunca tive. Não escrevo nada sobre Vítor, jamais revelaria seus segredos ou suas decisões, jamais o trairia dessa maneira.

O único que eu convido para me despedir apropriadamente, e que saberá da minha partida, é Lucas.

– Emma, você tem certeza disso? – Ele compreende rapidamente o que eu estou fazendo. – Meu irmão te ama, eu sei disso. Você sabe disso.

– Eu sei, Lucas. Mas... Achei que poderia ser forte por nós dois, mas eu não posso. Não posso colocar minha cabeça no travesseiro e dormir, nem hoje, nem mais noite alguma. Eu preciso ser amada como eu o amo.

– Você precisa do seu final feliz, eu entendo – diz ele, sabiamente.

Eu sorrio entre algumas lágrimas e digo:

– Quando você ficou tão inteligente?

– Sempre fui, Emma. Mas agora não sou mais o garotinho que você conheceu há dez anos.

– É verdade, você cresceu!

Abraço Lucas muito forte e deixo com ele a carta destinada a Martina e Carlos.

– Entregue a seus pais amanhã de manhã, não terei coragem de me despedir deles.

– Emma... Não acho isso certo... Vítor vai voltar e perceber que não é pelo fato de ele ser bissexual que o amor da vida dele não é você, confia em mim!

– Eu confio em você! Eu confiei em mim e em Vítor. Mas não posso confiar mais no que o destino me espera.

– Emma, você tem certeza?

– Lucas... – é claro que não tenho certeza – meu táxi chegou.

Fecho a porta do apartamento, local que até hoje eu considerava o cantinho de amor meu e de Vítor. Meu coração aperta ainda mais, mas estou decidida.

Lucas me ajuda com as malas até o carro e, quando estou para entrar no táxi, abraça-me e diz:

– Emma, eu amo meu irmão, mas, independentemente do que aconteça, você será sempre minha irmã de coração.

Eu quero responder, mas não consigo, um imenso nó se forma em minha garganta.

O motorista segue para meu destino, enquanto contemplo a cidade e penso no quanto sentiria falta de Vítor. Eu não poderia ganhar, não poderia reinar e jamais poderia ganhar qualquer jogo sem ele.

Eu estou perdida, sou inútil e infelizmente nunca mais vou ser a mesma.

Nunca apagarei o que vivi com ele durante esses dez anos, por isso vou levar a culpa, porque sei que não posso aceitar que ficaremos afastados. Entretanto, não posso ter mais uma noite sem dormir sem Vítor.

Eu perdi meu coração e minha mente.

Adam

CAPÍTULO XLII

> Throw on your break lights
> We're in the city of wonder
> Ain't gonna play nice
> Watch out, you might just go under
> Better think twice
> Your train of thought will be altered
> So if you must faulter be wise[47]
>
> ("Disturbia" – Rihanna)

Eu me aproximo vagarosamente do local em que Vítor está sentado. Mesmo à noite, de longe e de costas, posso ver que ele está lindo. Meu coração explode ao ver que está aqui. Sempre muito paranoico, olho para todos os lados antes de chegar ao banquinho em frente à praia. Por trás dele, coloco minhas mãos tapando seus olhos.

– Você tem direito a um palpite. Quem é?

– Acredito que eu mereço uma bela caipirinha de vinho e um suco de maracujá sem açúcar por seu atraso, Adam.

---

[47] Acenda suas luzes de freio / Estamos na cidade maravilhosa / Não vou jogar limpo / Cuidado ou vai se dar mal / É melhor pensar duas vezes / Sua linha de pensamento será alterada / Então se for vacilar seja esperto(a) ♪

Sua voz é brincalhona e eu retiro a mão de seus olhos. A luz do luar nos ilumina. É o certo, nunca foi tão certo. Entretanto, há algo errado: o luar ilumina nós dois, mas também a aliança de noivado de Vítor e Emma.

Eu sento ao seu lado e nos abraçamos. Nada mais. Apenas eu, ele e o mar.

O que há de errado comigo?

Por que me sinto assim?

Estou enlouquecendo agora.

Estava eufórico por estar ao seu lado, mas, de repente, enquanto conversamos sobre assuntos aleatórios, fugindo do real motivo de estarmos aqui, minha mente devaneia por diferentes horizontes paranoicos. Antes mesmo de eu pensar em expressar tudo que vim preparado para falar, não há mais gasolina no tanque. Não consigo dar a partida. Nada será ouvido ou dito. Não posso falar sobre o amor que sinto por ele. Ele pertence a Emma.

Toda a nossa história está passando em minha cabeça, enquanto Vítor, muito entusiasmado, tagarela sobre a universidade. Não quero pensar sobre a nossa história, quero aproveitar o momento que estou com ele, mas não consigo: o brilho daquela aliança ofusca todas as minhas palavras. Sinto como se estivesse ficando louco.

O medo e a razão cobrem meu coração como verdadeiros ladrões de uma noite que tinha tudo para ser perfeita. Meu amor por Vítor é como uma doença da mente, que pode me controlar. Então, sou obrigado a acender as luzes de freio, pois, por mais que estejamos no cenário ideal, em uma praia maravilhosa, eu devo jogar limpo, preciso tomar muito cuidado ou vou me dar muito mal.

É melhor pensar duas vezes antes de fazer qualquer coisa. Minha linha de pensamento está alterada, então tenho que ficar esperto porque se eu vacilar será para sempre.

Nada de pânico, Adam! Nada de pânico.

Ok, mas e quanto à paranoia? O que faço com ela?

Maldita paranoia.

Talvez eu deva fazer um favor a ele e não expressar o que realmente sinto. Sua linda cabecinha de pesquisador não precisa se preocupar com o futuro; ficará tudo bem. Não importa se ele está errado ou certo. Não importa, sinto que ele não está pronto para a luta. Não é fácil ser gay. Quando o assunto for abordado, vou manter minha cabeça baixa e dizer que não. Eu não sinto o mesmo que ele. Será mais fácil assim.

– Adam, eu acho que a gente precisa conversar...

– Nós já não estamos conversando?

– Você sabe do que eu estou falando...

Lá vem...

– Adam, você pode me acompanhar até meu carro? Tenho uma coisa para te entregar.

– O que você tem para me entregar?

Vítor revira os olhos.

– O seu exemplar de *Atroz: volume 2*. O que mais poderia ser?

Nós dois rimos e, com os ombros encostando um no outro, caminhamos.

Esta noite não será fácil.

Vítor

CAPÍTULO XLIII

I had to escape
The city was sticky and cruel
Maybe I should have called you first
But I was dying to get to you
I was dreaming while I drove
The long straight road ahead[48]

("I Drove All Night" – Cyndi Lauper)

Estou com Adam ao meu lado em meu carro!
Ele está deslumbrado com o exemplar de *Atroz*, mas isso não é tudo.
– Abra – eu digo.
Adam folheia o livro e encontra a carta que eu escrevi após a conversa com Lucas.
– Vítor, o que é isso?
Adam está sem jeito e eu também, mas tento ser corajoso.
– O que parece ser?

---
[48] Tive que fugir / A cidade estava complicada e cruel / Talvez eu devesse ter ligado para você antes / Mas estava louco(a) de vontade de ficar com você / Eu estava sonhando enquanto dirigia / Pela longa estrada à frente ♪

– Uma carta?

Eu assinto.

– Leia – eu peço.

– Eu prefiro ler em casa, sozinho.

– Por favor, por mim – suplico.

Adam abre o papel dobrado e começa a ler.

Eu queria ver sua reação ao ler tudo que lhe escrevi. Naquela carta expus todo o meu sentimento. Eu estava completamente despido em um pedaço de papel. Adam mal começa a ler e seus olhos enchem de lágrimas.

Sim, Adam, eu tive que fugir, a nossa situação, o nosso relacionamento, estava complicado e cruel. Talvez eu devesse ter fugido muito antes, mas não fui valente o suficiente.

Agora, aqui com ele, percebo o quanto estava louco de vontade de ficar ao seu lado. Era quase como se estivesse sonhando enquanto dirigia em direção a este encontro, pela longa estrada à frente. Eu imagino como era sentir o gosto dos seus doces beijos, seus braços abertos. Essa febre por Adam me incendeia.

Eu dirigi a noite toda para ficar com Adam.

Tem problema?

Vários, mas eu não resolveria nada enquanto tivesse esses pensamentos sobre ele.

Enquanto lê a carta, pousa a mão em meu joelho e eu me aproximo ainda mais, fazendo carinho em sua nuca. O que neste mundo nos impede de ficarmos juntos? Não importa aonde eu vá, ouço a batida de seu coração e, toda noite, é em Adam que penso. Ninguém mexe tanto comigo como Adam, a não ser, é claro, Emma.

Ele não desvia do meu carinho e acaricia minha perna direita. Nada apaga esse sentimento que existe entre nós.

Eu dirigi a noite toda para abraçá-lo forte e é o que faço quando ele vira o papel para ler o verso da carta. Ele está chorando. Eu não queria fazê-lo chorar. Só quero ter Adam e Emma comigo. Só isso. Poliamor e sua maldição.

Adam encerra a leitura e me olha.

– Você é o cara mais incrível que já conheci – ele diz.

– Eu posso dizer o mesmo.

– Vítor, eu não sei o que dizer.

– Diga a verdade, por que você sumiu da minha vida? Por que você "terminou" comigo enviando uma mensagem para Emma? Por qual razão você me deu um bolo no dia em que marcamos de nos encontrar no Le Bistrot? Por que...

– Por que eu sou um idiota, tóxico, instável – ele me interrompe. – Eu nunca quis te machucar, Vítor. Eu soube dos seus problemas com medicamentos e bebidas e sabia que era por causa de mim, ou melhor, de nós.

– Isso não tem nada a ver...

– Como não? Eu não poderia fazer mal a pessoa que despertou o melhor em mim.

– Eu despertei o melhor em você?

– Isso não é óbvio? – Ele emite aquela risadinha que aquece o meu coração. – É claro que ainda sou uma pessoa terrível...

– Você não é tóxico nem terrível.

– Vítor, você acha que está apaixonado por mim, mas não está.

– Como pode dizer isso?

– Porque eu sei.

– Então quer dizer que você não está apaixonado por mim? É isso? Quando você disse que eu era apenas um colega de trabalho, nem considerou sermos amigos.

– Você não entendeu? Nós nunca fomos amigos, porque sempre existiu...

Adam fica em silêncio.

– Sempre existiu...? – instigo-o a continuar.

– Você sempre achou que sentia amor por mim e, na verdade, não é...

– Então, olhe para mim, diga que eu estive louco esse tempo todo e que isso sempre foi unilateral, que você nunca correspondeu aos meus sentimentos.

– Vítor...

– Adam, eu sei que a gente pode dar certo, pelo menos nos dê essa chance.

– Vítor...
– Adam, por favor, por mim, por nós! Apenas tente.

Eu me aproximo ainda mais dele e nossos narizes encostam. Faíscas saem de mim e, quando penso que sentirei o sabor de seus lábios, ele desvia.

– Vítor, não. Eu queria gostar de você assim, mas só te vejo como amigo. Um grande amigo.

– Amigo?

– Sim, ninguém na vida é tão bom para mim quanto você. Eu sou uma péssima pessoa e te amo, mas como amigo.

– Então não existe nenhuma possibilidade de a gente tentar para ver o que acontece?

Adam fica novamente em silêncio e, fazendo carinho em minha nunca, diz:

– Não.

Ele diz "não". Lembro-me de Jéssica e da nossa meta: "não" era "não", não importava se o olhar, o sorriso ou os toques significassem que o "não" era "sim". Eu preciso focar na palavra "não" e seguir em frente.

– Você sabe que seus olhos estão dizendo o contrário, não sabe?

– Eu sei – ele diz com os olhos marejados.

Não há mais o que dizer.

Desisto.

Eu dirigi a noite toda em vão.

Adam nunca seria meu e eu nunca seria de Adam.

– Mas isso não nos impede de sermos amigos, correto?

– Claro, eu não vou sumir – minha voz sai embargada.

– Promete? – ele pergunta, quase como uma súplica.

– Prometo.

Ficamos em silêncio no carro, ele elogia a capa do livro para desviar do assunto.

– Você quer ir a algum lugar beber uma caipirinha de vinho?

– Não, estou dirigindo, ainda tenho que voltar para casa. Não tenho mãe com casa aqui.

– Certo, podemos beber um suco de maracujá sem açúcar, o que acha? Eu conheço um lugar que...

– É melhor eu já ir embora – digo na defensiva.

– Vítor, por favor, não suma. – Ele entrelaça sua mão na minha. – Você prometeu.

– Eu não vou sumir – digo. – Mas realmente está na hora de eu ir... Nós vamos conversando... Temos que marcar algo... A não ser, é claro, se você sumir, como você sempre fez...

– Eu já disse que fui um idiota por isso. Me perdoa!

Eu sorrio em resposta.

– Essa é a minha promessa, Vítor: eu só desaparecerei de sua vida se este for o seu desejo. Ok?

– Compreendido. Faço de suas palavras as minhas.

Nós nos abraçamos por longos minutos e eu dou um beijo demorado em sua bochecha. Por um segundo, penso que ele iria me beijar de verdade.

– Ok, vou deixar você ir – diz se soltando do nosso abraço. – Fica bem, Vítor!

– Eu estou bem.

Ele desce do carro e bate a porta. Acena um adeus com a mão direita e, na outra, segura o livro com a minha carta.

Eu começo a dirigir ao som da playlist de Cyndi Lauper.

Acabou. Eu sabia porque eu menti várias vezes para Adam.

Eu não estava bem como disse que estava.

Eu sumiria da sua vida, apesar de ter dito que não.

Eu não sumiria apenas da vida dele.

Eu sumiria da vida de todos.

Emma

CAPÍTULO XLIV

Maybe I know somewhere deep in my soul
That love never lasts
And we've got to find other ways to make it alone
Or keep a straight face[49]

("The Only Exception" – Paramore)

As duas semanas seguintes foram equivalentes a anos. Nunca me senti tão sozinha. Eu transito entre o trabalho e o hotel, faço pesquisa de imóveis para alugar e definitivamente acho um absurdo os valores de aluguel, condomínio e taxa de não sei o quê, e daí por diante. Pesquiso locais simples, muitas vezes sem mobília.

No dia seguinte que deixei o apartamento, Lucas entregou a carta a Martina e Carlos, e eles me ligaram perguntando o que tinha acontecido; a resposta cabia apenas a Vítor. Eu não conseguiria mentir para eles, mas também não poderia falar de algo que não pertencia a mim. Lucas, além de me ligar todos os dias, veio me visitar em uma noite. Foi bom conversar com ele e pedi que não comentasse com ninguém, principalmente com Vítor,

....
[49] Talvez eu saiba, em algum lugar bem lá no fundo da minha alma / Que o amor nunca dura / E temos que achar outras maneiras de sobrevivermos sozinhos / Ou fingirmos que estamos de boa ♪

onde eu estava morando. Não conseguiria ficar diante dele. Entretanto, não evitei e perguntei por notícias suas. Lucas afirmou que seu irmão estava arrasado, não tinha superado minha partida e não aguentava mais me ligar e eu não atender. Contou-me que ele pensou até em ir ao meu local de trabalho, mas Lucas o impediu, sabendo que eu ficaria indignada em misturar trabalho com problemas pessoais.

Eu acesso as redes sociais de Vítor e de Adam todos os dias para ver se algo mudou. Mas não, tudo permanece igual. Vítor não deletou as nossas fotos, só aumentou a quantidade de postagens com textos enigmáticos e depressivos.

Houve dias em que chorei, outros em que não havia mais lágrimas.

Talvez porque eu soubesse, em algum lugar de minha mente ou no fundo da minha alma, que o amor nunca dura, que essa não era uma história de amor e que, no final, tivesse que arranjar meios de seguir em frente sozinha.

Na verdade, eu estava desde minha infância preparada para não ter amor. Minha mãe jurou que nunca mais se deixaria esquecer, que ela nunca me deixaria e, quando partiu deste mundo, eu era muito nova, mas prometi que nunca pensaria sobre amor. Até conhecer Vítor.

Se Vítor não existisse, eu não pensaria em amor. Nem teria vivido os melhores anos da minha vida.

Quando jovem, vi meu pai chorar, amaldiçoar os céus e se afastar cada vez mais de mim. Ele partiu o próprio coração e eu assisti a tudo isso sozinha, enquanto ele tentava se recompor. Meu pai nunca me valorizou, mas com Vítor me sentia a preciosidade mais valorizada de todo o mundo.

Preciso colocar limites na minha rotina, parar de fuçar nas redes sociais de Vítor e de Adam. Preciso deixá-los em paz para conseguir ficar em paz comigo mesma.

A chuva cai sem dar trégua há dias. É noite e, enquanto leio *Os delírios de consumo de Becky Bloom*, de Sophie Kinsella, sou interrompida por uma batida na porta do quarto do hotel e só pode ser Lucas; ninguém mais sabe onde estou morando, nem mesmo Joanne ou Clara. Visto meu roupão marsala e corro para abrir a porta.

Não é Lucas.

É Vítor, encharcado, com os cabelos pingando, o que destruiu completamente seu penteado clássico.

– Vítor? O que você faz aqui?

– Tentando fazer você voltar para mim... Posso entrar?

É claro que permito, que tipo de pessoa eu seria se o deixasse encharcado para o lado de fora? Nem pergunto como ele me achou, Lucas deve ter sido tão pressionado que acabou revelando meu "esconderijo".

– Vítor, você não deveria estar aqui...

– Emma, posso falar?

– Não, Vítor, não pode! Durante todo esse tempo e toda essa loucura, eu apenas segui e ouvi você. Agora, é você quem vai me ouvir. Eu sei que uma pessoa pode amar mais de uma pessoa, isso se chama poliamor, mas eu não quero isso. Essa é uma decisão minha. Então, não, Vítor, você não pode falar, porque nada que você fale vai fazer com que a gente volte. Eu cansei de tudo isso, cansei de não ser amada como eu te amo...

– Isso nunca foi verdade, você é e sempre será o meu amor. Você é a única exceção para que eu continue acreditando que a felicidade pode existir. Eu peço perdão por te fazer sofrer tanto nos últimos anos, isso é algo que eu não havia planejado...

– Nem tudo nós conseguimos planejar, Vítor.

– Eu sei, eu jamais tinha pensado que te perder doeria mais do que qualquer coisa, é como se eu não tivesse mais vida, Emma. Por favor, volte para mim, me dê mais essa chance, eu prometo que nunca mais irei te machucar.

– Não prometa o que você não pode cumprir...

– Estou falando a verdade. Adam é passado.

– Ele partiu seu coração? Mais uma vez?

Vítor assente.

– Bem feito. E agora eu sou seu prêmio de consolação?

– Não, Emma, você não é prêmio algum. Você é a dona de meu coração.

– Vítor...

– Emma, eu não estou aqui porque Adam partiu meu coração. Isso foi há semanas. Agora eu percebo que, diferente de você, sempre vivi assim, mantendo uma distância confortável de quem realmente sou, até tudo isso explodir sobre nossas cabeças. Eu jurei a mim mesmo que seria contente com a solidão, mas é impossível, sabe por quê? Qualquer pessoa pode viver muito bem sozinha, mas se essa pessoa tiver a honra e o prazer de conviver com você, ela jamais vai querer viver na solidão. Eu sempre me senti perdido, deslocado, como se não pertencesse a nenhum lugar. Precisei pegar toda a coragem que tinha para ter o meu amor, você, e ser tão idiota a ponto de destruí-lo. Eu passei por uma montanha-russa desgovernada, depois escalei uma montanha em busca de amor, mesmo tendo você ao meu lado. Eu voltei não porque quero um prêmio de consolação, mas porque toda essa caminhada me fez dar de cara com o meu reflexo nas colinas cobertas de neve, até que Adam veio como uma avalanche e me derrubou. Mas você, Emma, é a única exceção para eu continuar vivo. Eu jamais esquecerei Adam, ele faz parte de quem eu sou hoje. Ele fez eu me reconhecer verdadeiramente. Essa busca por amor, essa escalada, nunca foi sobre amar alguém, mas sobre eu me amar. Me perdoe, Emma, sei que no processo de tudo isso machuquei muito você. Mas estou aqui, te amando, porque eu me amo! Nunca poderia te amar como você merece sem me amar primeiro.

Vítor finaliza suas palavras e eu sei que posso me arrepender do que estou prestes a fazer, mas não consigo evitar.

Eu o puxo pela camiseta e o beijo.

O melhor beijo de todos.

O melhor sonho de todos.

Sei que poderei me arrepender, eu sei. Mas, pela primeira vez nestes últimos dois anos, o que Vítor falou para mim fez todo o sentido. Eu senti verdade em suas palavras.

Beijamo-nos desesperadamente e partimos para a cama, onde nos encaixamos perfeitamente, como verdadeiras chamas gêmeas.

Vítor também é a única exceção, o único ser humano que poderia fazer com que eu deixasse a razão de lado e agisse pela emoção.

Estar com ele vale o risco.

Eu tenho noção da realidade, mas não consigo deixar para trás o que está bem na minha frente: amor, o mais puro amor.

Estou a caminho de acreditar, mais uma vez, que finalmente meu final feliz está recomeçando. Não por causa de um homem, mas porque ele faz parte do meu final feliz.

Adam

CAPÍTULO XLV

> Bad decisions
> That's alright
> Welcome to my silly life
> Mistreated, misplaced, misunderstood
> Miss knowing it, it's all good
> It didn't slow me down
> Mistaken, always second guessing
> Underestimated, look I'm still around[50]
>
> ("F**kin' Perfect" – P!nk)

Encontrar Vítor foi a pior decisão que pude tomar em minha vida.

Alimentei um monstro que não poderia ser derrotado.

Ele não entende, mas por amá-lo eu tinha que deixá-lo partir e ser feliz com Emma.

Há uma semana pedi desligamento do hospital. Tirarei um período sabático, minha saúde mental precisa disso.

---

[50] Decisões ruins / Tudo bem / Bem-vindo(a) a minha vida boba / Maltratada, deslocada, mal compreendida / Senhorita sabe-tudo, tá tudo bem / Mas isso não me parou / Errada, sempre em dúvida / Subestimada, olhe, ainda estou por aqui ♪

Esther ficou totalmente descontente com minha decisão, mas eu não devo mais explicações para aquela megera.

Fiz uma, duas ou até três curvas erradas. Cavei até conseguir sair dessa situação e ser forte o suficiente para deixar Vítor programar seu belo casamento com Emma.

Essa era a decisão correta, certo?

Mas eu estou acostumado a tomar decisões erradas.

Essa era a minha boba, instável, tóxica e idiota vida.

Maltratado por ser gay, deslocado, mal compreendido pela própria minha mãe, sabichão – que achava que tinha vivido todos esses anos da melhor maneira, mas ok! Nada disso me pararia.

Vítor não entende que ele nunca deveria se sentir como se fosse menos do que perfeito. Se, em algum momento, ele se sentir como um nada, deveria saber do fundo de seu coração que ele é perfeito para mim. Ele só não pode ser meu.

Pelo bem de Vítor, eu desisti dele.

A minha felicidade não importa.

Chega, fiz tudo que pude. Persegui todos os meus demônios e veja só o que fiz a mim mesmo. Sempre fui errado, sempre em dúvida, desconfiado de tudo, subestimado por mim mesmo. Eu estava certo, é só ver onde estou: sozinho, nas trevas e completamente perdido. Estou completamente assustado, engulo meu medo e minhas lágrimas. Facilmente olhei nos olhos dele e menti, disse que não correspondia ao sentimento dele. Isso era mais fácil. Nós tentamos demais, é um desperdício do nosso tempo.

Cansei de procurar por aprovação, por isso pedi desligamento do hospital. As pessoas não gostam das minhas roupas, do jeito como falo e com quem eu quero ficar. Elas não entendem o meu cabelo nem meu estilo, e isso sempre fez com que eu fosse tão rigoroso comigo o tempo todo.

É extremamente exaustivo.

Por que os seres humanos fazem isso?

Por que eu faço isso?

Resolvo fazer uma ligação internacional, mais uma tentativa de conversar com meu filho, mas, como já esperava, sou ignorado.
Instável, bobo, idiota, tóxico, sozinho e ignorado.
Bela merda de vida.

Vítor

CAPÍTULO XLVI

> I can't seem to keep it all together
> And I, I can't swim the ocean like this forever
> And I can't breathe
> God, keep my head above water
> I lose my breath at the bottom
> Come rescue me, I'll be waiting
> I'm too young to fall asleep[51]
>
> ("Head Above Water" – Avril Lavigne)

Nunca estive tão certo da minha decisão.
Nunca estive tão certo da minha sexualidade.
Entretanto, nunca fui tão triste em toda a minha vida.
Na virada deste ano, todas as pessoas em meu entorno me ouviram dizer "Este ano será excelente!". Não costumo dizer isso no réveillon, nem ao mesmo sou uma pessoa otimista, apesar de aparentar. Sou muito intenso, sensitivo e *"good wizard"*. Não sei a ra-

---

[51] E eu não consigo enxergar em meio a esse clima tempestuoso / Não parece que vou conseguir me manter inteiro(a) / E eu, eu não consigo nadar em um oceano assim para sempre / E não consigo respirar / Deus, mantenha minha cabeça acima da água / Eu perdi meu fôlego no fundo / Venha me resgatar, eu estarei esperando / Sou jovem demais para adormecer ♪

zão por ter insistido nessa crença de fim de ano. Algumas pessoas afirmaram que é porque é o ano do meu casamento. Eu pensei que não, não era por isso, pois meu casamento seria no ano passado e por motivos óbvios foi adiado. Eu não pensei e clamei a plenos pulmões que ano passado seria um excelente ano. Nada contra o ano que passou, pelo contrário, apesar da tristeza avassaladora no mundo todo, particularmente foi muito especial para mim. Intenso, cheio de mudanças.

O início deste ano não foi fácil. Eu sofro de ansiedade, depressão e dúvidas fortes sobre meu futuro percorrem minhas veias desde que conheci Adam. Com o pouco conhecimento que tenho e com a ajuda de três pessoas fundamentais em minha vida – Emma, Joanne e Lucas –, eu busquei ajuda, fiz terapia e comecei a seguir as metas e desafios para tentar resolver meus problemas. Descobri que tudo isso é normal e que estamos todos no mesmo barco chamado vida, fenômeno que pouco conhecemos.

O início deste ano realmente não foi fácil, pois cumpri uma meta sobre saúde mental. Dediquei-me de corpo e alma a ela. Resolvi ponto a ponto coisas que me tiraram o sono durante meses. Claro que isso tudo não foi resolvido da noite para o dia. Foi um longo processo, que sigo enfrentando dia após dia. Agora, depois de muitas orientações, tomei consciência e coragem e tive coerência para unir razão e emoção. São coisas que não têm como ser separadas.

Apesar das certezas que me garantiam um resto de sanidade mental e que faziam meu coração bater, mesmo que de forma desproporcional, eu sofria. A insônia voltou, mesmo com os tranquilizantes prescritos pelo médico.

Emma e eu estávamos de volta ao nosso apartamento.

Eu bloqueei Adam de todas as redes sociais, inclusive número de celular, Instagram, tudo.

Mas ainda mandei uma mensagem para ele no último dia que conversamos pelo WhatsApp.

Ele havia pegado COVID-19, mas os sintomas eram leves, nada grave, mas estava dopado de medicamentos.

> Bom diaaaaa! Passo bem, a Covid está tomando conta de mim, mas, I'm alive! Estou totalmente dopado.

Minha resposta antes de bloquear seu contato foi:

> Que bom que você está bem! Fico feliz! Aproveita que você está dopado e lê mais uma vez aquela carta que te dei, rasga e joga fora.

Ele me enviou uma figurinha engraçada, mas eu não respondi.

Devia isso a Emma e principalmente a mim. Por que eu não consigo dormir? Toda noite é uma tortura, as vozes em minha cabeça são cheias de "E se...?".

E se eu tivesse lutado mais por Adam?

E se minha chama gêmea fosse Adam, e não Emma?

E se eu quisesse ficar com Adam?

E se eu quisesse ficar solteiro?

E se eu quisesse ficar com Emma, apenas porque é o "correto" a ser feito?

E se eu não tivesse dependência por medicamentos controlados?

E se eu não furtasse medicamentos do hospital em que trabalhava?

E se eu fosse heterossexual?

E se eu não fosse bissexual?

E se tudo que fiz nos últimos anos só tivesse prejudicado todos à minha volta – Emma, Adam, Joanne, Lucas, Clara?

E se eu fosse uma pessoa ruim?

E se eu não fosse desligado do hospital, ainda flertaria com Adam?

E se eu não fosse desligado do hospital, minhas pesquisas seriam mais promissoras?

E se eu largasse a vida de professor universitário e pesquisador e começasse a atuar como enfermeiro ou psicólogo?

E se houvesse um dia em que Emma percebesse que seria totalmente errado ela se apaixonar por um homem bissexual?

E se houvesse um dia em que eu me atraísse por outro homem, como me atraí por Adam?

E se eu tivesse filhos e eles tivessem vergonha de quem eu sou?

E se...?

E se minha missão aqui na Terra já tivesse finalizado?

E se eu nem existisse, faria alguma diferença?

E se a minha existência fosse o motivo para tantas brigas entre minha mãe e eu?

E se minha vida tivesse sido cercada de bullying, por eu ser realmente uma pessoa má?

Emma está dormindo em um sono profundo ao meu lado. Eu dou um beijo em sua testa e resolvo fazer o que já passa em minha cabeça há muitos anos.

Eu não mereço viver.

Será que o suicídio é pecado quando a pessoa está fazendo o que é melhor para todos?

A passos leves, levanto da cama e, de pijama, vou para o corredor do prédio. Entro no elevador e aperto o botão para o último andar. Levo meu celular comigo.

Tenho que manter a calma antes de fazer o que quero. Envio uma mensagem para Lucas, Joanne e, por último, Clara. Ninguém veria minhas mensagens agora, são 4h da manhã, mas eu só pedia para eles serem o suporte de Emma. Eu não teria coragem de escrever nada disso aos meus pais ou principalmente para ela.

Eu não quero menos, eu não quero mais.

Preciso fechar as janelas e as portas da minha vida.

Para manter todos seguros, para me manter aquecido em algum lugar que espero ser acolhido por Deus.

É, não se brinca com sentimentos. Ansiedade e depressão não são brincadeira, dúvidas sobre o futuro não são brincadeira. Sentimento não é brincadeira. Converse. Escute. Respeite. Às vezes, o sorridente, o risonho e o extrovertido escondem uma verdadeira sombra que os carrega para o fundo do poço. Tenho uma longa jornada para chegar ao porto seguro. Mas talvez esse seja o intuito da vida. Não sei. O que sei é que há certos ciclos que precisam de ponto-final, e não exclamação ou ponto e vírgula ou, pior ainda, interrogação. Eles precisam ser vividos e encerrados da melhor forma para você! Mas quando você não consegue ter forças para tudo isso, o que fazer?

Estou desistindo da minha vida. Cansei de tentar separar o mar, não posso alcançar a praia, e meus pensamentos suicidas são minha motivação para o que deve ser feito. Eu vou deixá-los me puxar para o fundo do mar, para uma queda de quatorze andares.

Deus, mantenha minha cabeça acima da água. Não deixe eu me afogar, fica mais difícil. Eu te encontrarei lá, no paraíso. Perdoe-me pela minha decisão. Estou de joelhos no terraço do prédio e, enquanto me ponho de joelhos, suplico: não me deixe afogar ou queimar no inferno por esta minha decisão. Quando eu partir e estiver estatelado na rua coberta por este céu estrelado, levante-me das profundezas, porque estou preso nesta vida. Deus, venha me buscar e me segurar. Preciso de Você agora, preciso de Você mais do que nunca.

Eu não consigo mais enxergar soluções em meio a esses pensamentos tempestuosos. Parece que não vou conseguir me manter inteiro. E eu... Eu não consigo nadar em um oceano assim para sempre. Não consigo respirar nem tenho lágrimas, pois sei que este é meu fim.

Subo na proteção de vidro do terraço.

Adeus, vida.

Deus, perdoe-me. Eu perdi meu fôlego, então, por favor, perdoe-me e venha me resgatar. Eu estarei esperando.

Sou jovem demais para adormecer, eu sei, mas é o melhor para todos.

Adeus, vida. Adeus, mundo!

– Vítor? – uma voz surge atrás de mim no momento em que estou com um pé do outro lado da proteção de vidro.

A brisa da noite sopra em minha direção, eu cambaleio para trás e caio no chão do terraço.

– O que você está fazendo? – Eu imaginei que a voz fosse de Emma, mas era Clara.

– Clara, o que você está fazendo aqui?

– Pelo visto, salvando sua vida. Você está louco?

– Talvez.

– Venha, vamos descer. Lucas está no apartamento com Emma, ela está aterrorizada. Lucas a impediu de vir, caso tivesse acontecido o pior...

– Clara, isso não é o pior, esta é a solução.

– Solução para quem? Para você? Vítor, você está doente, está em tratamento. Essa fase vai passar, eu já passei por isso, eu também já desejei não viver mais. Mas pense em Emma, em seus pais, em seu irmão...

– Eu não posso viver pelos outros...

– Sim, você tem que viver por você. Então, pense em você. Esta não é a solução, confie em mim.

Clara estende a mão determinada em minha direção e me conduz para fora do terraço.

– Como você e Lucas vieram parar aqui?

– Lucas sabia a senha do interfone...

– Sim, mas como vocês adivinharam? Como vocês sabiam que eu estava, bem, você viu...

– Eu estava com insônia e, ao ler sua mensagem, liguei para Emma, que não me atendeu. Logo, liguei para Lucas e viemos correndo para cá. Graças a Deus!

No elevador, Clara continua segurando minha mão. Não consigo olhar na direção dos espelhos do elevador.

Vergonha.

Chegamos ao apartamento e, quando entramos, Emma pula em meu pescoço, chorando e soluçando...

Lucas está sentando no sofá e coloca as mãos na cabeça.

– Vítor, você... Você não pode fazer isso... Eu achei que estivesse tudo bem entre nós... Se você quer ficar com Adam, você tem que ficar com ele...

– Não é isso... É que...

— É que você está doente – diz Lucas, firmemente. – Chega, Emma! Essa conversa não é sobre o amor de Vítor ou por quem ele está apaixonado. Ele está doente e acabou de tentar tirar a própria vida. Eu vou cuidar dele.

— Do que você está falando? – pergunto. – Eu estou bem. Foi só um lapso, uma loucura, mas já passou...

— Porque eu estava acordada e pudemos evitar tudo isso, se chegássemos um minuto depois, nós não estaríamos conversando sobre isso agora – diz Clara.

— Emma, Vítor vai comigo para a casa dos nossos pais. Hoje. Agora. Não confio nele morando em um prédio de quatorze andares...

— O que você vai fazer? Eu vou junto.

— Não, Emma. Eu e Vítor teremos uma conversa de irmãos. Fique tranquila. Você não confia em mim?

Emma assente, ainda agarrada em mim.

— Meu amor, eu te amo tanto!

— Eu também te amo, meu amor!

— Clara, obrigado! Eu nunca poderei ser tão grato ao que você fez por meu irmão.

— Imagina!

— Vamos, Vítor, você e eu temos compromisso amanhã cedo.

— Eu não quero ir, vou ficar com Emma.

— Não, você vai comigo e eu não vou repetir.

Eu me despeço de Emma e Clara fica para passar o resto da noite com ela.

Lucas e eu partimos em silêncio em seu carro em direção à casa de nossos pais.

Chegando lá, dividimos o quarto. Ele tranca a porta e esconde a chave. Eu sou um prisioneiro, mas não reclamo.

Mais uma vez eu incomodei todos à minha volta.

Horas depois sou acordado por Lucas e percebo que é bem de manhãzinha, nossos pais nem acordaram ainda.

— Acorda e coloca essas roupas. Nós vamos a um lugar.

— Eu não vou com você a lugar algum.

– Você vai sim, ou eu faço mamãe e papai acordarem e conto tudo para eles. Daí você será obrigado a ir.

– Eu já estou sendo obrigado a ir.

– Prefere ser obrigado por mim ou por eles?

– Para onde vamos?

– Você verá, meu irmão. Estou tentando te ajudar. Eu não vou perder o meu melhor amigo, o meu irmão.

Lucas me abraça como nunca tinha me abraçado na vida.

E uma compreensão surge em minha mente durante aquele abraço. Os "E se?" muitas vezes podem ser respondidos apenas com abraços.

Seguimos em direção a um bairro que não conhecia e paramos em um local que tinha uma placa:

CAPS – CENTRO DE ATENÇÃO PSICOSSOCIAL

– Sério? Você me trouxe ao CAPS?

– O que você esperava? Que eu te levasse a uma sorveteria?

Respiro fundo e não sei se quero entrar ali. Como acadêmico de psicologia, eu havia realizado estágio no CAPS e sei que esse tipo de local ajuda muitas pessoas. Até cogitei um dia trabalhar como psicólogo em um CAPS. Exercem um serviço interdisciplinar impecável, sendo instituições brasileiras que visam à substituição dos hospitais psiquiátricos e de seus métodos para cuidar de afecções psiquiátricas.

– Eu não vou entrar...

– Vai sim, Vítor, poxa! Você é psicólogo e não percebe que está precisando de ajuda?

Eu abaixo a cabeça e, apesar de estar relutante, sei que meu irmão está certo.

– Ok. Vamos fazer isso – digo, e Lucas sorri para mim.

Passo por um acolhimento e agendamos consulta com psiquiatra e psicólogo, Lucas fica responsável por me manter sob vigilância durante todos os dias, vinte e quatro horas por dia, e só de fazer o acolhimento eu já me senti um pouco melhor.

— O que vamos fazer agora? — pergunto a Lucas quando saímos do CAPS.

— Bom, eu assinei um termo que atesta que sou responsável por você, portanto você terá que ficar comigo. Vou dizer para Emma ir lá para casa.

— Ótimo, eu também quero falar com nossos pais.

Lucas me olha e não entende de primeira, depois pergunta:

— Você vai contar para eles sobre, sobre... Adam?

— Você verá.

Chegamos à casa de nossos pais e Emma já está na sala com eles.

— Vítor, o que está acontecendo? — pergunta meu pai.

— Emma chegou aqui toda transtornada, dizendo que não podia nos falar nada. O que está acontecendo entre vocês? — Minha mãe nos fita. — Primeiro, Emma deixa você e vai morar em um hotel. Depois ela retorna e vocês moram juntos novamente. Vocês não querem mais casar?

— É muito mais complicado que isso — respondo.

— Você não gosta mais dela? — pergunta meu pai.

— É claro que eu gosto dela, eu a amo.

— Então, qual é o problema?

— Emma, fale alguma coisa — insiste minha mãe.

— Não cabe a mim dizer.

— Mas o problema envolve você? — novamente, meu pai tenta descobrir o que está por trás de tudo.

— Não, o problema sou eu. Nos últimos anos, eu descobri, ou melhor, finalmente me encontrei, me assumi...

— Você é gay? — interrompe meu pai.

— Não, eu sou... Bissexual.

Quando digo essas palavras, é como se o mundo fosse mais leve, como se toda a escuridão de minha alma fosse embora para um lugar que nunca mais pudesse retornar.

— Meu filho, mas eu não entendo. — Minha mãe parece desorientada. — Tudo o que vocês dois fizeram para ficar juntos... Você encontrou outra pessoa, outro... homem?

Lucas fica do meu lado, pronto para me defender contra qualquer preconceito. Eu o agradeço em um olhar.

– Sim, eu encontrei, e Emma sempre esteve ciente de tudo. Eu nunca escondi absolutamente nada dela. Eu a amo.

– Eu não entendo. Se você a ama, como pode gostar de homens? – indaga minha mãe, confusa, e Emma segura minha mão direita.

– Martina, é muito simples, ele gosta de mulheres e de homens. É isso, não é? – papai me surpreende por interpretar e assimilar rapidamente a informação.

O silêncio paira na sala, Lucas o interrompe e diz que eu estava em terapia, havia tentado tirar a própria vida e todos caem em lágrimas, exceto Lucas e eu.

Minha mãe fica muda, eu tenho muito medo de sua reação.

– Filho – começa meu pai –, eu te amo e, independentemente do que você escolher ou de com quem você estiver, você é o meu orgulho! Não me interessa se você é gay, hétero ou bissexual, eu sempre estarei ao seu lado. E tenho certeza de que sua mãe também!

Minha mãe ainda está chorando, mas consegue falar:

– É claro que sim, meu filho. Eu jamais quero te perder. É claro que Emma sempre será especial para mim, ela é como uma filha para nós. Mas eu só quero o seu bem. Você não pode desistir da vida.

É estranho ver todos tristes e preocupados comigo. Porque, neste exato momento, eu estou extremamente feliz. Pleno. Era isso que faltava para aliviar meu coração, eu precisava do apoio deles.

– Mas, Emma, você gosta do meu filho mesmo assim? – questiona mamãe, receosa.

– Martina, eu o amo mais do que minha própria vida e, assim como você, eu também só quero a felicidade dele, independentemente da decisão que ele tomar.

– Mas a relação sexual de vocês é boa? – pergunta meu pai, completamente indelicado, sem fazer rodeios.

– Pai! – chamo a atenção dele.

– Posso garantir que sim – responde Emma, extremamente envergonhada.

Mais uma vez, silêncio, e algumas palavras de meu pai começam a invadir a sala: sobre descobertas, pensamentos ruins, que ele sabia do bullying que eu havia passado na escola. E que talvez eu estivesse há muito tempo me perguntando o que queria, que estava na hora de analisar a situação por outro lado:

– Vítor, o que você não quer?

Essa pergunta me faz refletir tudo muito rapidamente. Sempre pensei no que queria, não no que não queria. Eu penso em Adam. Eu penso na hipótese de uma vida de solteiro para tentar realmente me encaixar na vida sem pressão alguma. Mas todos os pensamentos remetem apenas a uma ideia: eu não abriria mão de Emma por nada. Sempre foi ela e sempre será.

– Eu não quero perder Emma.

– Você nunca irá me perder. – Ela aperta ainda mais minha mão.

Neste momento, eu choro. Lágrimas de alívio.

Minha família abraça Emma e eu.

Eu não fui pressionado a escolher ficar com Emma. Eu estou livre, tenho o apoio de todos que amo. Eu nunca estive sozinho e, com toda certeza, tenho muito o que fazer nesta vida.

Pouco adiantou pensar tanto no que eu queria.

Pouco adiantou falar palavrão, reclamar da vida e querer desistir de tudo.

Pouco adiantou perder a razão e viver apenas da emoção. Não se vive apenas de uma ou de outra. A razão e a emoção precisam estar sempre equilibradas na balança da vida.

Eu quis ser eu mesmo.

Eu quis ser alguém, mas descobri que sou como os outros, que não são ninguém.

Neste momento, eu me sinto diferente porque falei tudo o que penso realmente.

Mostrei a todo mundo que sei quem sou, posso ter usado palavras e ter tido atitudes de um perdedor. Mas agora me sinto vitorioso. E desejo que todos tenham momentos como esse. As brigas que ganhamos, nem um troféu como lembrança levamos para nossa casa. Agora, as brigas que perdemos, estas, sim, nós nunca esqueceremos.

Eu sou um vitorioso.

Emma

CAPÍTULO XLVII

I'm gonna miss you for the rest of my life
All I need is a miracle, all I need is you[52]

("All I Need is a Miracle" – Mike & The Mechanics)

Nas próximas semanas, os astros estiveram alinhados. Na verdade, os sentimentos estiveram alinhados.

Vítor segue persistente na terapia semanalmente e começamos a analisar e contratar todos os serviços para nosso casamento, que acontecerá em alguns meses. Por incrível que pareça, eu não tenho medo dessa felicidade acabar. É claro que haverá altos e baixos, mas tudo que preciso é dele.

Tudo que eu preciso é desse alinhamento, desse milagre, que nossas vidas deixem de ser uma montanha-russa desgovernada.

Eu não me importo que Vítor tenha pensado em desistir de nós, eu sabia que ele não estava certo. Admito que nunca estive errada, até o momento em que pensei em desistir. Eu nunca poderia fazer isso com a minha vida, com a minha chama gêmea ou com a minha alma.

Nunca sabemos o que temos até perder.

Vítor, eu vou te amar para o resto de sua vida, e além dela.

---

[52] Eu vou perder você para o resto da minha vida / Tudo que eu preciso é de um milagre, tudo que eu preciso é de você ♪

Adam

CAPÍTULO XLVIII

> Don't doubt it, don't doubt it
> Victory is in my veins
> I know it, I know it
> And I will not negotiate
> I'll fight it, I'll fight it
> I will transform[53]
>
> ("Rise" – Katy Perry)

Vítor desapareceu, bloqueou-me em todas as redes sociais, não manteve contato algum. Por que eu não tive coragem de dizer que também o amava? Por que deixei uma aliança atrapalhar todas as minhas palavras? Mesmo querendo beijá-lo e fugir com ele, por que pensei no que seria melhor para ele?

Eu poderia ser o melhor para ele.

Eu não estava cansado de viver às escondidas?

É uma quinta-feira ensolarada, Vítor deve estar lecionando na universidade e sei o que vou fazer.

---

[53] Não duvide, não duvide / A vitória está em minhas veias / Eu sei, eu sei / E eu não vou negociar / Eu vou lutar, eu vou lutar contra isso / Eu vou me transformar ♪

Coloco a carta que ele me deu no bolso e saio dirigindo desatinado em direção ao seu local de trabalho.

Estou cansado de apenas sobreviver. Eu irei triunfar. Ninguém pode escrever a minha história. Eu sou capaz e estou além do arquétipo. Não vou apenas me conformar, não importa o quanto aquela aliança me desestabilize, eu vou atrás do que quero. Minhas raízes são profundas, mas estou resgatando minha fé e minha coragem. Não duvido mais de mim. Não duvido do amor de Vítor por mim.

A vitória está em minhas veias.

Eu sei, preciso acreditar nisso.

Não vou negociar nem barganhar com meus sentimentos. Vou lutar contra isso. Nesses últimos anos, eu me transformei. Quando o fogo estiver novamente sob meus pés, isto é, quando eu estiver com Vítor, não irei amarelar nem fazer a egípcia. Pode haver vários abutres nos rodeando e sussurrando "Seu tempo acabou!", mas ainda assim me erguerei. Eu errei, porém nunca estive tão triste com minha decisão.

Preciso estar consciente quando estiver na frente dele, esquecer toda essa loucura em meio ao caos. Eu chamarei meus anjos e, diferentemente dos abutres, eles vão dizer: "Oh, você aí, de tão pouca fé, não duvide de você! A vitória está em suas veias, e você sabe disso".

Vítor

CAPÍTULO XLIX

I don't wanna see your face
I don't wanna hear your name
I don't wanna a thing
Just stay away baby
Don't wanna know if you're alright
Or what you're doin' with your life
Don't wanna hear that you'll stay in touch maybe
I'll get just fine
So if you're goin' then darlin' goodbye, goodbye[54]

("I Don't Want to Be Your Friend" – Cyndi Lauper)

— Soraya, depois que fizer todas as entrevistas com os participantes da pesquisa, você transcreve as informações pelo método que te enviei por e-mail, utilizando a pesquisa qualitativa... Vai ser um TCC incrível!

---

[54] Eu não quero ver sua cara / Eu não quero ouvir seu nome / Eu não quero nada / Apenas fique longe, querido(a) / Não quero saber se você está bem / Ou o que você está fazendo com a sua vida / Não quero ouvir que você entrará em contato talvez / Eu ficarei bem / Se você estiver indo, então, querido(a), adeus, adeus ♪

Minha aluna agradece e saí da sala carregando seu notebook e mais dois livros.

Roberta, a assistente administrativa da universidade, chama-me quando estou passando pelo corredor em direção à saída.

– Professor Vítor!

– Oi, Roberta, tudo bem?

– Tem um moço na recepção querendo falar com você, ele disse que é urgente. Mas também não quis se apresentar. O que devo dizer?

– Não é aluno?

– Não, tenho certeza de que não.

– Deve ser algum pesquisador, diga para ele me encontrar ali no jardim, está na hora do meu intervalo. Se eu ficar aqui dentro, você sabe...

– Os alunos não te deixam em paz.

Nós rimos e nos despedimos.

Hoje não vou almoçar com Emma, pois ela está fazendo horário estendido na Unidade Básica de Saúde. Então, vou comer por aqui mesmo. Mas, pelo visto, só depois de conversar com esse pesquisador.

Sento em um banquinho do jardim da universidade e aguardo. Já passei vários momentos neste local lendo livros, corrigindo provas, orientando alunos e até mesmo refletindo sobre a vida. É um jardim incrível, com muitas árvores, folhas ao chão e flores em cada cantinho. Eu amo essa paisagem, talvez ame ainda mais o silêncio que este lugar me traz. Raramente os acadêmicos vêm para cá – eles preferem o shopping center que fica ao lado da universidade.

– Vítor?

Não, não pode ser. Essa voz.

Adam.

Pela primeira vez meu coração não saiu pela boca nem explodiu como fogos de artifícios ao ouvi-lo. Ele está lindo. É bom revê-lo, mas me sinto diferente comparado às outras vezes em que ficamos frente a frente.

– Adam? É você quem quer falar comigo?

– Parece que sim – ele responde. – Posso me sentar?

– Claro!

Adam divide o banquinho comigo e eu recordo da última vez que nos sentamos em um banquinho. Só não era em um jardim, e, sim, de frente para o mar.

– O que está fazendo aqui?

– Vítor, pedi desligamento do hospital... Eu me "assumi" gay... Eu estou pronto...

– Não estou entendendo.

– Vítor, é muito difícil dizer o que quero dizer, mas o fato é que eu gostei de você desde que te conheci, nunca te vi apenas como um amigo, muito menos como um colega de trabalho. Não há uma noite em que eu não pense em você... Vítor, eu acho, quer dizer, tenho certeza de que estou apaixonado por você, sempre estive.

– Mas você disse...

– Você ainda dá ouvidos para o que eu digo?

– Sim, Adam! Eu sempre te dei ouvidos. Em certos momentos, te dei meu coração...

– Vítor, está vendo? Esse sentimento não é unilateral! Eu quero fugir com você, eu quero você...

Adam se aproxima de mim e sinto que vai me beijar, porém desvio rapidamente.

– Adam, não! Nossa história foi muito complexa. Foi tóxica, até doentia...

– Mas você viu o melhor de mim, mesmo por trás de minha toxicidade.

– Adam, você não é tóxico. Você é complicado e confuso, mas tem um coração enorme. Eu sempre vou te amar, você sempre terá um espaço em meu coração. Mas não mais dessa forma. Desse jeito, eu só consigo amar Emma. Desculpe-me por atrapalhar sua vida...

Adam parece perplexo, surpreso e frustrado.

– Adam, você é muito importante para mim. Se sou quem eu sou hoje, devo muito a você. Mas precisamos seguir com nossas vidas. Você sempre aceitou isso tudo tão casualmente e isso estava me matando...

– Vítor, por favor...

– Adam, eu já tomei a minha decisão.

– Eu não quero ser seu amigo – ele diz de supetão. – Eu não quero ver sua cara nem quero ouvir seu nome. Eu não quero nada. Apenas fique longe, Vítor. Não quero saber se você está bem ou o que você está fazendo com a sua vida, eu me afastarei para sempre.

– Você mesmo disse que nós nunca fomos amigos. Eu já estou fazendo tudo isso que você está me pedindo. Nunca mais irei te procurar, Adam. Mas não quer dizer que eu o deletarei de minha mente. Finalmente estou bem e espero que você também fique. Então, para o nosso bem, também preciso que você se afaste. Não me telefone mais no meio da noite, sei que as chamadas desconhecidas são suas. Não espere que eu viva te esperando. Não pense que será do jeito que era antes, mesmo que eu nunca te esqueça, também não quero ser seu amigo.

Adam chora, o que faz meu coração doer um pouco. Mas eu estou sendo sincero comigo mesmo, colocando um ponto-final nessa história.

– Eu jamais vou invalidar o que você representou em minha vida, Adam. Mas, quem sabe com o tempo, eu esqueça que nós nos conhecemos um dia e que deixei você entrar em meu coração. Você tem que me deixar em paz e ficar em paz também. Nós temos que ficar longe um do outro. Tudo o que eu quero é ficar livre de você. Não me procure mais para dizer que você ainda se importa comigo ou qualquer coisa do tipo.

Adam assente e, antes que eu diga mais alguma coisa, levanto-me e lhe dou as costas.

Ele me chama e eu viro.

– Um abraço? – ele indaga.

– Sim, com toda certeza. Nosso último!

Em meus ouvidos, ele sussurra:

– Você nunca atrapalhou minha vida, Vítor.

Eu sorrio em resposta e me afasto.

Naquele jardim perfeito, eu me despedi de Adam para sempre.

Emma

CAPÍTULO L

Yeah, thank you baby!
For makin' some days come so soon
Yeah, thank you baby!
For lovin' me the way you do[55]

("Thank You Baby!" – Shania Twain)

Ingressei no doutorado em Ciências da Saúde há dois meses e já estou desesperada.

Isso somado ao casamento, que é daqui a um mês, Vítor e eu estamos ansiosos, eufóricos e há tanta alegria no ar que eu tenho medo de que algo venha à tona e estrague tudo.

Mas tudo está perfeito.

Agora nós estamos no topo, portanto, como diz Joanne, aproveite o topo, aproveite os momentos felizes, pois são eles que realmente importam.

Vítor está trazendo um belo balde de pipoca para assistirmos à última temporada de *The Vampire Diaries*. Ele se apoia em meu ombro e dá play no episódio.

---

[55] Yeah, obrigado(a), querido(a)! / Por fazer os dias chegarem mais cedo / Yeah, obrigado(a), querido(a)! / Por me amar como você faz ♪

– Eu já te agradeci hoje?
– Pelo quê? – ele pergunta, confuso. – Pelo balde de pipoca?
– Não, por me amar.
– Meu amor, quem agradece diariamente sou eu. Nossos últimos anos foram muito difíceis, mas eu sabia que daríamos um jeito.
– Sim, porque sempre estaremos juntos!
– Concordo, principalmente porque nunca nos faltará esperança de dias ainda melhores.

Vítor me beija e deixamos a pipoca e a série de lado. Estamos no topo e o aproveitaremos.

Adam

CAPÍTULO LI

> Why do we play with fire?
> Why do we run our finger through the flame?
> Why do we leave our hand on the stove
> Although we know we're in for some pain?[56]
>
> ("Louder Than Words" – Jonathan Larson)

Finalmente tenho coragem de jogar a carta de Vítor fora.

O livro da sequência de *Atroz* é ainda melhor que o primeiro. Ao ler a dedicatória pela centésima vez, percebo que parecia que Vítor já estava profetizando o nosso futuro:

Para Adam, uma pessoa incrível, a quem eu sempre vou querer bem. Independentemente do que aconteça, você sempre estará no meu coração.

Vítor e eu brincamos com o fogo. As pessoas gostavam desses jogos, dessas emoções. Qual é o sentido de tudo isso? Por que brincamos desse jeito? Por que passamos o dedo pela chama? Por que deixamos nossa mão no fogão mesmo sabendo que sentire-

---

[56] Por que brincamos com fogo? / Por que passamos o dedo pelas chamas? / Por que deixamos nossa mão no fogão / Embora saibamos que sentiremos dor? ♪

mos dor? Por que nos recusamos a pendurar uma luz quando as ruas são perigosas? Por que precisamos nos machucar para que a verdade chegue até nós?

A vida é para ser vivida e geralmente por meio de outra. Não necessariamente, mas precisamos de outras pessoas.

Gaiolas ou asas?

O que eu prefiro? O que você prefere?

Pergunte aos pássaros e a resposta será óbvia.

Medo ou amor? Essa sempre foi a minha dúvida. Preocupação com o que as pessoas pensam e falam de mim. Isso pouco importa agora. A resposta se devo viver no medo ou no amor só cabe a mim, e hoje eu prefiro viver no amor.

Ações falam mais alto que palavras. Vou parar de tentar contato com meu filho por meio de ligações internacionais, vou para a Itália e lutarei por ele.

Eu posso simplesmente sobreviver e ainda ganhar? Por que procurei diferentes trilhas quando o caminho bem usado parece seguro e convidativo?

O que é preciso para nos fazer acordar? No meu caso, foi Vítor. Mas o que é necessário para fazer essa nossa geração acordar e acabar com todo tipo de preconceito?

Como fazer alguém decolar e voar? Se não acordarmos e sacudirmos essa nação preconceituosa, machista, racista e homofóbica, vamos comer a poeira do mundo, querendo saber o porquê de nos tornarmos escravos da sujeira condicionada diariamente em nossa mente. Por que nós preferiríamos nos colocar no inferno a dormir sozinho à noite? Por que seguimos líderes que nunca lideram? Por que é preciso uma catástrofe para começar uma revolução?

Se somos tão livres, diga-me, por quê?

Alguém me diz por que tantas pessoas sangram?

Alguém me responda por que só agora eu consigo ver as coisas dessa forma?

Talvez porque eu aprendi que ações significam muito mais que palavras ou jogos psicológicos.

Ações falam mais alto do que qualquer coisa.

Vítor

EPÍLOGO

> Break my arms and legs
> In my dreams we cry
> Watching me
> They say we're free
> Just say
> Laughing loud[57]
>
> ("Golden Hours" – Barbara Ohana)

Nunca foi sobre Adam ou Emma. Sempre foi sobre mim.

Meu coração é grande e cabem todos os homens e mulheres que eu já amei.

Minha alma, meu coração e minha mente estavam fragmentados. Era como se eu tivesse a solução diante dos meus olhos, ouvidos e na ponta da língua, porém não conseguisse ver, escutar e muito menos falar.

O inexplicável vazio era meu. Não era culpa de mais ninguém. Emma não tinha culpa, Adam não tinha culpa. Talvez a culpa fos-

---

[57] Quebram meus braços e pernas / Em meus sonhos nós choramos / Observando a mim / Eles dizem que nós somos livres / Só dizem / Rindo alto ♪

se do mundo, da sociedade. Mas do que adianta eu achar um culpado se sei que somos nós quem decidimos o que seremos e faremos com nossas escolhas.

É muito fácil achar um culpado. Se for para achar um, que seja eu. Sou eu, é claro. Mas do que adianta me culpar? Só aumentará o meu torpor. Estou entorpecido em minha própria redoma de felicidade e tristeza. A montanha-russa nada mais é do que uma redoma. Uma redoma feliz e triste ao mesmo tempo. Eu, por ser uma pessoa extremamente intensa, vivo a alegria da forma mais exorbitante e a tristeza na mais profunda depressão, quando surgem facilmente pensamentos suicidas.

Quero viver e morrer ao mesmo tempo. Sinto que não faço parte deste mundo a cada dia que passa. Há momentos dentro dessa redoma em que eu sou tão feliz, que chego a me questionar "Como posso não querer viver?". A vida não é feita apenas de momentos felizes, isso serve para todos. Mas percebo que a minha vida será feliz e triste ao mesmo tempo, pois não há real felicidade sem ser o verdadeiro Vítor.

E quem é o verdadeiro Vítor?

Retorno a essa questão dia e noite. E a solução para isso está guardada dentro de mim, perturbando-me, deprimindo-me, alegrando-me, manipulando-me como uma faca de dois gumes. Só eu saberei a resposta, apesar de não saber ouvir, ver ou responder. Sou um fracasso e um vitorioso por viver assim. Mas este sou eu. E se alguém em algum lugar deste mísero mundo perguntar "Ele está bem? Ele é feliz? Ele fez as escolhas certas?", acredito que a resposta sempre será óbvia: eu não sei. O que posso dizer é que agora eu me sinto feliz, e é isso que importa. Afinal, vim do interior e ainda tem tanto neste mundo que eu não aprendi e que eu não sei.

Emma

EPÍLOGO

> There's always gonna be another mountain
> I'm always gonna want to make it move
> Always gonna be an uphill battle
> Sometimes I'm going to have to lose
> Ain't about how fast I get there
> Ain't about what's waiting on the other side
> It's the climb[58]
>
> ("The Climb" – Miley Cyrus)

Eu nunca imaginei que meu final teria essa resolução de conto de fadas.

Durante muitos anos, pensei neste momento, sempre havia uma voz dentro da minha cabeça dizendo: *Você nunca vai chegar lá.*

Eu cheguei, todos nós podemos chegar!

Vítor e eu chegamos. E nosso relacionamento é tão fácil quanto respirar.

---

[58] Sempre haverá uma outra montanha / Eu sempre vou querer movê-la / Sempre será uma batalha difícil / Às vezes, eu vou ter que perder / Não é sobre o quão rápido chegarei lá / Não é sobre o que está me esperando do outro lado / É a escalada ♪

Como eu pensava desde o início, essa é uma história de amor.

Houve incertezas, pois a cada passo que eu dava ou a cada movimento que eu fazia parecia que estava ainda mais perdida, sem direção. Por muito tempo, minha fé esteve abalada. Mas eu continuei tentando, mantendo a minha cabeça erguida e a mente aberta, porque sempre existirá outra montanha e todos nós deveremos querer movê-la. Sempre vai ser uma batalha difícil. Às vezes, nós vamos perder. O importante não é o quão rápido venceremos, mas a escalada.

Adam

EPÍLOGO

> I've been breaking hearts a long time
> And toying with them older guys
> Just playthings for me to use
> Something happened for the first time
> In the darkest little paradise
> Shaking, pacing, I just need you[59]
>
> ("Don't Blame Me" – Taylor Swift)

Estou há dois anos morando na Itália.

Dois anos de pura tortura, porque estou sozinho e não consegui ser aceito por meu filho.

Durante todo esse tempo, estou vivendo em uma pousada que tem um ótimo celeiro. Todas as manhãs, preparo um chá de alguma erva que um amigo recente, Ivan, fornece e vou para a janela admirar a paisagem. As ervas de Ivan são medicinais, maravilhosas, parecem de outro mundo. Uma vez perguntei para ele onde as conseguia e ele respondeu:

---

[59] Eu tenho partido corações há um bom tempo / E brincado com caras mais velhos / Apenas brinquedos para eu usar / Algo aconteceu pela primeira vez / No pequeno paraíso mais obscuro / Abalado(a), tonto(a), eu só preciso de você ♪

– Se eu te dissesse, você não acreditaria.
– Experimente...
– Ok! Vamos lá, você acredita em magia?
– Você está falando sério?
– Claro!
– Ah, sim, claro que acredito. Acredito também em Papai Noel, Coelhinho da Páscoa, Fada do Dente, Bruxos de Halloween e tudo que envolve presentes, sem ser meu aniversário ou estar cercado de pessoas cumprindo protocolos.
– Cumprindo protocolos?
– É, sabe, aquela coisa de ceia de Natal, Ação de Graças. Detesto esses protocolos.
– Você não sabe o que é viver, mas eu vou te ensinar, Adam!

Desconfio de que Ivan está interessado em mim. Ele é um gato, mas ainda não tenho certeza. É tudo muito recente e ultimamente eu só penso que talvez minha vinda para a Itália tenha sido um grande erro. Bebericando meu chá, olho o celeiro pela janela e lembro-me de meu pai. O que o motivou a fazer aquilo, além do fato de não me aceitar? Como gostaria de voltar no tempo e conversar com ele. Minha mãe não me ligou durante todo esse tempo e eu sofro com isso. Eu sofro com a solidão.

Por que viver se você está sozinho?

Talvez meu pai tenha se sentido assim.

Eu não acredito que estou destinado a ter o mesmo fim dele.

Não me culpo, pois a solidão enlouquece. Se você não pira, é porque não está sozinho. Minha droga é a solidão e eu não quero usá-la pelo resto da vida. Tenho partido corações há um bom tempo e brincado com diversos caras, apenas brinquedos para eu usar como queria. Talvez esse seja meu castigo, minha penitência por partir tantos corações, como tenho certeza de que parti o de Vítor, apesar de também ter convicção de que Emma restaurou cada pedacinho. Algo aconteceu quando o conheci. É estranho pensar nele depois de tanto tempo, mas, como ele disse, nós nunca esqueceríamos um do outro. No pequeno infinito mais obscuro, e ao mesmo tempo luminoso, Vítor esteve lá. Agora, não há mais.

Abalado e tonto, eu só preciso de pessoas.

Para acabar com essa solidão, eu passaria do limite, desperdiçaria meu tempo, perderia minha cabeça

Não tenho pai, minha mãe nem lembra que eu existo, meu filho não me aceita e trabalho em uma farmácia em que o gerente é um italiano bem irritado. Ecos do passado percorrem minha mente. Não há uma auréola escondendo a obsessão de que eu já fui uma hera venenosa, mas agora me sinto como uma margarida, e mesmo assim não estou feliz.

Não consigo acreditar que estou fadado ao mesmo destino de meu pai.

Essa é minha vida. Vivemos e morremos como nossos pais, como disse a sábia e adorável Elis Regina. Deixo a xícara de chá e pego um cinto de couro, essencial para o que quero fazer no celeiro.

Não viverei mais sozinho.

Eu não viveria mais.

Quando abro a porta decidido, sou surpreendido pela pessoa pela qual estive lutando há tanto tempo.

– Pai, podemos conversar?

Eu escondo o cinto de couro rapidamente em meu bolso.

– Juan, claro, entre...

– Bem, não há muito o que falar, eu só queria me desculpar por ser um idiota desde que você apareceu em minha vida...

– Juan, meu filho...

– Pai, deixa eu falar... Eu quero que você me dê uma chance. Sempre senti sua falta quando criança e, agora, adolescente, sinto ainda mais por saber que você está aqui e eu estou te afastando por ser tão...

– Tudo tem seu tempo, meu filho! Eu te amo! E não há pelo que você se desculpar! Nem pedir chances, pois filhos têm quantidade de chances infinitas, e você vai descobrir que pais também. Na verdade, todas as pessoas...

Juan não fala nada, apenas me abraça fortemente.

Ele nem imagina o que me impediu de fazer.

Eu não estou sozinho.

E se não estou sozinho, te digo, você também não está.

É difícil não entrar em pânico e não querer desistir de tudo, mas como eu sempre digo:

−"Nada de pânico, Adam! Nada de pânico!".

Joanne

EPÍLOGO

> Cover your tracks
> Sew up your wounds
> Pick up your pace
> Open your wings[60]
>
> ("Cover Your Tracks" – A Boy and His Kite)

Você não deve ter interesse em saber como está minha vida e, mesmo se tiver, eu sou Joanne. Sou bem mais reservada que meu melhor amigo, Vítor. O que posso dizer é que todos podem ser ou se sentirem felizes. Haverá dias, semanas e, muitas vezes, anos em que as coisas da vida perderão o rumo e nós acharemos que estamos sozinhos, perdidos e que nunca encontraremos o nosso final feliz.

Você pode ter se identificado com a sexualidade de Vítor, Emma ou Adam; pode ter vivenciado montanhas-russas ainda mais desgovernadas que esses três. Mas eu posso dizer para você, com toda a certeza: você irá superar. No final, tudo ficará bem.

Vítor e Emma estão casados há dez anos e eu nunca vi um casal tão feliz. Não que exista casal perfeito, mas, para mim, eles

---
[60] Cubra seus rastos / Costure suas feridas / Encontre seu ritmo / Abra suas asas ♪

são um exemplo de casal. Há uma parceria e uma transparência entre eles que é difícil de encontrar, mas não impossível. Às vezes, você já encontrou essa pessoa, mas não percebeu, ou ainda está criando diversos empecilhos idiotas que a sociedade impõe para que não seja feliz. Siga sua intuição, emoção e razão. Não há como dar errado. E se der errado e você cair: levante! A vida é feita de muitos tombos, mas o que faz dela mágica é que temos coragem de levantar e seguir em frente, correr atrás dos nossos sonhos, costurar nossas feridas e recomeçar quando necessário.

Emma e Vítor têm dois filhos, e é claro que eu sou madrinha de um deles, Juliana, irmã caçula de Alec. A família me acolhe em momentos que preciso e estarei sempre por perto para acolhê-los também. Não estou dizendo que estou sozinha, simplesmente não estou aqui para falar de mim.

Meus melhores amigos mudaram suas vidas profissionais ao longo dos anos. Emma deixou a odontologia de lado, fez doutorado em Ciências da Saúde e trabalha com Vítor em uma linha de pesquisa intitulada Saúde Mental e Sexualidade, em prol de toda a comunidade LGBTQIAPN+. Eles esperam que surjam ainda mais letras nessa sigla, que o mundo acolha mais pessoas que ainda não se sentem representadas. Se você utiliza apenas a sigla LGBT, faz brincadeirinhas idiotas como "LDGBPKS" ou ainda está utilizando o termo GLS, como já utilizei há alguns anos, pare de palhaçada e vá estudar. Não existe essa história de "simpatizante", e, sim, de empatia.

Vítor, por sua vez, largou a docência completamente e passa tempo integral como pesquisador e escritor de livros. Eu sabia que o futuro dele era no mundo literário e não fiquei nada surpresa quando ele começou a receber prêmios por suas obras.

Agora você deve estar se perguntando sobre Adam. Bom, eu não tenho qualquer tipo de contato com ele, mas, pelas redes sociais, posso arriscar que está completamente feliz. O primeiro motivo para acreditar nisso é que a frequência de postagens nas redes sociais diminuiu consideravelmente, o que, a meu ver, significa que ele está vivendo. Outro motivo é que, em um de seus últimos posts, ele estava acompanhado de um belo rapaz chamado Ivan, com a seguinte legenda: "Comemorando sete anos ao lado deste homem incrível, eu te amo!". Em outra foto, ele estava com Ivan e outro rapaz mais novo, chamado Juan, com a legenda: "Meus dois amores!".

Quando tudo parecer estar perdido, não desista, dê um tempo. Capture os pensamentos que você sempre persegue e siga em frente. O passado complicado se desenovelará e se revelará de uma forma que você nem imagina. Quando estiver sufocado, procure ajuda, assim como Vítor. Essa ajuda pode ser de várias maneiras: amigos, família, terapia. E principalmente mantenha a fé em si. Para sair do sufocamento, é necessário limpar a garganta e cantar alto com todas as forças. Abra suas asas. Esse é o sentido da vida.

Viva intensamente. O futuro começa agora.

AGRADECIMENTOS

Esta história jamais seria escrita e publicada sem tantas inspirações, depoimentos e estudos. Escrever sobre descobertas da sexualidade, sentimentos e saúde mental exige certa bagagem, a qual não considero ter, mas muitas pessoas me ajudaram, e a gratidão a elas é enorme! Se eu pudesse colocar em palavras, diria que é como o hidrogênio, elemento químico mais abundante no Universo. Entre tantas pessoas, agradeço especialmente ao meu comitê de leitura, que acompanhou e palpitou a cada capítulo escrito: Gabriela Marques do Nascimento, Ana Clara Cargnin, Bruna Locks, Joesa da Rosa Silveira, Renan Zapelini do Nascimento e Caroline Oliveira. Cada sugestão, ideia trocada, correção foram acatadas sem questionamentos (talvez alguns), este livro também é de vocês.

Cada capítulo deste livro jamais seria escrito sem a inspiração artística musical de várias bandas e artistas, e são referenciados no início dos respectivos capítulos. Minha gratidão especial às músicas inspiradoras e norteadoras para a construção das emoções de Vítor, Emma e Adam. Entre tantas inspirações, meu superobrigado a Avril Lavigne, Evanescence, Kelly Clarkson, P!nk, Katy Perry, Cyndi Lauper, Fleetwood Mac, Pitty, Ira!, Jão, Pato Fu, Kid Abelha, Mariana Rios, Marjorie Estiano, Lulu Santos, Tribalistas, Ivete Sangalo, Ana Carolina, Panic! at the Disco, Lady Gaga, Britney Spears, Lana Del Rey, Lord Huron, Florence + The Machine, Barbara Ohana, Shania Twain, Miley Cyrus, Coldplay, Counting Crows, Dido, Hozier, Paramore, Adam Lambert, Dua

Lipa, Rihanna, He Is We, Lily Allen, Imagine Dragons, às trilhas sonoras dos filmes *Frozen 2*, *Tick Boom!*, *Spencer* e *The Greatest Showman* e das séries *Glee* e *The Vampire Diaries* e à impecável trilha sonora dos filmes da saga *Crepúsculo*.

Além das inspirações artísticas musicais, para narrar este romance recebi inspiração de diversos autores, em especial Adam Silvera. Até batizei um dos protagonistas em sua homenagem. Adam Silvera, seus livros me auxiliaram muito tanto na vida como na escrita; você e Becky Albertalli fizeram que meus dias de cão acabassem. David Ebershoff e Emma Forrest, além de ótimos escritores sobre as emoções humanas, vocês são gentis e amáveis, obrigado por trocarem ideias comigo via Instagram. Meg Wolitzer, obrigado por me inspirar a escrever de um modo leve assuntos tão complexos. Angelo Surmelis, gratidão por cada capítulo de *A perigosa arte de ser invisível*. Augusto Cury, obrigado por ser o doutor, pesquisador e escritor brasileiro que se preocupa tanto com o sistema educacional e a saúde mental das pessoas, você é minha inspiração em muitos níveis! Stephen Chbosky, eu te amo! Obrigado por criar Charlie, Sam e Patrick! O primeiro livro com gênero drama que eu li foi seu, o que despertou interesse por esse tipo de leitura e escrita. Alice Oseman, obrigado pela graphic novel *Heartstopper*: sua forma doce de explorar a bissexualidade fez um Vítor ainda mais resiliente. Stephenie Meyer, eu amo sua escrita, o modo como você descreve a emoção em todos os seus livros é único, pois você é única, obrigado por existir! Emma Watson, este livro não poderia ser escrito sem seus discursos feministas, com você e com o clássico livro *Mulherzinhas*, da autora Louisa May Alcott, eu aprendi o conceito real de feminismo e que o mundo seria muito mais feliz se fosse feminista.

Por último, mas não menos importante, agradeço a Deus por me acompanhar neste drama/romance de Vítor, Emma e Adam. Obrigado por me conduzir em todos os meus momentos, principalmente nos mais difíceis. Além Dele, obrigado aos amigos e familiares que de alguma maneira fizeram parte desta história: Paula Firmino, Maria Letícia Marcelino, Simone Cristina da Silva, Josilaine do Nascimento Madalena Estevam, Mayflower da Silva, Valério Estevam, Monange Schmoeller, Carla Muller, Andriele Aparecida da Silva Vieira, Glaicon Exterkoetter, Letícia de Souza Exterkoetter, Cássia Tasca Fortuna, Bruna Rosa, Thayse de Souza Marega, Érika Barcelos Cardoso, Jhênifer Mattiola Alexandre, Cirilo Nunes, Daniela Machado Inês Cruz, Djamila Marcelino Barros, Jéssica Constantino de Paula, Pedro Marques e meus amados pais, Jair do Nascimento e Vanderléia Zapelini do Nascimento.

O amor que tenho por todos vocês é incondicional. Com vocês, eu sempre me sinto feliz.

Eu, Ela & Ele

Ouça a playlist do livro

Toda Forma de Amor
Lulu Santos. Interpretada por Lulu Santos. Escrita por Lulu Santos. Fonte: RCA Records Label.

Landslide
Fleetwood Mac. Interpretada por Fleetwood Mac. Escrita por Stevie Nicks. Produzida por Christine McVie, John McVie, Keith Olsen, Lindsey Buckingham, Mick Fleetwood e Stevie Nicks. Fonte: Warner Records.

Let me Sign
Robert Pattinson. Interpretada por Robert Pattinson. Escrita por Bobby Long e Marcus Foster. Fonte: BMG Rights Management (US) LLC.

Never Enough
Loren Allred. Interpretada por Loren Allred e NY Orchestra. Escrita por Benj Pasek e Justin Paul. Produzida por Alex Lacamoire, Joseph Trapanese e Justin Paul. Fonte: Atlantic Records e Kobalt Music Publishing.

Better Without You
Evanescence. Interpretada por Evanescence. Escrita por Amy Lee, Jen Majura, Nick Raskulinecz, Tim McCord, Troy McLawhorn e Will Hunt. Produzida por Nick Raskulinecz. Fonte: BMG Rights Management (US) LLC.

Me Adora
Pitty. Interpretada por Pitty. Escrita por Pitty. Produzida por Rafael Ramos. Fonte: Deckdisc.

Lost in Paradise
Evanescence. Interpretada por Evanescence. Escrita por Amy Lee. Produzida por Nick Raskulinecz. Fonte: The Bicycle Music Company.

Paradise
Coldplay. Interpretada por Coldplay. Escrita por Brian Eno, Chris Martin, Guy Berryman, Jonny Buckland e Will Champion. Produzida por Daniel Green, Markus Dravs e Rik Simpson. Fontes: Parlophone UK e Universal Music Publishing.

Complicated
Avril Lavigne. Interpretada por Avril Lavigne. Escrita por Lauren Christy, Avril Lavigne, David Alspach e Graham Edwards. Produzida por The Matrix. Fontes: Arista e BMG Publishing.

It Was in Me
Avril Lavigne. Interpretada por Avril Lavigne. Escrita por Lauren Christy, Avril Lavigne e Johan Carlsson. Produzida por Johan Carlsson. Fontes: BMG Rights Management (US) LLC e Reservoir Media Music.

Thinking Of You
Katy Perry. Interpretada por Katy Perry. Escrita por Katy Perry. Fonte: Capitol Records.

Whataya Want from Me
Adam Lambert. Interpretada por Adam Lambert. Escrita por Max Martin, P!nk e Shellback. Produzida por Max Martin e Shellback. Fonte: RCA Records Label.

Into the Unknown
Panic! At The Disco. Interpretada por Panic! At The Disco. Escrita por Kristen Anderson-Lopez e Robert Lopez. Produzida por Jake Sinclair. Fonte: Walt Disney Records.

Breakaway
Kelly Clarkson. Interpretada por Kelly Clarkson. Escrita por Avril Lavigne, Bridget Benenate e Matthew Gerrard. Produzida por John Shanks. Fonte: RCA Records Label.

Eu Quero Sempre Mais
Ira! e Pitty. Interpretada por Ira! e Pitty. Escrita por Edgard Scandura. Produzida por Rick Bonadio. Fonte: Epic.

Bad Romance
Lady Gaga. Interpretada por Lady Gaga. Escrita por Lady Gaga e RedOne. Produzida por RedOne. Fonte: Interscope.

Walk Me Home
P!nk. Interpretada por P!nk. Escrita por Josh Farro, Nate Ruess, Alecia Moore e Scott Harris. Produzida por Peter Thomas e Kyle Moorman. Fontes: RCA Records Label e Warner Chappell Music.

Try
P!nk. Interpretada por P!nk. Escrita por Ben West e Busbee. Produzida por Greg Kurstin. Fonte: RCA Records Label.

I'm With You
Avril Lavigne. Interpretada por Avril Lavigne. Escrita por Lauren Christy, Avril Lavigne e The Matrix. Produzida por The Matrix. Fontes: Arista e BMG Publishing.

High Hopes
Panic! At The Disco. Interpretada por Panic! At The Disco. Escrita por Ilsey Juber, Jake Sinclair, Jenny Owen Youngs, Sam Hollander, Tayla Parx, Brendon Urie, Jonas Jeberg, Lauren Pritchard e William Lobbin Bean. Produzida por Jake Sinclair, Jonas Jeberg e Jonny Coffer. Fontes: DCD2/Fueled by Ramen, Hipgnosis Songs Fund (fka Big Deal Music Group), Sony Music Publishing e Warner Chappell Music.

Show Yourself
Idina Menzel and Evan Rachel Wood. Interpretada por Idina Menzel, Evan Rachel Wood e Stephen Oremus. Escrita por Kristen Anderson-Lopez e Robert Lopez. Produzida por Robert Lopez, Kristen Anderson-Lopez, Dave Metzger e Tom MacDougall. Fontes: Walt Disney Records e Walt Disney Music Company.

My Lover's Gone
Dido. Interpretada por Dido. Escrita por Dido Armstrong e Jamie Catto. Produzida por Dido, Jamie Catto e Duncan Bridgeman. Fonte: Sony BMG Music UK.

Stronger (What Doesn't Kill You)
Kelly Clarkson. Interpretada por Kelly Clarkson. Escrita por Ali Tamposi, Jörgen Elofsson, David Gamson e Greg Kurstin. Produzida por Greg Kurstin. Fontes: RCA Record Label, Reservoir Media Music e Universal Music Publishing.

Believer
Imagine Dragons. Interpretada por Imagine Dragons. Escrita por Justin Tranter, Ben McKee, Dan Reynolds, Daniel Platzman, Mattias Larsson, Robin Fredriksson e Wayne Sermon. Produzida por Mattman & Robin. Fontes: Kid Ina Korner/Interscope e Warner Chappell Music.

A Night to Remember
Cyndi Lauper. Interpretada por Cyndi Lauper. Escrita por Cyndi Lauper, Dusty Micale e Franke Previte. Produzida por Cyndi Lauper e Phill Ramone. Fonte: Epic.

Accidentally in Love
Counting Crows. Interpretada por Counting Crows. Escrita por Adam Duritz, Dan Vickrey, David Bryson, David Immergluck e Matthew Malley. Produzida por Brendan O'Brien. Fonte: UMG Recording, Inc.

Long Way
Damien Rice. Interpretada por Damien Rice. Escrita por Damien Rice. Produzida por Damien Rice. Fonte: Atlantic Record UK.

30/90
Jonathan Larson. Interpretada por Alexandra Shipp, Andrew Garfield, Joshua Henry, MJ Rodriguez, Robin de Jesus e Vanessa Hudgens. Escrita por Jonathan Larson. Produzida por Alex Lacamoire, Bill Scherman e Kurt Crowley. Fonte: Masterworks.

So What
P!nk. Interpretada por P!nk. Escrita por Max Martin, P!nk e Shellback. Produzida por Max Martin. Fonte: LaFace Records.

Livre Estou
Taryn Szpilman. Interpretada por Taryn Szpilman. Escrita por Kristen Anderson-Lopez e Robert Lopez. Produzida por Felix Ferra. Fonte: Walt Disney Records.

Unconditional Love
Cyndi Lauper. Interpretada por Cyndi Lauper. Escrita por Billy Steinberg, Cyndi Lauper e Tom Kelly. Produzida por Cyndi Lauper e Lennie Petze. Fonte: Epic.

Ride
Lana Del Rey. Interpretada por Lana Del Rey. Escrita por Justin Parker e Lana Del Rey. Produzida por Rick Rubin. Fontes: Polydor Records e Sony Music Publishing.

Perfect Day
Scala & Kolacny Brothers. Interpretada por Scala & Kolacny Brothers. Escrita por Lou Reed. Fonte: Rhino.

Deixo
Ivete Sangalo. Interpretada por Ivete Sangalo. Escrita por Jorge Pessoa e Sérgio Passos. Produzida por Alexandre Lins. Fonte: Universal Music Ltda.

Quando a Chuva Passar
Ivete Sangalo. Interpretada por Ivete Sangalo. Escrita por Ramon Crus. Produzida por Alexandre Lins. Fonte: Universal Music Ltda.

Velha Infância
Tribalistas. Interpretada por Tribalistas. Escrita por Arnaldo Antunes, Carlinhos Brown, Davi Moraes, Marisa Monte e Pedro Baby. Fonte: Phonomotor.

Imaturo
Jão. Interpretada por Jão. Escrita por Danilo Valbusa, Jão, Marcelo de Araújo Ferraz e Pedro Luiz Garcia Caropreso. Produzida por Pedro Luiz Garcia Caropreso e Marcelo de Araújo Ferraz. Fonte: Universal Music Ltda.

Meninos e Meninas
Jão. Interpretada por Jão. Escrita por Jão. Produzida por Jão, Paul Ralphes e Zebu. Fonte: Universal Music Ltda.

Everytime
Britney Spears. Interpretada por Britney Spears. Escrita por A. Stamatelatos e Britney Spears. Produzida por Guy Sigsworth. Fonte: Jive.

Because of You
Kelly Clarkson. Interpretada por Kelly Clarkson. Escrita por David Hodges, Ben Moody e Kelly Clarkson. Produzida por David Hodges e Ben Moody. Fontes: RCA Records Label e Kobalt Music Publishing.

If I Had You
Adam Lambert. Interpretada por Adam Lambert. Escrita por Max Martin, Savan Kotecha e Shellback. Produzida por Max Martin, Shellback e Kristian Lundin. Fonte: RCA Records Label.

Você Sempre Será
Marjorie Estiano. Interpretada por Marjorie Estiano. Escrita por Alexandre Castilho e Victor Pozas. Produzida Victor Pozas e Alexandre Castilho. Fonte: Universal Music Ltda.

Defying Gravity
Glee. Interpretada por Glee Cast. Escrita por Stephen Schwartz. Produzida por Adam Anders e Peer Astrom. Fonte: Columbia.

Birdie
Avril Lavigne. Interpretada por Avril Lavigne. Escrita por Avril Lavigne e JR Rotem. Produzida por JR Rotem. Fonte: BMG Rights Management (US) LLC.

Since You Been Gone
Kelly Clarkson. Interpretada por Kelly Clarkson. Escrita por Lukasz "Doctor Luke" Gottwald e Martin Sandberg. Produzida por Max Martin e Lukasz "Dr. Luke" Gottwald. Fonte: RCA Records Label.

Quem de Nós Dois
Ana Carolina. Interpretada por Ana Carolina. Escrita por Ana Carolina, Dudu Falcão, Gean Luca Grinani e Massimo Luca. Fonte: Ariola.

Possibility
Lykke Li. Interpretada por Lykke Li. Escrita por Lykke Li. Produzida por Alexandra Patsavas, Lykke Li e Paul Katz. Fonte: Chop Shop/Atlantic.

Insônia
Mariana Rios. Interpretada por Mariana Rios. Escrita por Marcelo Alvaresi, Mariana Rios e Rogério Vaz. Fonte: Gravadora LGK Music.

Fixação
Kid Abelha. Interpretada por Kid Abelha. Escrita por Beni, Leoni e Paula Toller. Produzida por Liminha. Fonte: WM Brazil.

My Heart Is Broken
Evanescence. Interpretada por Evanescence. Escrita por Amy Lee, Terry Balsamo, Tim McCord e Zach Williams. Produzida por Nick Raskulinecz. Fonte: The Bicycle Music Company.

The Scientist
Coldplay. Interpretada por Coldplay. Escrita por Chris Martin, Guy Berryman, Jonny Buckland e Will Champion. Produzida por Chris Martin, Guy Berryman, Jonny Buckland, Ken Nelson e Will Champion. Fonte: Parlophone Records Limited.

Hot N' Cold
Katy Perry. Interpretada por Katy Perry. Escrita por Katy Perry, Lukasz Gottwald e Max Martin. Produzida por Dr. Luke e Benny Blanco. Fonte: Capitol Records.

Fuck You
Lily Allen. Interpretada por Lily Allen. Escrita por Greg Kurstin e Lily Allen. Produzida por Greg Kurstin. Fonte: Parlophone UK.

Don't Start Now
Dua Lipa. Interpretada por Dua Lipa. Escrita por Emily Warren, Ian Kirkpatrick, Caroline Ailin e Dua Lipa. Produzida por Ian Kirkpatrick. Fontes: Warner Records, Prescription Songs e Warner Chappell Music.

All Good Things
Nelly Furtado e Di Ferrero. Interpretada por Di Ferrero e Nelly Furtado. Escrita por Chris Martin, Nate Hills, Nelly Furtado e Tim Mosley. Produzida por Timbaland, Danja e Rick Bonadio. Fonte: Universal Music Ltda.

The Night We Met
Lord Huron. Interpretada por Lord Huron. Escrita por Lord Huron. Fonte: Play It Again Sam.

Fazer O Que É Melhor
Gabi Porto. Interpretada por Gabi Porto e Stephen Oremus. Escrita por Kristen Anderson-Lopez e Robert Lopez. Produzida por Robert Lopez, Kristen Anderson-Lopez, Dave Metzger e Tom MacDougall. Fonte: Walt Disney Records.

Love Me Like You Do
Ellie Goulding. Interpretada por Ellie Goulding. Escrita por Ali Payami, Ilya Salmanzadeh, Max Martin, Savan Kotecha, Tove Lo. Produzida por Max Martin e Ali Payami. Fonte: Republic/Universal/FSF.

Dog Days Are Over
Florence + The Machine. Interpretada por Florence + The Machine. Escrita por Florence Welch e Isabella Summers. Produzida por James Ford e Isabella Summers. Fonte: Universal-Island Records Ltd.

Never Let Me Go
Florence + The Machine. Interpretada por Florence + The Machine. Escrita por Paul Epworth, Tom Hull e Florence Welch. Produzida por Paul Epworth. Fontes: Universal-Island Records Ltd., Sony Music Publishing e Universal Music Publishing.

I Wouldn't Mind
He Is We. Interpretada por He Is We. Fonte: He Is We.

Shake It Off
Taylor Swift. Interpretada por Taylor Swift. Escrita por Max Martin, Shellback e Taylor Swift. Produzida por Shellback e Max Martin. Fonte: Big Machine Records (LLC).

Deixa Isso pra Lá
Lulu Santos. Interpretada por Lulu Santos. Fonte: Som Livre.

Um a Um (Vou Humilhar os Homens)
Grupo Alg. Interpretada por Grupo Alg. Fonte: Grupo Alg.

Roslyn
Bon Iver. Interpretada por Bon Iver e St. Vincent. Escrita por Justin Vernon. Fonte: Chop Shop/Atlantic.

Slow Life
Grizzly Bear. Interpretada por Grizzly Bear e Victoria Legrand. Escrita por Christopher Bear, Christopher Taylor, Daniel Rossen e Edward Droste. Produzida por Chris Taylor. Fonte: Chop Shop/Atlantic.

Take Me to Church
Hozier. Interpretada por Hozier. Escrita por Andrew Hozier-Byrne. Produzida por Hozier e Rob Kirwan. Fonte: Universal-Island Records Ltd.

Salvation
Gabrielle Aplin. Interpretada por Gabrielle Aplin. Escrita por Joel Pott e Gabrielle Aplin. Produzida por Mike Spencer. Fontes: WM UK e BMG Publishing.

Without You
Glee. Interpretada por Glee Cast. Escrita por David Gueta, Frederic Riesterer, Giorgio H. Tuinfort, Richard Butler, Taio Cruz e Usher Raymond. Produzida por Adam Anders, Peer Astrom e Ryan Murphy. Fonte: Columbia.

Disturbia
Rihanna. Interpretada por Rihanna. Escrita por Andre Merritt, Brian Seals, Chris Brown e Robert Allen. Produzida por Brian Kennedy e Makeba Riddick. Fonte: Def Jam Recordings.

I Drove All Night
Cyndi Lauper. Interpretada por Cyndi Laupér. Escrita por Billy Steinberg e Tom Kelly. Produzida por Cyndi Lauper e Lennie Petze. Fonte: Epic.

The Only Exception
Paramore. Interpretada por Paramore. Escrita por Josh Farro e Hayley Williams. Produzida por Hayley Williams, Jeremy Davis, Josh Farro, Rob Cavallo, Taylor York e Zac Farro. Fontes: Fueled by Ramen e Warner Chappell Music.

F**kin' Perfect
P!nk. Interpretada por Henrick Janson, P!nk e Ulf Janson. Escrita por Max Martin, P!nk e Shellback. Produzida por Max Martin e Shellback. Fonte: LaFace Records.

Head Above Water
Avril Lavigne. Interpretada por Avril Lavigne. Escrita por Avril Lavigne, Stephan Moccio e Travis Clark. Produzida por Jay Paul Bicknell e Stephan Moccio. Fonte: BMG Rights Management (US) LLC.

Perdendo Dentes
Pato Fu. Interpretada por Pato Fu. Escrita por Fernanda Takai e John. Produzida por Dudu Marote. Fonte: Sony Music Entertainment.

All I Need Is a Miracle
Mike & The Mechanics. Interpretada por Mike & The Mechanics. Escrita por Christopher Neil e Mike Rutherford. Produzida por Christopher Neil. Fonte: BMG Rights Management (UK) Ltd.

Rise
Katy Perry. Interpretada por Katy Perry. Escrita por Savan Kotecha, Ali Payami, Katy Perry e Max Martin. Produzida por Max Martin e Ali Payami. Fontes: Capitol Records (CAP) e MXM Music.

I Don't Want to Be Your Friend
Cyndi Lauper. Interpretada por Cyndi Lauper. Escrita por Diane Warren. Produzida por Cyndi Lauper e Phil Ramone. Fontes: Epic, BMG Publishing e Realsongs.

Thank You Baby!
Shania Twain. Interpretada por Shania Twain. Escrita por R. J. Lange e Shania Twain. Produzida por Rober John "Mutt" Lange. Fonte: Mercury Nashville.

Louder Than Words
Jonathan Larson. Interpretada por Andrew Garfield, Joshua Henry e Vanessa Hudgens. Escrita por Jonathan Larson. Produzida por Alex Lacamoire, Bill Sherman e Kurt Crowley. Fonte: Masterworks.

Golden Hours
Barbara Ohana. Interpretada por Barbara Ohana. Fonte: Barbara Ohana.

The Climb
Miley Cyrus. Interpretada por Miley Cyrus. Escrita por Jessica Alexander e John Shanks. Produzida por John Shanks. Fonte: Hollywood Records.

Don't Blame Me
Taylor Swift. Interpretada por Taylor Swift. Escrita por Max Martin, Shellback e Taylor Swift. Produzida por Max Martin e Shellback. Fonte: Big Machine Records (LLC).

Cover Your Tracks
A Boy and His Kite. Interpretada por A Boy and His Kite. Escrita por David Cameron Wilton. Produzida pro Alexander Patsavas, Dave Wilton, Latifah Philips, Paul Katz e Steven Marcussen. Fonte: Cho Shop/Atlantic.

ORGANIZAÇÕES NACIONAIS

Você não está sozinho! Há uma lista de diversas organizações de auxílio a pessoas LGBTQIAPN+ espalhadas pelo Brasil. Conheça:[61]

- **Grupo Arco-Íris (Rio de Janeiro/RJ)**
  www.arco-iris.org.br

- **Grupo Acontece – Arte e Política LGBT (Florianópolis/SC)**
  www.acontecelgbti.org

- **Casa Um (São Paulo/SP)**
  www.casaum.org

- **Aliança Nacional LGBTI+ (Curitiba/PR)**
  www.aliancalgbti.org.br

- **Articulação e Movimento Homossexual de Recife (Recife/PE)**
  www.astraeafoundation.org

- **Grupo Dignidade (Curitiba/PR)**
  www.grupodignidade.org.br

- **Mães pela Diversidade (São Paulo/SP)**
  www.maespeladiversidade.org.br

- **Projeto It Gets Better**
  www.itgetsbetter.org/brasil

No site da **Associação Brasileira de Lésbicas, Gays, Bissexuais, Travestis, Transexuais e Intersexos** (ABGLT), há uma lista completa dessas e de outras organizações com objetivos e projetos para a redução do preconceito.
Visite: www.abglt.org/associadas.

---

[61] Os sites apresentados nesta seção foram acessados e estavam ativos em 21 de setembro de 2022.

CENTRO DE ATENÇÃO PSICOSSOCIAL – CAPS

Os **Centros de Atenção Psicossocial** (CAPS) são serviços de saúde de caráter aberto e comunitário, voltados ao atendimento de pessoas com sofrimento psíquico ou transtorno mental, incluindo aquelas com necessidades decorrentes do uso de álcool, crack e outras substâncias, que se encontram em situações de crise ou em processos de reabilitação psicossocial.

Nos estabelecimentos, atuam equipes multiprofissionais que empregam diferentes intervenções e estratégias de acolhimento, como psicoterapia, seguimento clínico em psiquiatria, terapia ocupacional, reabilitação neuropsicológica, oficinas terapêuticas, medicação assistida, atendimentos familiares e domiciliares, entre outras.

Conheça mais sobre as atividades dos CAPS em: www.gov.br/saude/pt-br/acesso-a-informacao/acoes-e-programas/caps.

CENTRO DE VALORIZAÇÃO DA VIDA – CVV

O **Centro de Valorização da Vida** (CVV) oferece apoio emocional e preventivo ao suicídio, atendendo voluntária e gratuitamente todas as pessoas que querem e precisam conversar, sob total sigilo por telefone, e-mail e chat, 24 horas, todos os dias.

Maiores informações em: www.cvv.org.br.

SOBRE O AUTOR

Diego Zapelini do Nascimento é mestre em Ciências da Saúde, professor universitário, farmacêutico, tecnólogo em Gestão Pública, pesquisador, membro da Academia de Letras do Brasil de Santa Catarina – Seccional de Capivary, *potterhead*, cinéfilo e escritor. Atualmente, vive com uma princesa, cercado de livros, filmes e colecionáveis. Escreve desde 2011, e tem paixão pelo mundo da leitura. É autor da saga fantasiosa *As crônicas de Maquibier*, e *Eu, Ela & Ele* é seu primeiro drama baseado em vivências da comunidade LGBTQIAPN+. Ele espera que surjam ainda mais letras na sigla, para que o mundo possa acolher mais pessoas que ainda não se sentem representadas.

@diegozapnasc
@autordiegonascimento

@autordiegonasc

@autordiegonascimento

Diego Zapelini do Nascimento

grupo novo século

Compartilhando propósitos e conectando pessoas
Visite nosso site e fique por dentro dos nossos lançamentos:
www.gruponovoseculo.com.br

ns

- facebook/novoseculoeditora
- @novoseculoeditora
- @NovoSeculo
- novo século editora

Edição: 1.ª edição
Fonte: Spectral

gruponovoseculo
.com.br